Was ist los mit Johann de Buer, dem Pastor aus Schüttorf, einer Stadt in der Grafschaft Bentheim in der Nähe von Holland? Nun ist er schon lange – Wochen, Monate, Jahre ? – auf der Station 8 der Psychiatrie des Grenzland-Klinikums.

Er ist dort Seelsorger. Oder er glaubt, es zu sein. Sein Gedächtnis hat schweren Schaden genommen.

Was ist der Grund? Die Ablehnung seines Buches? Eine Ehekrise? Ein schwerer Verkehrsunfall? Oder liegt der Grund im Dunkeln der Vergangenheit eines familiären Geheimnisses?

Ein Roman über eine große Lebenskrise, den Sinn des Lebens und über die Freundschaft.

Dr. Karl W. ter Horst ist Autor von theologischen und sozialwissenschaftlichen Büchern. *Zeitschleife auf der ‚8'* ist sein zweiter Roman. Er lebt in Ohne, einem Dorf in der Grafschaft Bentheim.

Karl W. ter Horst

Zeitschleife auf der „8"

Roman

Bibliografische Information der Deutschen Nationalbibliothek:
Die Deutsche Nationalbibliothek verzeichnet diese Publikation in
der Deutschen Nationalbibliografie; detaillierte bibliografische
Daten sind im Internet über http//dnb.dnb.de abrufbar.

© 2016 Karl W. ter Horst
2. Auflage 2017
Herstellung und Verlag
BoD – Books on Demand, Norderstedt
ISBN 9783743114128

Teil I

Mittwoch

1. Kapitel

Am 9. April 2008 wurde Johann krank. So schwer, dass er sich in den folgenden neun Jahren nicht mehr von seiner Krankheit erholte.
Dieser 9. April war ein Mittwoch. Er hatte unruhig geschlafen, wurde immer wieder geweckt von innerer Nervosität. Weil es aber keine kranke Nervosität, sondern eine mit Vorfreude auf den folgenden Tag durchmischte war, konnte er immer wieder einschlafen. So ging das über den ganzen Vormittag, bis das Telefon klingelte. Halbschlafbedingt war er sofort hellwach, sah auf dem Wecker, dass es 5 vor 11 war und sprang aus dem Bett direkt in seine Filzpantoffeln.
Ich muss schnell die Treppe runter, ins Büro zum Telefon, dachte er, sonst legt der auf, wenn sich der Anrufbeantworter zu Wort meldet. Wäre Mist, wenn es ein Seelsorgefall wäre, könnten auch die vom Verlag sein, vielleicht wollen sie den Termin nach hinten schieben, dachte er, das wäre gut wegen der möglichen Staus auf der Autobahn ins Ruhrgebiet. Johann hasste Staus, er hatte Angst, in den Blechlawinen eingeschlossen zu sein, hilflos herumhängen zu müssen, und dazu hasste er es, zu spät zu kommen, besonders bei so einem Spitzengespräch im Verlag. Aber am meisten hasste er es, übermüdet zu sein. Womöglich im Stau zu stecken, zu spät

zu kommen und übermüdet obendrein. Darum hatte er so lange wie möglich geschlafen oder es wenigstens versucht. Aber darum war es jetzt spät.

Es wäre doch gut, dachte er, wenn sie anriefen, um den Termin nach hinten zu legen. Und wenn sie nur mal so anrufen, könnte man das mit ihnen bereden, und im Bereden, dachte er, bin ich ja gut. Er war ganz schön schnell auf der Treppe, die einmal gewinkelt das Erdgeschoss des Pfarrhauses mit den oben gelegenen Schlafzimmern verband. Gedanken sind schneller als Blitze. Blitze kann man verfolgen, aber alles, was hier auf ein paar Stufen zusammengedacht wird, dachte er, ist doch wahnsinnig. Gar nicht zu begreifen.

Mit einem Schlag stieß er die Bürotür auf und riss den Hörer vom Telefon auf seinem Schreibtisch, der eigentlich kein Tisch, sondern eine Holzplatte auf ein paar Kanthölzern war.

Es war der Verlag. Genauer gesagt, die Lektorin. Das sollte ihn eigentlich beruhigen, aber in ihrer Stimme bemerkte er etwas Beunruhigendes, etwas richtig schlimm Beunruhigendes.

„Also, Herr de Buer, also, ich habe da nun doch noch Bedenken mit Ihrem Text. So ist das zu pauschal, das, was Sie da über die Pflegeheime schreiben, und überhaupt sind das sachliche Unzulänglichkeiten, die ..."

„Habe ich schon gesehen", fuhr Johann dazwischen, „habe gestern Nacht schon Einfügungen und Fußnoten ..."

„Nun hören Sie bitte erst mal zu!"

Johann stockte der Atem, richtig Schlimmes

schien sich anzubahnen.

„Nicht nur ich habe da sachlich motivierte Bedenken. Meine Produktleiterin sieht das auch so, mit der traf ich mich heute früh. Sie hat darüber hinaus, unsere Meinungen gehen da auseinander, auch ernste Bedenken bezüglich der Beispieltexte Ihrer Bürgerprojekte. Das Buch würde zersplittern, zu viele Einzelteile, und dann gibt es keine nationalen Bezüge, das alles ist zu regional."

„Nein ist es nicht, da sind Bremen und Göttingen dabei."

Johann hatte trockene Lippen. Und die kommen, dachte er, nicht nur dann davon, dass man vor dem Frühstück am Telefon so eine Debatte führen muss.

„Um es kurz zu machen", fuhr die Lektorin fort, „also, ich, wir möchten Ihnen nicht zumuten, extra die weite Fahrt zu machen, um Ihnen dann zu sagen, dass es nichts wird ..."

Jetzt war sein ganzer Mund trocken. Wenn ich jetzt was sage, dachte er, merkt sie es, und was überhaupt kann man sagen, um das Steuer noch rumzureißen. Bloß nicht pampig werden, Ruhe bewahren, nachdenken, alle Zellverbände auf Trab bringen, Ausschau halten in alle noch so undenkbare Richtungen. Aber sind sie dann noch denkbar? Das ist doch nebensächlich, dachte er, metakognitiver Quatsch, jetzt, wo es ans Eingemachte geht.

Je mehr sie sprach, sich wand und rausredete, je mehr spürte er das Eingemachte, Magen und Gedärme, wie sie mehr und mehr nach unten sackten. Im Sitzen fühlte er sich so flau, dass er meinte, jeden Moment vom Stuhl zu kippen.

„Aber", hörte er sich nach Luft schnappend sagen,

„es kann doch nicht sein, dass Sie in einer Blitzsitzung in Momenten das zerstören, was über Wochen und Monate herangereift ist. Selbst der Geschäftsführer ..." Genau der falsche Ansatz.

„Der Geschäftsführer! Sie sind ja den ungewöhnlichen Weg von oben nach unten gegangen. Normal ist es ja umgekehrt, und der Geschäftsführer wird sich nicht gegen seine Produktleiterin, die kompetent und gut ist, wenden. Und darum geht es ja: Ihre Leute wissen was von Solarenergie, alternativer Altenpflege, dezentralen Kläranlagen. Wir wissen, wie man Bücher macht und wann der Punkt gekommen ist, ein Projekt zu beenden. Und dann muss man auch dazu stehen, und das tue ich und habe die unangenehme Aufgabe auf mich genommen, Ihnen das zu sagen."

„Und mein Kontakt zu den Medien ..."

„Gewiss, Herr de Buer, vielleicht sehen wir Sie in einem Jahr mit Nina Hagen bei Kerner mit dem Buch in Ihrer Hand, und das von einem anderen Verlag. Und dann ärgern wir uns, aber das Risiko gehen wir ein. Die Entscheidung ist unumkehrbar. Sie werden sich jetzt ärgern, traurig sein, vielleicht nachher aggressiv. Heute Nachmittag können Sie mich ja gern noch mal anrufen – sind Sie noch da?"

„Ja, ja", Johann konnte nichts mehr, als das „Wiederhören" leise erwidern.

Er war machtlos, ohne Sprache und Kraft. Alles purzelte in ihm zusammen, all die Projekte, die sich in seinem Innersten abgebildet hatten, aus der äußeren Wirklichkeit, wo sie sich an unterschiedlichsten Orten befanden, in ihm gestaltet, ausgereift, umgebildet und entfaltet hatten. *In* ihm wie in einer eigenen Welt, ein Jahrmarkt mit bunten Buden, Karussells. Jetzt stürzte sie zusammen wie billige Kartenhäuschen, eins gegen das andere. Alles platt mit einem Schlag, dunkel, leer, wie eine Höhle. Eine „Höhle" ist noch ein schlechter Vergleich, dachte er, eher eine Hülle, aus der die Luft entweicht. Unumkehrbar.

Johann fühlte, wenn er überhaupt noch etwas fühlte, wie er in sich zusammensackte.

2. Kapitel

Johann wartete auf seine Tochter, die ihren Besuch für den späten Nachmittag angekündigt hatte. Der Raum, in dem er wartete, glich durch eine angefügte Glaskonstruktion einem Wintergarten, nur gab es keine Pflanzen, die dort hätten überwintern können. Schaute man nach oben, sah man einen graublauen Himmel. Aber Johann schaute nicht hinauf, er mied das helle Licht, das Licht machte ihn unruhig, manchmal aggressiv. Bei Regenwetter war dieser Raum erträglich. Wenn die Regentropfen auf das Glasdach prasselten, hatte das etwas Beruhigendes. Dann schaute er schon mal nach oben und sah dabei zu, wie die Tropfen beim Aufschlagen in viele Einzelteile zersplitterten.

Eigentlich zersplittern sie nicht, dachte er, sie bilden beim Aufschlagen neue Tröpfchen, manche so klein, dass sie sich sofort wieder mit der Luft verbinden. Sie verflüchtigen sich, dachte er und schaute nicht nach oben, weil es keine Tropfen gab, nur kurz durch die großen Seitenfenster nach draußen, wo drei große Kirschbäume in voller Blüte standen. Später, wenn die Sonne tiefer stände, würde sich ihr Licht im Geäst und den weißen Blüten brechen. Im Gegenlicht sähe man ihre Feingliedrigkeit in schimmernder Transparenz. MariLu hat für so etwas einen Blick, dachte er, wenn sie später da ist, wird sie sich am Licht und seinen Farben erfreuen. Sie kann so was beschreiben, sie ist die Schriftstellerin der Familie.

Johann mied das Licht, wann immer es ging. Darum hatte er sich am Nachmittag nach ein paar Regenfällen zurückgezogen in das Bett seines dunklen Zimmers. Zuvor hatte er die Außenjalousie des einzigen Fensters heruntergelassen. Durch eine leichte Spannung des Rollobandes hatten sich die obersten Lamellen leicht hochgezogen und zwischen ihnen feine Lichtschlitze gebildet. Er hatte deshalb das Rolloband einige Zentimeter aus der Wand gezogen, in die schmale Austrittsöffnung einen Bleistiftstummel gepresst und es so verkeilt. Die Jalousie hatte nun das gehalten, was sie versprach: Dunkelheit.

Alle Außenreize waren erloschen, als hätten sie Platz machen wollen für die inneren seines Nervensystems. In einem leichten Funkenflug hatten sich konfuse Lichtbilder seines Innenlebens geformt und verformt, hatten sich gedreht und gewendet, um wie in einem Hologramm vor seinen Augen im Schwarz seiner Umgebung zu erscheinen – dreidimensional, farbig und voller Leben. Das Hologramm – Johann hätte es nie als solches definiert – hatte sich vor ihm bewegt und mit noch stärkerer Kraft über ihm entfaltet, wenn er selbst in liegender Position gewesen war, aber es hatte sich nicht einfach mit ihm in die Horizontale gedreht, sondern angefangen, ihn zu umhüllen, so dass es langsam selbst sein Raum geworden war.

Wenn er sich nun den Tag vor Augen führte, diesen schlimmen Tag seiner Niederlage, so war das viel mehr als ein erinnerndes Wiederaufleben von Situationen und Figuren. Er tauchte ein in die Dimension dieses Tages, mit allen Sinnen, stieß auf Wahrnehmungsfelder, die der Tag verborgen hielt, und rührte an Gefühle, die er jetzt erlebte.

Er spürte den Druck ihrer kleinen Hände, die seine Handgelenke umklammert hatten. Sie versuchte sein Gesicht zu befreien von den großen Händen, in die er es vergrub.

„Komm zu dir, Papa!" Sie stand hinter ihm, die Arme um ihn gelegt und riss mit ihrem doppelseitigen Klammergriff ruckartig die Hände von seinem Gesicht. So plötzlich seiner Gesichtsstützen beraubt, hätte es nicht viel gefehlt, und sein Kopf wäre auf die Kiefernholzplatte seines provisorischen Schreibtisches geknallt. „Pastorentochter erschlägt Vater am Schreibtisch", sah er die Überschrift in den einschlägigen Boulevardblättern. Dann ist man wenigstens auf so eine Weise berühmt geworden, dachte er und spürte, wie ihm seine Tochter von hinten ins rechte Ohr blies, dann pfiff und schließlich hineinschmetterte: „Hoch, du altes Nachtgespenst, ich hab schon Feierabend und du sitzt hier immer noch im Schlafanzug. Bin heute früher von der Schule zurück. Los jetzt: Anziehen, Zähne putzen, Mama ist draußen, wir warten am Auto auf dich." Zwei Befehle und zwei Informationen, nicht schlecht für einen kurzen Satz, dachte Johann und leistete den Befehlen Folge.

Kurz darauf schlurfte er durch den Garten zur Hofauffahrt, wo seine Frau an seinem Alfa Romeo, einer alten Gulia Super in weiß, mit den Autoschlüsseln winkte.

„Ich musste die Kleine von der Schule abholen. Wir wollten uns jetzt nur eben von dir verabschieden."

„Ich fahre nicht!"

„Wie, du fährst nicht?!"

„Die haben angerufen vom Verlag. Das Projekt ist gestorben. Die wollen das Buch nicht drucken."

Sie wirkte betroffen, ging auf ihn zu, nahm ihn in den Arm und ermutigte ihn: „Lass mal, irgendwas wird sich finden. Wir machen jetzt mal was zusammen. Jetzt hast du doch wenigstens den ganzen Tag Zeit. Wir können ja nach Holland fahren."

„Ja, Papa, bloß nicht unterkriegen lassen", stimmte die Kleine mit ein. „Lass uns nach Holland fahren, wenigstens hast du jetzt Zeit."

Sie fläzte sich auf die Rückbank des Wagens, und er setzte sich auf den Beifahrersitz. Normalerweise wäre er gern selbst den Alfa gefahren, hätte sich an den Geräuschen scheppernder Ventile und einer surrenden Steuerkette des alten Motors erfreut. Aber das war ihm nun auch vermiest.

Jetzt nicht auch noch die Familienstimmung verderben, dachte er, während sie losfuhr. Das wäre das Letzte, was man nach so einem Tiefschlag gebrauchen könnte. Und man soll doch froh sein, dass man eine Familie hat, gerade in so schweren Momenten des Lebens.

„Von wegen, irgendetwas anderes finden ... Ist praktisch unmöglich heutzutage einen Verlag zu finden. Man ist richtiggehend ausgeliefert. Da hocken sich zwei so Karriere-Tanten in der Kantine zusammen, spucken einem in die Suppe und kicken einen Autor mal eben raus!"

„Natürlich, es sind mal wieder die Frauen", reagierte sie gereizt und setzte noch einen drauf: „Und zum Schluss bin ich mal wieder schuld."

„Du immer mit deiner Schuld!"

„Hört auf, euch zu streiten!", schallte es von hinten.

Er verharrte in betroffener Stille und spürte, wie die Gefühle von Verzweiflung und Trauer in ihm wieder aufzuwallen begannen. Für einen Moment streifte sein Blick die typische Weidelandschaft seiner Grafschafter Heimat. Eine Gruppe schwarzbunter Kühe fraß sich gelangweilt durch den Mittag. Johann fühlte sich missverstanden und suchte nach Worten, die seine verzweifelte Lage zum Ausdruck bringen sollten. Ein Beispiel muss her, dachte er und sah weg von den Kühen. Ein Beispiel, das die Lage auf den Punkt bringt, den Abgrund verdeutlicht. Am besten eins, das frauentypisch ist, das Frauen sofort begreifen, etwas mit Kindern oder Säuglingen vielleicht. Er dachte nicht weiter und sprach sofort drauf los: „Wir Männer können nun mal keine Kinder bekommen, und für uns ist ein lange vorbereitetes Produkt, ein Kunstwerk, ein Buch …. das ist eben wie ein Kind. Kannst du dir vorstellen, du verlierst ein Kind, auf das du dich monatelang gefreut hast." Sie schüttelte den Kopf und verzog das Gesicht, als hätte sie einen rettungslos Schwachsinnigen neben sich. Gleichzeitig spürte er die Hand seiner Tochter, die leicht über sein Kopfhaar strich, und im nächsten Moment die Fingerknöchel derselben, zur Faust geballten Hand, die sie mit einem kurzen heftigen Schlag in seinen Nacken rammte.

„Bist du verrückt. Das tut weh!"

„Ach du merkst noch was, Papa? Immerhin funktionieren die Reflexe noch", hörte er von hinten, was offensichtlich als Aufmunterung gemeint war.

Besser überhaupt nichts mehr sagen, am besten ganz aufhören zu denken, dachte er und sah gedankenverloren in den grauen Fußraum vor dem Beifahrersitz seines Alfa Romeo.

So hatte er nicht bemerkt, wie sie die Grenze hinter sich gelassen hatten. Erst das Poltern und Rucken, verursacht von einem Schweller, einem „schlafenden Polizisten", wie er die Straßenbuckel zur gewaltsamen Drosselung der Geschwindigkeit nannte, ließen ihn aus seiner geknickten Position hochfahren. Holland, dachte er, als läge vor ihnen der Raumschiffhafen einer anderen Galaxie. Obwohl Holland *nicht* von einem anderen Stern war, bemerkte Johann nicht nur an den dunkler gebrannten Ziegelsteinen und den akkurat gestrichenen Fensterrahmen der hübschen holländischen Häuser, dass sie Deutschland hinter sich gelassen hatten. Overijssel und die Twente waren wie die benachbarte Grafschaft auf deutscher Seite geprägt von kleinen Orten und mittelständischen Bauernhöfen inmitten einer Landschaft von Wäldchen, Weiden und – weiter im Norden – kultivierten Moor- und Venngebieten, auf denen „Nickesel" Öl aus unterirdischen Vorkommen pumpten, die keine Grenzen kannten. Doch auf holländischer Seite war die Kulturlandschaft noch kultivierter, jedes Gehöft glich mit seinen Grünanlagen einem Kleinpark, und selbst das Nutzvieh wirkte auf den vorbeiziehenden Betrachter so, als wäre es eigens für ihn herausgeputzt worden. Von Bäumen gesäumte Radwege waren breit angelegt und die Mittelmarkierungen auf der Autostraße hinter der Grenze gleich weggelassen. Mit dem Fehlen der gekennzeichneten Zweispurigkeit sollte jedem Raser der Zahn gezogen werden, durch zügiges Überholen schnell voranzukommen. Johann bemerkte, wie seine Frau seit dem Grenzübergang eine Spur bedächtiger fuhr, so wie hier alles eine Spur bedächtiger zu laufen schien, auch das Auf und Ab unablässig pumpender Nickesel.

„Wieso kann man durch die Häuser durchgucken?", fragte MariLu.

„Das hängt mit der Religion der meisten Holländer zusammen. Die sind wie wir reformiert", bemühte sich ihre Mutter um eine Antwort und erklärte weiter: „Sie berufen sich auf einen Schweizer Pastor, der den reformierten Glauben maßgeblich geprägt hatte. Der hieß Johannes Calvin und lehrte, dass Gott nicht nur schon alles im vornherein weiß, sondern auch alles, was geschieht, was wir tun und haben, bis ins Einzelne vorherbestimmt."

„Und was hat das nun alles mit den fehlenden Gardinen zu tun?"

„Na ja, wenn Gott sowieso alles vorherbestimmt, dann kann man ja auch zeigen, was man hat und wodurch man von ihm gesegnet ist."

„Deswegen haben wir im Pastorenhaus auch keine Gardinen", warf sie von hinten ein.

„Bei uns war das nicht so", murmelte Johann. „Wir wollten nur kein Geld für so überflüssige Textilien ausgeben."

„Ist doch egal, was *wir* vor den Fenstern oder

nicht davor haben, wenn man daran dem Kind ein Stück holländischer Tradition und Religionsgeschichte erläutern kann", wandte sie ein und versuchte einigermaßen genervt einen schlafenden Polizisten zu umkurven, derweil das Kind keine Lust mehr auf holländische Kultur hatte und sich stattdessen auf seinen Gameboy konzentrierte.

Im Licht der noch niedrig stehenden Aprilsonne fielen lange Schatten der giebeligen Häuser auf die Straßen und Plätze von Ootmarsum. Steinerne Gassen und Stiegen lagen am frühen Nachmittag bereits ganz im Schatten. MariLu und Johann schlenderten über das Kopfsteinpflaster einer der größeren Straßen, die in einem leichten Bogen zum Marktplatz führte. Die Frau hatte es vorgezogen, in das Labyrinth der kleinen Gassen abzutauchen, um sich in den dort zahlreich vorhandenen Kunstausstellungen umzusehen. Um diese Zeit, mitten in der Woche, gab es kaum Spaziergänger. Die Leute waren in ihren Häusern, in den Geschäften und den Banken. Einige hatte die Frühlingssonne, die in diesem Jahr nur sparsam geschienen hatte, vor die Cafés gelockt.

„Lass uns in das Pfannekuchenhaus am Dorfplatz gehen", schlug Johann vor.

„Ich mag aber das Speckzeug nicht", wand sie sich und zog ihn in die Richtung eines Eiscafés, vor dem holländische Jungs auf Plastikstühlen herausfordernd zu ihr rüberschauten.

„Du brauchst ja keinen mit Speck zu essen, und da du noch kein Mittag hattest, bekommst du auf keinen Fall schon jetzt ein Eis."

Normalerweise hätte sie weitergezogen, gequengelt und ihn rumgekriegt, aber mit Rücksicht auf seine niedergeschlagene Stimmung war sie bereit, ihm nachzugeben. Sie wusste auch von seiner Sorge um ihre hagere Figur mit einem Gewicht, das sich nur um ein paar Pfund oberhalb der kritischen Grenze bewegte. Im übrigen war sie eine hübsche Person, hochgewachsen, mit langem kastanienfarbigem Haar und Augen von beinahe gleicher Farbe. Auch um seinem obligatorischen „Du musst doch was essen!" zuvorzukommen, lenkte sie ein und überquerte mit ihm die Straße hin zu dem kleinen Restaurant, in dem es nur Pfannekuchen, dafür aber in gleich 35 verschiedenen Sorten zum Essen gab.

Nun legte sie einen Schritt zu und steuerte durch einige Korbsesselgruppen, wo es auch noch freie Plätze gab, auf die doppelflügelige Eingangstür zu. Man hätte sich auch draußen hinsetzen können, aber sie wusste um die Abneigung ihres Vaters, im Freien zu essen, wegen der Insekten oder sonst vorbeiflanierender Leute, die ihm auf den Teller gaffen könnten, und so war der Innenbereich des Restaurants der angesagte Raum, zumindest in dieser Krisensituation. Die Gäste des Hauses saßen an Tischen, die allesamt ausstaffiert waren mit dicken Orientteppichen, und waren mit Pfannekuchen und ihren diversen Zutaten beschäftigt. MariLu entdeckte einen Teppichtisch mit drei Plätzen an der Fensterseite des Restaurants. Gerade hingesetzt, hatte sie schon ein dickes Menübuch in der Hand, das die Beschreibung der 35 Pfannekuchen mit ihren Zutaten enthielt. Das ist auch eine Möglichkeit, Literatur zu verfassen, dachte Johann und erblickte draußen auf der gegenüberliegenden Straßenseite die Jungen, die weiter vor dem Café in ihren Plastikstühlen saßen, rumalberten und Faxen machten. Durch die Doppelglasscheiben konnte man sie sehen, aber nicht hören. Pubertät auf Niederländisch, dachte er, ist wie ein Stummfilm. Fehlt nur noch, dass man selber die Sprechblasen von ihrem dämlichen Rumgetue verfasst. Es ist schlimm, dachte er, dass ich mich jetzt auch noch über diese Blödmänner ärgere. Der eigentliche Ärger, und das vor einem Kind, das gerade erst 11 Jahre alt geworden ist, ist schon ärgerlich genug. Wenn die später erwachsen ist, dachte er, hat sie nicht nur einen Vater mit Niederlagen in Erinnerung, sondern auch noch einen, der ohne Plan war, diese Niederlagen zu bearbeiten. Ein in doppelter Hinsicht niedergeschmetterter Vater.

Über die große Menükarte, die sie jetzt mit beiden Händen hielt, blinzelte MariLu zu ihm herüber und sagte tröstend: „Lass mal gut sein, Papa, vergiss doch diese Fachbücher. Eigentlich solltest du Geschichten schreiben, das kannst du doch gut! Denk doch mal an die Trampelmöhrchen-Geschichten, die du mir früher immer erzählt hast. Darüber müsstest du mal ein Buch machen." Sie winkte der holländischen Kellnerin zu und bestellte irgendwas. Jetzt fehlt nur noch, dass sie mir vorschlägt, irgend so ein Jugendbuch zu schreiben, dachte er. Oder ein Buch mit vielen Bildern und möglichst wenig Text. Dann kam auch schon eine, in so eine Richtung weisende Idee: „Du kannst doch so wunderbar fotografieren. Dann machst du einfach die Bilder und ich schreibe ein paar flotte Texte dazu, das müsste sich doch prima vermarkten lassen, was meinst du?" Sollte er durch diese Bemerkung nun gerührt oder provoziert sein, Johann wusste es nicht und schwieg einfach in sich hinein. Der Hinweis auf die Trampelmöhrchen-Geschichten deprimierte ihn noch mehr.

Früher hatte er sich Abend für Abend so eine Geschichte ausgedacht über den Waldhasen „Trampelmöhrchen" und seinen Eichhörnchen-Freund. Wie hieß er noch gleich? „B-Hörnchen", nicht gerade einfallsreich. Abend für Abend entstanden erzählend neue Geschichten, Hunderte von Geschichten. Mit der Zeit wurden Trampelmöhrchen und B-Hörnchen zu prägenden Figuren ihrer Kindheitsgeschichte. MariLu lebte mit ihnen auf der Lichtung in der Hasenstadt mitten in einem grenzenlosen Wald, der die beiden hinsichtlich Lebensart, Beweglichkeit und Körpergröße völlig verschiedenen Freunde zu immer neuen Abenteuern herausforderte. Einmal hatte B-Hörnchen vom Wipfel eines der höchsten Bäume einen in der Ferne schwelenden Waldbrand entdeckt, der alles Leben, auch das der vertrauten Hasenkolonie auf der Lichtung, vernichten sollte. Trampelmöhrchen ordnete sofort den geordneten Rückzug aller Hasenfamilien und alleinstehenden Hasen in das unterirdische Labyrinth der Hasenwinterquartiere an. Die Evakuierung zog sich hin, jugendliche Hasen ließen es an Disziplin mangeln, da sie das Ganze wie ein Abenteuer ansahen, einige der Althasen waren krank, gebrechlich oder gingen sonst wie am Stock. Wie Schiffskapitäne zuletzt das sinkende Schiff zu verlassen haben, entrannen Trampelmöhrchen und B-Hörnchen als Letzte der heranrollenden Feuersbrunst gerade noch mit heiler

Haut – heilem Fell. Trampelmöhrchen hatte nach dem Hinabtauchen in den letzten noch offenen Erdschacht eine bereit gelegte Grasplanke über die Öffnung gezogen. Endlich in Sicherheit. Aber nun traf es B-Hörnchen, der unter einer schweren, durch ein Kindheitstrauma verursachten Klaustrophobie litt. In einem schweren Anfall von Platzangst war er kollabiert und lag nun in einem der Gänge des unterirdischen Labyrinths. In völliger Dunkelheit tastete, hastete Trampelmöhrchen zu seinem Eichhörnchenfreund, beugte sich über ihn und ... „... und dann, dann ficken die", hörte er im selben Moment eine Stimme aus MariLus Kinderbett. Er hätte eigentlich etwas erzählen wollen von Wiederbelebung, Mund-zu-Mund-Beatmung und so fort, aber was da aus dem Kinderbett als ein Ergänzungsvorschlag an seine Ohren drang – ein vierjähriges Kind war sich der Tragweite des Gassenverbs „ficken" wohl kaum bewusst – , erzeugte in seiner Fantasie eine Bildfolge seiner gattungsmäßig so ungleichen Freunde – der voluminöse Hase mit seinen großen Schlappohren oben und darunter zitternd und Zähne klappernd das zierliche B-Hörnchen – , die Johann zur Verblüffung seiner kleinen Tochter dazu brachte, laut loszulachen.

„Hey, Papa, du lächelst ja schon wieder!"

Johann kehrte zurück aus seinen Gedanken, die ihn für einen Moment in das zauberhafte Reich seiner Waldtiere entführt hatten. Nein, zum Lächeln gab es eigentlich gar nichts. Er verspürte auch keine Lust, ihr den Kinderbettjoke zu erzählen. Inzwischen waren die Pfannekuchen serviert worden, beide mit Speck.

„Du magst doch gar keinen Speck."

„Ich wollte für dich mitbestellen, hab dann aus Versehen doppelt bestellt, kannst du mal sehen, wie sehr ich mit den Gedanken bei dir bin."

Sie ist wirklich lieb, und sie will mir auch nur helfen, dachte er, jetzt nicht bloß noch mehr kaputt machen. Erst die Pleite beim Verlag, dann verliere ich das Gesicht vor dem Kind und jetzt, noch eins drauf gesetzt, weise ich ihre Hilfe ab, weil der große Autor sie für unqualifiziert, kindisch hält. Eigentlich sollte man stolz sein auf so eine Tochter mit so viel sozialem Gemüt, ihre Vorschläge annehmen, schon aus pädagogischen Gründen. Wenn die Vaterrolle nicht völlig einknicken soll, dann gilt es, mit jeder Bemerkung, jedem Wort achtsam umzugehen. Wenigstens soll sie merken, dass ich ihre Vorschläge ernst nehme und mich darüber freue, dass sie da ist.

„Ich weiß genau, was du denkst", sie stocherte aus ihrem Pfannekuchen die Speckbröckchen heraus. „Du denkst, dass du die Geschichten nicht mehr so erzählen kannst, wie du sie früher erzählt hast. So spontan, wie das damals rüberkam, das kann man bestimmt nicht wiederholen. Wie wäre es denn, wenn ich die Geschichten neu erzähle, und du machst von den Tieren einfach Fotos dazu."

Die Entmannung des Schriftstellers. „Wie stellst du dir das vor, solche Tiere kann man nicht einfach fotografieren!" Er war schon jetzt ärgerlich über seine unüberlegte Kauzigkeit.

„Wir haben doch im Pastorengarten das Eichhörnchenpärchen, das den alten Ahornbaum immer rauf und runter flitzt. Und du, mit deinem Teleobjektiv, müsstest dann doch richtig tolle Fotos schießen können und mit der Sporteinstellung der Kamera sogar geile Actionaufnahmen."

Johann versuchte es sachlicher: „Nun ist aber Trampelmöhrchen die Hauptfigur. Und so Hasen in freier Wildbahn, auf Feld und Wiese zu fotografieren, dürfte wohl mit einigen Schwierigkeiten verbunden sein. Die haben sich nämlich dem alten Darwin in doppelter Hinsicht angepasst: sie vermehren sich wie die Karnickel und rennen im Zickzack, um dem Jäger zu entkommen. Da sind Aktionsaufnahmen oder gar fotografische Charakterstudien mit Porträtdetails des Hauptdarstellers praktisch ausgeschlossen."

„Ich hab' eine Idee: Wir holen Lotti von Svenja!"

„Wer ist Lotti und wer Svenja?"

„Svenja ist die von der 5c und Lotti ist ihr Hase, ein süßer kleiner Stallhase. Der ist ganz zahm und hält beim Fotografieren bestimmt still."

War sie nun in der 5b oder in der 5d? So viel zum Thema Pädagogik, dachte er und sah mit dem Stallhasen neue Wolken am Konflikthimmel aufziehen. Schon immer wollte MariLu ein Haustier, und seine Frau, die von Johann, hatte sich diesem Wunsch stets energisch widersetzt. Er hatte sich da geschickt rausgehalten, war ihren Anbiederungsversuchen um des ehelichen Friedens willen nie erlegen gewesen. Nun gab es erstmals ein sachliches, gewissermaßen ein Produktionsmotiv für die Anschaffung eines solchen Tieres. Wenn ich mich jetzt völlig widersetze, dachte er, dann ist es aus mit allen pädagogischen Vorsätzen, im umgekehrten Fall aber auch mit dem ehelichen Frieden. Das Leben ist eine

Abfolge von Dilemmata. Mit jeder Lösung eines Problems, ja, mit jedem Versuch einer Lösung brechen neue Krisenherde auf. Aber andererseits, dachte er, bedeutet die Anschaffung eines Haustieres ja noch nicht die Existenzkrise einer Ehe, höchstens eine kleine Krise, und die dürfte sich im Angesicht des tatsächlichen Konfliktherdes wohl nur marginal auswirken. Wenn man sich jetzt dem Hasenwunsch des Kindes ein bisschen zuwendet, wäre vielleicht das Dilemma, nur um der Pädagogik willen diese Idee einer zoologischen Fotogala zu vertiefen, verbunden mit der Entsendung des Autors in die Sprachlosigkeit, noch abzuwenden.

„Vielleicht sollten wir mal darüber nachdenken, ich meine gemeinsam mit Mama, ob du nicht auch so einen Hasen bekommst."

„Es geht mir nicht um irgendein Haustier, es geht mir um dich und um die Rettung der Trampelmöhrchen-Geschichten", insistierte sie.

„Ist das nicht Holli? Guck mal, da draußen?"

Tatsächlich, da war Holli, zum ersten Mal war er vielleicht so etwas wie die Rettung aus dem Dilemma. MariLu klopfte gegen die Fensterscheibe, erst vorsichtig und dann, als sie die Doppelverglasung bemerkte, so heftig, dass einige der Gäste schon besorgt zu ihnen herüberschauten. Jetzt hatte Holli sie bemerkt und machte kehrt, um zum Eingangsbereich des Restaurants zu gelangen. An einer Leine hatte er einen mittelgroßen Hund, einen Mischling, halb Bär, halb Wolf, der nur widerwillig die plötzliche Kehrtwende seines Herrchens mitvollzog. Sekunden später kam Holli, wegen seiner enormen Körpergröße leicht nach vorne gebeugt, ein schmales Gesicht mit Adlernase vorneweg durch die Doppeltür des Restaurants gestiefelt. Er trug einen offenen, faltigen Trenchcoat, dessen Grautöne auf die des zotteligen Fells seines Hundes abgestimmt zu sein schienen. Der ganze Auftritt wiederum schien niemanden der Gäste aus der Ruhe zu bringen. Wahrscheinlich sind Holländer, dachte Johann, nur zu beunruhigen durch Deutsche im eigenen Land, die ordentlich Lärm machen. Holli setzte sich an ihren Tisch, der Hund verschwand darunter. Er legte den Arm um Johann und drückte ihn zur Begrüßung kurz an sich und schaute dann begeistert zu ihr: „Mensch, Marie-Luise, du bist auch schon fast erwachsen!" Er war der Einzige, der ihren Namen vollständig aussprach, und wohl auch der Einzige, dem sie es erlaubte. Aber sie wollte nicht darüber nachdenken, ob sie das eben Gehörte für ein Kompliment halten sollte, und wandte sich ganz dem bei ihren Füßen liegenden Hund zu.

„Ist der süß! Wie heißt er denn?"

„Ich hab ihn Wölfi genannt. Er war in einem Tierasyl in Enschede, da habe ich ihn vor einem Jahr herausgeholt. Seitdem sind wir unzertrennliche Freunde", antwortete Holli und rief der Kellnerin zu: „Een Kopje Koffie alstublieft!" MariLu war nun ganz mit Wölfi beschäftigt, was ihm die Möglichkeit gab, sich auf Johann zu konzentrieren. „Mensch, Alter, wenn ich dich sehe, dann muss ich ganz an unsere frühere Zeit, meine Zeit als dein Assistent an der Uni denken."

Johann lächelte. So wie jetzt tauchte Holli immer irgendwo aus der Versenkung auf. Er war in einem Heim aufgewachsen, und irgendwann gelang ihm die Bekanntschaft mit der elterlichen Familie von Johann, zu dessen Mutter mit ihrer spontanen, ehrlichen und einfühlsamen Art er sich besonders hingezogen fühlte. Dann verschwand er von einem Tag auf den anderen. Viele Jahre hatten sie nichts mehr von ihm gehört, bis er plötzlich in Münster – Johann war dort gerade als junger Dozent am Institut für Soziologie tätig – wieder auftauchte.

„Ich muss gerade daran denken, wie wir dich in Münster zum Universitätsassistenten hievten." Holli grinste übers ganze Gesicht, das dadurch nichts von seinen adlerhaften Konturen verlor. „Das war eine coole Kiste, damals, nicht Alter? Mit nichts auf der Tasche, keine Schulausbildung, keinen Beruf, kommt man dann so als Loser in so eine Großstadt, und du machst mich da vor Hunderten von Studenten einfach zu deinem Assistenten." Er schaute Johann mit listigen Augen an und rührte dabei in seinem eben servierten Kaffee herum.

Er ist ein irrer Typ, dachte Johann, wenn man bedenkt, wie er in einer Nacht das „Handbuch zur Psychiatrie" von Giovanni Jervis durchhatte, um dann am nächsten Tag den Studenten im Soziologieseminar den Zusammenhang repressiver Familienpolitik mit der Sozialgeschichte der Psychiatrie zu erklären. Augenblicklich avancierte er zum Star unter den Studentinnen und Studenten, denen er Begriffe wie „geschlossene Systeme" oder „totale Institution" vor dem Hintergrund seiner eigenen Heimgeschichte praxisnah auseinandersetzen konnte, ohne dabei diese Geschichte selbst offen zu legen. Holli ist ein Jongleur, dachte er, einer, der sich die Menschen zu Nutze macht, ohne sie dabei auszunutzen, einer, der sich wie ein Chamäleon verwandeln kann, glaubwürdig eine Rolle spielt und dabei anderen hilft und nützlich ist. So wie damals für die Studenten, denen er schweres Soziologendeutsch zu leichter Kost verarbeitete, stets garniert mit einer Zutat seines frechen jugendlichen Humors. Er ist wie Phönix aus der Asche, dachte er. Denkt man, er geht unter in seinem eigenen Bildungsnotstand, dann taucht er auf als Lehrer an der Uni. Denkt man, er geht zu Grunde in Alkohol und Heroin, dann steht er wieder auf als Sozialarbeiter in Enschede mit holländischem Pass. Wenn er nicht heute schon wieder etwas anderes ist.

„Bist du eigentlich noch Sozialarbeiter in Enschede?"

„Na klar, ich bin Bezirkssozialarbeiter bei der Stadt Enschede. Aber stell dir mal vor, jetzt mache ich noch 'ne Zusatzausbildung zum Suchtberater an der Hochschule."

„Na da hast du ja einschlägige Erfahrungen. Den Suchtkranken kann gar nichts Besseres passieren, wenn sie auf jemanden wie dich treffen, jemanden der am eigenen Leibe das ganze Anschaffungs- und Entzugselend miterlebt hat. Zu dem können sie noch am ehesten Vertrauen fassen.

Alles in allem waren das für dich ja glückliche Umstände. Die Geschichte mit deiner Geburtsurkunde, dass man die holländische Staatsbürgerschaft nachweisen konnte, so konntest du, als es dir damals so schlecht ging, in Enschede wenigstens eine neue Heimat finden."

„Der Nachweis der niederländischen Herkunft war gar nicht mal das Problem", wandte Holli ein. „Ich

hatte doch Angst, nach Holland einzureisen, weil sie mich suchten wegen Beschaffungskriminalität. Aber als ich dann selbst aufhören wollte mit dem ganzen Drogenmist, danach nicht mehr so schlimm auf Turkey war, habe ich mich den Behörden gestellt, weil ich einfach reinen Tisch mit allem machen wollte. Der Richter hat mich dann Gott sei Dank nicht in den Bau gesteckt, sondern mir nur Pflichtstunden bei der Stadt aufgetragen, und das Ganze bei voller Grundversorgung, so wie es das Recht von jedem Niederländer ist. Das war finanziell wie 'n Lottogewinn und sozial wie 'ne therapeutische Großtat."
Der Begriff „Grundversorgung" erinnerte Johann an sein eigenes Elend, war doch dies eins der Themen seines gerade abgelehnten Fachbuchs. Nur wenige Stunden waren seit dem verheerenden Telefongespräch vergangen. Holli sah seinem Freund an, dass ihm irgendetwas quer ging.

„Was ist los mit dir, Alter? Ist etwas schief gelaufen?"

MariLu ahnte schon, was nun kommen würde, und schaute ihn fragend von der Seite an: „Kann ich ein bisschen mit deinem Wölfi vor die Tür gehen?" Holli nickte ihr aufmunternd zu, und der Hund war im Fußraum unter dem Tisch sofort auf den Beinen, um ihr zu folgen.

Wenig später liefen die beiden draußen am Fenster vorbei. MariLu winkte ihnen zu, während die Jungen im Hintergrund stumm um ihre Aufmerksamkeit geiferten.

„Was ist passiert?", fragte Holli, der von der Tischseite auf ihren Platz rückte, um ihm gegenüber zu sitzen – er war so ein Auge-in-Auge-Typ.

„Die vom Verlag haben heute mein Buch abgelehnt!"

„Was denn für'n Buch?"

„Ich wollte ein Buch schreiben über ‚Neue Arbeit' und ‚Erneuerbare Energie', das heißt, eigentlich wollte ich es nur herausgeben, schreiben sollten es Menschen, die in ihren Wohngebieten, Schulen und Produktionsstätten den Industrie- und Energiegiganten etwas entgegensetzen. Mal abgesehen von den Möglichkeiten alternativer Energieproduktion geht es mir um die Regionalisierung der Versorgung, dass also nicht ständig Obst und Gemüse von Kopenhagen nach Andalusien hin und zurück transportiert werden, wie Eulen nach Athen."

„Oder Kartoffelmehl von Rotterdam nach Warschau, um anschließend Geflügelfleisch und Eier auf den Lkws nach Holland zurückzukarren, wo hier Geflügel-KZs und Legebatterien schon umstrittener sind", ergänzte Holli.

„Genau", bestärkte ihn Johann, sah dabei sehr wohl seinen Aspekt des Tierschutzes und fuhr fort: „Alle Welt redet von der Klimakatastrophe und meint, sie sei abzumildern durch den Ersatz von Erdöl durch Rapsöl. Aber der Wahnsinn ist nur zu durchbrechen, wenn man die Verschwendung eindämmt. Die statistisch größte und ökologisch übelste Verschwendung findet auf der Straße, den Meeren und in der Luft statt: durch den fortwährenden Transport von Menschen und Material. Nur damit der Zwischenhandel und die Discounter profitieren, wird die Kuhmilch Tag für Tag durch die halbe Republik gefahren, anstatt sie regional, also vor Ort zu vermarkten. Was für ein Segen wäre es für Mensch,

Tier und Umwelt, wenn – wo eben möglich – die Güter dort, wo man sie produziert, auch umgesetzt werden.

Was für die Versorgung gilt, gilt genauso für die Entsorgung. Ich kam darauf durch einen, mittlerweile schon über 80 Jahre alten Freund von mir, der in einem ländlichen Bereich meiner Gemeinde lebt. Dort entsorgten die Leute ihre Abwässer durch eigene Sickersysteme."

„Du meinst über so 'ne Verrieselung in drei Kammern. Ist das denn noch erlaubt?", fragte Holli nach.

„Eben nicht mehr, und das war ja das Problem. Auf einmal hieß es, dass die Abwässer der ganzen Siedlung zentral entsorgt werden sollten, was für jeden Haushalt mit einer Kostenauflage von über 12.000 Euro verbunden war. Da kam mein alter Freund auf die Idee des Baus einer gemeinschaftlich geführten, dezentralen Kläranlage vor Ort. Mit seinen Nachbarn hob er eine Bürgerinitiative aus der Taufe, und nach einem halbjährigen Kampf mit den Behörden waren 21 Häuser an ein eigenes Klärwerk angeschlossen."

„Und hat's sich denn wenigstens gelohnt?"

„Ja und wie! Jede Familie zahlt einmalig nur zweitausend Euro, und die anfallenden Abgaben betragen nur die Hälfte der üblicherweise erhobenen Abwassergebühren. Wissenschaftler, die dieses Projekt begleitet haben, machen darüber hinaus deutlich, dass solche dezentralen Klärwerke ökologisch viel sinnvoller seien. Und darum geht es mir bei all diesen Projekten: Ich will zeigen, wie man bürgernah und kostengünstig wirtschaften, und dabei richtig was für die Umwelt tun kann."

„Haste denn schon Leute zusammen, die was schreiben?" Holli strahlte ihn an, er strahlte immer, wenn jemand Ideen vortrug, mit denen sich Wege aufzeigen ließen, komplizierte Theorien in die Praxis umzusetzen. Damals an der Universität ging es um die Selbstorganisation sozialer Arbeit. Zumindest sein Leben hat er über die soziale Arbeit selbst organisiert, was auch nicht jeder schafft, dachte Johann und antwortete ihm.

„Ich habe 27 Frauen und Männer gefunden, die darüber schreiben, wie man alternativ arbeiten, leben und Energie gewinnen kann. Sind alles unbekannte Autoren, die beispielhaft für viele Tausend Non-Government-Aktivisten stehen, die die Welt verbessern wollen. An der Basis, in ihren Lebensbereichen haben sie mit unkonventionellen Methoden etwas auf den Weg gebracht, das wirtschaftlich funktioniert und Mensch und Natur hilft, in kooperativer Weise miteinander auszukommen. All diese Projekte zeigen, dass die Trennung von Arbeit und Leben und Naturschutz überwunden werden kann, wenn sich die Ökonomie nicht mehr an den Maßstäben von Profit und Macht orientiert, sondern am eigentlichen Wert des Lebens."

„Wir hatten doch damals im Seminar so einen chilenischen Biologen, hieß der nicht Humberto? Der hat doch das Prinzip des Lebens in so einem treffsicheren Begriff zusammengefasst", fiel Holli ein und strahlte dabei weiter über das ganze Gesicht.

„Das war Humberto Maturana, der das Leben als ‚Autopoiese' beschrieb", referierte Johann sofort mit altem Dozentenschwung. „In dem Begriff stecken zwei griechische Wörter: ‚autos', was ‚selbst' heißt – daher die Bezeichnung ‚Auto'; während ein Pferdemobil abhängig von den Pferden ist, ist ein Automobil selbstständig mobil. In ‚Poiesis' steckt das Wort ‚Poet', Schöpfer von allem Neuen. Autopoiese ist also ..." – „Die Selbstschöpfung des Lebens", riefen beide gemeinsam aus und freuten sich am Fundus ihres wissenschaftlichen Gedächtnisses.

„Und was der Biologe Maturana ‚Autopoiese' nannte", setze Johann noch eins drauf, „nannte der Soziologe Christian Sigrist ...", wieder gemeinsam: „Regulierte Anarchie!" Im Takt der sieben Silben beider Wörter schlugen sie mit der flachen Hand auf den Tisch, der glücklicherweise durch den Orientteppich gedämmt war, so dass die anderen holländischen Gäste nicht erschraken.

„Und wie hast du das Buch genannt?", fragte Holli lachend nach.

„‚Handbuch für Weltverbesserer'. Ich dachte dabei an die Entfaltung eines Netzwerks, das die vielfältigen, großteils noch unbekannten Initiativen und Projekte so miteinander verknüpft, dass daraus eine neue Qualität des Aufbruchs hervorgehen kann. Das ist mehr als ‚Lokal handeln und universal denken'. Wie bei ‚Wikipedia' wirken alle Aktiven, die ganze Bandbreite der Technologie nutzend, so zusammen, dass ein übergeordnetes, von allen getragenes Ganzes dabei herauskommt. Einzelnes und Ganzes bilden eine autopoietische Gestalt!"

Johann lehnte sich befreit zurück, als sähe er die ‚autopoietische Gestalt' direkt vor sich, setzte dann aber mit besorgter Mine seine Ausführungen fort: „Angesichts der explodierenden Öl- und Gaspreise erleben wir wie in einem Lehrstück das Gegenteil von Autopoiese und befreiender Selbstregulation: Während die Vertriebskartelle die Daumenschrauben anziehen und Börsenspekulanten den Preis pro Barrel Erdöl in schwindelnde Höhen treiben, sehen die politischen Eliten der Staaten und Staatengemeinschaften nur hilflos zu. Nur durch Dezentralisierung kann man sich aus den energiepolitischen Fesseln befreien: Ortschaften und Gebiete müssen sich selbst mit Energie versorgen, dezentral – da, wo es viel Wind gibt, mit Windenergie, da, wo die Sonne oft scheint, mit Sonnenenergie, dort, wo es Flüsse, Seen und Meere gibt, mit Wasserenergie. Mit ein paar Solarzellen auf der Garage könnte eine Familie oder eine Nachbarschaft in einem anschließenden Elektroanalyse-Verfahren über Nacht so viel Wasserstoff aus Wasser gewinnen, dass dies für den täglichen Betrieb eines Nutzfahrzeugs im näheren Umkreis ausreichen würde."

„Und hinten heraus käme kein CO_2, sondern nur unschädliches Wasser", ergänzte Holli und fuhr fort: „Aber das Beste, was bei diesen Vorstellungen herauskäme, ist die Einsparung von Anstrengungen, wie nennen das unsere Manager noch gleich? – ‚Manpower'. Weißt du noch, was physikalisch Kraft ist? Kraft ist Weg mal Gewicht. Je weiter die Wege der Öltanker und je mehr sie mit sich herumschleppen, umso mehr Kraft wird vergeudet und umso mehr werden Mensch und Natur gegeneinander aufgerieben. Und das, was für die Bruttoregistertonnage im Großen, gilt für jedes Pfund im Kleinen." Holli lachte und klopfte dabei auf seinen nicht vorhandenen Bauch. „Je weniger ich mit mir herumschleppe, um so besser ist es für mich und die Umwelt."

Nur gut, dachte Johann, dass MariLu das nicht hört. Die hätte solche Auslassungen nur als Rechtfertigung einer weiteren Abmagerungsattacke gegen ihren eigenen Körper missbraucht. Da ist sie schon besser bei Wölfi aufgehoben, bei dem man nicht jede Rippe fühlen kann.

Aber Holli war nicht zu bremsen: „Mir geht's dabei nicht nur um unsere alte Devise FdH – friss die Hälfte. Wobei schon richtig ist, dass FdH, in allen reichen Nationen programmatisch umgesetzt, schlagartig die Welt retten würde. Aber es geht ja nicht nur darum, wie viel man isst, sondern auch, wie man isst. Man ist, was man isst! Wie macht man doch gleich einen Obstsalat? Da treffen sich ein paar Leute, schmeißen alle ihr Obst zusammen und schnippeln darauf los. Das Resultat ist der beste und individuellste Obstsalat der Welt! Nicht wahr? Aber in den Zentralen herrscht das Gesetz von Menge und Zahl: 4 Tonnen Bananen, 3 Tonnen Äpfel, 1,5 Tonnen Apfelsinen, 270 Zitronen, 40 Liter Sorbinsäure, nach industrieller Kleinstzerwürfelung alles Vakuum verpackt in kleine Döschen, und zum Schluss kosten 100 Gramm genau so viel wie ein Pfund von unserem spitzenmäßigen Natur- und Handprodukt. Die Zentralen machen uns kaputt! Noch nie in der Geschichte war so viel in der Hand von so wenigen Wirtschaftsgangstern. In den USA beherrscht ein einziger Futtermittelkonzern die gesamte amerikanische Landwirtschaft. In diesem Land können die Multis hemmungslos mit Erdöl spekulieren; es gibt nicht mal ein Gesetz, das sie dazu zwingt, ihren Profitwahn ausschließlich an der Börse auszuleben. Sie können die Börse einfach umgehen und machen, was sie wollen. Als würde das Ausmaß krimineller Energie nicht ausreichen, das die Börse den Globalplayern in erlaubten Bahnen freisetzt. Die Zentralen und Spekulanten, die sind es, die uns kaputtmachen. Und die Investmentfonds und Versicherungsgesellschaften! Weißt du, was einem durchschnittlichen holländischen Rentner nach Abzug seiner Wohnungs-, Energie- und Versicherungskosten noch übrigbleibt zum Leben?" Holli hatte sich so in Rage geredet, dass Johann mit seinem erwidernden „Nein" kaum noch dazwischen kam. „Ganze 10 bis 20 Prozent! Und bald wird es so wenig sein, dass die breite Masse unserer Rentner bei den öffentlichen Tafeln um Lebensmittel anstehen muss."

Aber der Kapitalismus treibt auch andere Blüten, dachte Johann und erinnerte sich an einen Job, den er vor 25 Jahren in einem Rechenzentrum des Kreisarbeitsamtes ausgeübt hatte. Er musste damals einen Großrechner mit Lochkarten bestücken, der schon im Verlauf seines Jobs zu 12 Kubikmetern angewachsen war. Du meine Güte, dachte er, die haben damals extra den großen Sitzungssaal für den Quadranten-Heinz, wie sie den Zentralrechner nannten, freigemacht. Damals spukte in den Köpfen die Vision, dass sich immer weniger menschliche Kollegen um einen Zentralrechner mit gigantischen Ausmaßen gruppieren, und da sich nicht alle Behörden einen Quadranten-Heinz leisten konnten, müssten wohl Behörden zusammengelegt werden, um ihrerseits um einen solchen Giganten gruppiert zu werden. Die technologische Variante des Turmbaus zu Babel. Und heute trage ich, dachte er, die rechnerische Kapazität dieses Giganten in Form eines Subnotebooks in meiner Westentasche herum. Was für ein futuristischer Irrtum, damals, dachte er. Niemand hätte damals voraussagen können, dass sich nicht nur jede Behörde, sondern praktisch jede Familie, jeder Haushalt einen solchen Rechner leisten und sich in ein weltweites Computernetz einloggen und dies sogar aktiv beeinflussen könnte. WWW, jede Wohnung ein PC, von solch einem Potenzial einer demokratischen Auffächerung innerhalb des Kapitalismus hatte man damals nicht mal träumen können. Eine Form digitalisierter Autopoiese, überlegte er.

„Du bist so still, was denkst du?", fragte Holli.

„Ich denk über deine Zentralen nach", log Johann, weil er sich schlecht vorstellen konnte, mit Holli über Dialektik zu diskutieren. „Aber ich möchte noch einmal zurückkommen auf dein Beispiel der Verarmung von Rentnern: Ihr habt doch in den Niederlanden so ein Gesetz der Grundversorgung, nicht wahr?"

„Ja, das ist eine Super-Einrichtung in Holland, die Grundversorgung. Die hat mich damals auch aufgefangen!" Wie zur Veranschaulichung einer sozialen Abfederung ließ er seine flache Hand auf dem Orientteppich des Tisches vibrieren. „Jeder Bürger der Niederlande hat ein Recht auf eine solche Grundversorgung, ob man nun arbeitet oder nicht. Und das hat nicht den Charakter von Almosen. Als ich damals arbeitslos war, habe ich mich nie diskriminiert gefühlt. Für mich war und ist das immer eine rechtliche und wirtschaftliche Basis, zu der Millionen Andere auch gehören. Auf dieser Basis kann man aufbauen und weitersehen, so habe ich nun als Sozialarbeiter meinen Halbtagsjob und verdiene etwas über diese Basis hinaus."

„Das ist ein guter Ansatz und nicht nur zur Überwindung des diskriminierenden Status von Dauerarbeitslosigkeit", ergänzte Johann. „Menschen, die langfristig oder dauerhaft keinen der herkömmlichen Jobs bekommen können oder, wie man so treffsicher sagt, von Arbeit freigesetzt sind, sollten nicht als Problem, sondern als ein Reservoir der Weltverbesserung gesehen werden. Und auf dem Gebiet gibt es ja wohl alle Hände voll zu tun, wenn es darum geht, Wälder wieder aufzuforsten, brachliegende, ehemals landwirtschaftlich genutzte Flächen zu renaturieren, wenn es darum geht, einer regionalisierten Herstellung und Umsetzung von Gütern und Dienstleistungen zuzuarbeiten oder darum, die Bereiche der sozialen Arbeit zu reaktivieren – denk allein an die verödeten Sozialflächen im Alten- und Pflegesektor. Man kann gar nicht alles aufführen, was dezimiert wurde oder einfach brachliegt und förmlich schreit nach neuer Arbeit. Menschliche Kreativität und Arbeitskraft sind in höchstem Maße gefordert, vorausgesetzt man hat eine Welt im Blick, die endlich natur- und menschenfreundlicher gestaltet wird. Alle Energie, die in diese Richtung aufgebracht und umgesetzt wird, nenne ich Kulturarbeit. Und die Menschen, die das tun, Kulturarbeiter."

„Und wer kann Kulturarbeiter werden?", wollte Holli wissen.

„Jeder, der will", antwortete Johann. „Jeder kann sich nach seinen individuellen Fertigkeiten und Begabungen einbringen. Aber insbesondere sollten sich die angesprochen fühlen, die von der herkömmlichen Arbeit freigesetzt wurden. Der Bedarf an Kulturarbeit könnte über das Internet ausgewiesen und über regionale Bildungseinrichtungen, etwa Volkshochschulen, verwaltet werden. Hier könnte auch eine Art Fortbildung der Kulturarbeiter organisiert werden. Das Ganze würde realisiert werden über breitflächig und gleichzeitig regional angelegte Staatsprogramme."

„Und wie würde das finanziert werden?", fragte Holli nach.

„Das Geld, das jetzt benutzt wird, um die Arbeitslosigkeit zu verwalten, wird zur kulturellen Mobilisierung großer Menschengruppen eingesetzt, deren Arbeitskraft selbst zu einem ökologischen, ökonomischen und sozialen Faktor werden würde. Mal abgesehen von der politisch durchzusetzenden, längst überfälligen Umverteilung der Vermögen von reich nach arm. Es geht schließlich um nichts Geringeres als um die Beantwortung der Frage: Wie kann man die Welt noch retten? Die Orientierung auf die Geldeliten wird uns immer tiefer reinreißen, das wissen wir! Vielmehr gilt es, nach Wegen zu suchen, die durch ein humanes Massenbewusstsein und eine Sehnsucht nach einer gerechten und friedfertigen Welt vorgezeichnet sind. Die Kulturarbeit wäre so ein Weg. In unserem Weltverbesserungsbuch wurde sie präzisiert durch einige Projekte, die einmal anfingen als Arbeitsbeschaffungsmaßnahmen und nun Maßstäbe setzen auf dem Weg zur kulturellen Neuorientierung und ..."

Mitten im verbalen Weltverbesserschwung wurde die doppelflügige Eingangstür zum Restaurant aufgedrückt: Wölfi und MariLu kamen herein, der Hund vorneweg, an seiner Leine das Kind hinter sich herziehend. Sie zog zurück und beugte sich vor, um den Hund von der Leine zu befreien, der sofort in Richtung Holli sprintete, unter dem Tisch verschwand und sich an seine Beine schmiegte. MariLu setzte sich an die Seite des Tisches, die dem Fenster gegenüberlag, durch das sie den gaffenden Jungen ein paar Grimassen zuwarf. Nun hatte sie Holli zur linken und ihren Vater zur rechten Seite. Sie war etwas außer Atem, der immer lebhafte Gesichtsausdruck wirkte aufgeregt und ihre dunklen Augen blinkerten von einem Augenpaar zum anderen, um schließlich das von Johann zu fixieren.

Jetzt will sie bestimmt einen Hund, dachte er.

„Ich hab' da eine ganz tolle Idee, Papa! Wir bauen Wölfi als Darsteller für das Buch mit ein. Er könnte der Hirtenhund werden für Trampelmöhrchen und B-Hörnchen. Wölfi in Hüterposition, im Hintergrund ein paar Stallhasen positioniert, wenig Tiefenschärfe, so dass man sie gut für Tiere der Wildnis halten könnte."

„In was für einem Drehbuch soll Wölfi eine Rolle spielen?", fragte Holli mit verdattertem Hasenblick.

„MariLu versucht schon die ganze Zeit, mich über die Absage des Verlags hinwegzutrösten", versuchte Johann eine Antwort. „Sie denkt nun an ein neues Buch, will so eine Art Sozialgeschichte der Tiere schreiben, die ich dann mit meinen Fotos bebildern soll. Da Tiere der Wildnis nicht so leicht zu porträtieren sind, kommt ihr da dein Wölfi ganz gut zupasse."

„Das ist keine, wie du das nennst, Sozialgeschichte der Tiere, es handelt sich um deine alten Trampelmöhrchen-Geschichten, von denen wir immer so begeistert waren."

„Trampelmöhrchen ...", grinste Holli.

„Jawohl, Trampelmöhrchen", konterte MariLu. „Der geilste Waldhase der Weltgeschichte, der Gründer einer neuen Stadt – zusammen mit seinem Freund, dem Eichhörnchen. Die haben zusammengehalten, und die haben das, wovon ihr immer nur redet, geschaffen: eine Gesellschaft!"

„Mit beschränkter Haftung oder ohne?", witzelte Holli.

„Da wird niemand verhaftet, da tritt jeder für den Anderen ein. Alle stehen für einen und jeder Einzelne für alle."

Sie war einigermaßen genervt von dem ironischen Tonfall Hollis und sagte plötzlich: „Übrigens, füreinander einstehen, da fällt mir ein, ich habe Mama getroffen. Sie hat mir den Autoschlüssel für dich mitgegeben." Sie kramte in ihren Hosentaschen, zog die Autoschlüssel heraus und legte sie vor Johann auf den Teppich.

Sie warf kurz den Kopf zurück, strich sich eine brünette Locke aus der Stirn und machte ein Gesicht, als wollte sie sagen: Na, jetzt hat's euch die Sprache verschlagen, nun ist mal für einen Moment Schluss mit dem arroganten Getue.

Wenigstens Johann hatte es die Sprache verschlagen. Das ist die nächste Attacke, dachte er, als wenn nicht alles schon schlimm genug wäre! Erst

werden einem die Schriftstellerei und jede damit verbundene politische Hoffnung vor die Füße geworfen und dann lässt einen die eigene Frau mit dem Kind sitzen – ein gebrochener Autor und ein verlassener Ehemann. Er versuchte sich zu sammeln und stammelte: „Wo hast du die denn getroffen?"
„In einem Straßencafé in einer der Seitenstraßen, als ich mit Wölfi spazieren ging. Sie war da zusammen mit Rike's Mutter und rauchte eine."
„Wer ist denn Rike?"
„Du weißt aber auch gar nichts! Rike ist meine Klassenkameradin. Jedenfalls hat mir dann Mama gesagt, sie würde mit Rike's Mutter nach Hause fahren und dass du mich später nachbringen kannst."
„Dich später nachbringen, und was ist mit mir?", reagierte Johann nervös.
„Du wirst sicher irgendwie nach Hause kommen, und da ich noch nicht Auto fahren kann, werde ich dir schon nicht wegfahren. Nicht wahr? Aber Mama hat von irgendwas gesprochen, das für dich im Auto sein soll."
„Was soll denn das sein, das da im Auto?", fragte er weiter gereizt nach.
„Das weiß ich doch nicht, aber wir können ja hingehen und nachgucken", schlug sie vor.
„Vielleicht ist es das Beste, wir machen uns auf den Weg", ergänzte Holli.
Die drei standen auf und gingen rüber zum Tresen auf der anderen Seite des Restaurants, wo Johann schnell bezahlen wollte. Zwei Pfannekuchen und einen Kaffee, nicht viel Verzehr für eineinhalb Stunden, mochte Holli gedacht haben. Johann ist spen-

dabel und gleichzeitig extrem sparsam, schon immer gab es bei ihm entweder was zu essen oder was zu trinken, nie beides auf einmal.

Im Ausgangsbereich ließ Holli seinen Hund von der Leine, der ihnen in Sichtweite voranlief. Eilig folgten sie ihm am Restaurant und an den Jungen vorbei, die sich fragen mussten, warum sie nun keinen von ihnen auch nur eines Blickes würdigte. Sie gingen mit schnellen Schritten dieselbe Straße durch Ootmarsum zurück, nur dass sie diesmal andersherum gebogen war und die Schatten der Häuser um eineinhalb Stunden länger waren.

Im Alfa Romeo lag auf der Mittelkonsole ein zusammengefalteter DIN-A4-Bogen, ein handgeschriebener Brief, den er herausnahm und im Stehen hastig überflog, sich dann ins Auto setzte, um ihn mit Verstand noch einmal zu lesen.

LIEBER JOHANN,
ICH WEISS, DASS DICH DIESE RABIATE, JA, GEMEINE ABSAGE DES VERLAGS SCHWER VERLETZT HAT. ICH MÖCHTE DICH AUCH GERNE TRÖSTEN, DOCH ICH WEISS NICHT WIE. DENN EGAL, WAS ICH SAGE, ES KOMMT BEI DIR FALSCH AN, WIRD VERDREHT UND KOMMT AUF EINE WEISE ZUM SCHLUSS HERAUS, DIE AUCH MICH WIEDER VERLETZT. VOR ALLEN DINGEN SCHEINT ES ÜBERHAUPT NICHT MEHR MÖGLICH ZU SEIN, ETWAS KRITISCH ZU ÄUSSERN. DARUM MACHE ICH DAS HIER MAL SCHRIFTLICH:
ICH FINDE, DU VERHÄLST DICH VIEL ZU EGOMAN, ALLES DREHT SICH UM DICH, ALS SEIST DU DER MITTELPUNKT DER WELT. VIELLEICHT MÜSSEN

AUTOREN SO SEIN, DAMIT SIE IHRE GESCHICHTEN SCHREIBEN KÖNNEN. ABER DU BIST NICHT NUR AUTOR, DU BIST PASTOR, SEELSORGER UND – VOR ALLEN DINGEN – FAMILIENVATER. DEN WERT, VATER ZU SEIN, SOLLTEST DU MEHR IN DIE MITTE STELLEN, DANN WÜRDE DANEBEN VIELLEICHT AUCH DEIN GANZER KUMMER MIT DEM VERLAG VERBLASSEN. ABER WAS REDE ICH, DU WIRST MICH IM MOMENT SOWIESO NICHT VERSTEHEN ODER VERSTEHEN WOLLEN. DESWEGEN SCHLAGE ICH VOR, DASS DU DICH FÜR DIE NÄCHSTEN TAGE, VIELLEICHT WOCHEN IN DEIN KRANKENHAUSQUARTIER ZURÜCKZIEHST UND UNS SOLANGE IN RUHE LÄSST, BIS DU SELBST ZUR RUHE GEKOMMEN BIST UND WIEDER EINEN KLAREN KOPF FASST. VIELLEICHT BEDENKST DU MAL ALLE VERHÄLTNISSE IN IHRER GANZEN TRAGWEITE.
DU KANNST MIR HEUTE ABEND MARILU VORBEIBRINGEN, DANN MÖCHTE ICH ABER KEINE DISKUSSIONEN, SONDERN DIE ERST WIEDER, WENN BEI DIR WIEDER ALLES EINIGERMASSEN IM LOT IST. DAFÜR WÜNSCHE ICH DIR KRAFT UND SEGEN.
IN LIEBE, DEINE FRAU.

Der Brief war in großen Lettern geschrieben, sie schrieb immer so, wenn sie schrieb, aber manchmal hörte es sich auch so an, wenn sie sprach.

Johann fühlte sich wie bei einem tiefen Fall, bei dem einem, vorausgesetzt man ist dazu noch in der Lage, erst Momente nach dem Aufprall klar wird, was geschehen ist. Ich bin wie ein Vogel, der aus dem Nest gefallen ist, dachte er, und jetzt hilflos am Boden liegt, der aus dem Nest gestoßen wurde, verdrängt von einem sich breit machenden Kuckucks-Küken. Was sind das eigentlich für Vögel, diese Kuckucks, fragte er sich. Zu faul, sich eine eigene Behausung zu bauen, fliegen sie in der Gegend herum, gucken hier und da und lassen in schon fertig eingerichtete Nester ihre blöden Eier fallen. Dann wächst die Brut heran, durchgefüttert von nichts ahnenden Pflegeeltern, um schließlich fett und groß, wie so'n Kuckucks-Küken nun mal wird, die leiblichen Kinder des sich abmühenden Vogelpärchens eins nach dem anderen aus dem Nest zu schmeißen. Johann war nicht ganz klar, was das sich in seinem Innern abbildende Kuckucks-Gleichnis eigentlich bedeuten könnte. Wer sollte der Kuckuck sein? Etwa seine Frau? Aber die legte keine Eier in fremde Nester. Und MariLu konnte wohl kaum das, die anderen verdrängende Kuckucks-Küken sein. Wen verdrängt die schon, dachte er, bei ihrem Sinn für Hilfsbereitschaft und bei ihrem sozialen Gemüt. Das einzige, was Sinn macht, ist die Opferrolle. Er sah sich wie das Vögelein, verletzt und nach Luft schnappend, am Boden liegen. Aber alles andere stimmte hinten und vorne nicht. Und was soll das Nest, fragte er sich, ich habe nie ein Haus gebaut für die Familie, ihr wurde ein Pfarrhaus als Dienstwohnung zugewiesen, und da lebt man nun, ohne dass ich was dafür getan habe, wie in einem fremden Nest. Das Ganze ist ein vermurkstes Bild, dachte er, und was taugt man dann noch als Schriftsteller, wenn man noch nicht mal gute, sinnträchtige Bilder konstruieren kann?

Johann kam mit seinen Gedanken nicht weiter, weil ihm MariLu, die immer noch neben dem Auto stand, den Brief aus der Hand schnappte und ihn selbst zu lesen begann. Holli lugte mit Adlerblicken über ihre Schulter.

MariLu brauchte keine Besinnungspause: „Was ist los, Papa, warum guckst du so fassungslos? Das ist doch alles gar kein Problem!"

„Zum Kuckuck", sagte Johann halb fluchend, halb verwirrt, „ich bin völlig durcheinander."

„Kuckuck?" Holli schaute ihn auffordernd an.

„Ja, zum Kuckuck, vielleicht bin ich auch an allem schuld?", sinnierte Johann.

„Jetzt hör mal auf, Alter, mit deiner Schuld! Ich hab den Brief von deiner Frau grad mal überflogen, das ist ja nun wirklich nicht die Welt. Sie will dir mal eine Ruhepause gönnen, sozusagen zur Besinnung. Nimm das doch mal so an!"

„Ja, ja, sehr gönnerhaft", protestierte Johann.

„Andersherum", munterte Holli ihn auf, „du solltest dir das gönnen, jetzt mal eine Pause, einfach für dich zu sein. Aber was meint sie da mit einem Zimmer im Krankenhaus, sollst du da eine Kur machen oder so was?"

„Nein, keine Kur, ich habe vor ein paar Monaten die Stelle als Klinikpfarrer angenommen. Ich dachte, ich hätte lange genug die Arbeit als Gemeindepfarrer gemacht und dass mir die Arbeit als Krankenhausseelsorger wohl läge. Und so habe ich mich auf diese Stelle beworben. Bis auf weiteres wohnen wir aber noch in dem alten Pastorenhaus, und da das 20 Kilometer entfernt von meiner Arbeitsstätte liegt, habe ich mir mein Dienstzimmer im Krankenhaus so eingerichtet, dass ich dort auch übernachten kann."

„Das ist ja super", verstärkte Holli seinen Aufmunterungskurs, „dann hast du ja ein prima Ausweichquartier." Etwas verwirrt schaute er auf seine Armbanduhr und Johann fragend an: „Durch das ganze Hickhack habe ich die Zeit völlig vergessen und der letzte Bus ist seit einigen Minuten auf und davon. Meinst du, du kannst mich zu Hause vorbeibringen?"

„Super", freute sich MariLu, „so eine Spritztour in die holländische Großstadt würde dich doch auf ganz andere Gedanken bringen, und darf ich, wo Mama jetzt nicht da ist, vorne sitzen?"

„Sicher, wenn Holli nichts dagegen hat, dann fahren wir jetzt zusammen nach Enschede, aber lasst mich bitte jetzt ein bisschen in Ruhe, damit ich einen klaren Gedanken fassen kann. Und nimm gleich auch den Hund mit nach vorne!"

Sie fuhren von Ootmarsum nach Denekamp, ein Ort, den man wegen der großzügigen Umgehungsstraße kaum wahrnahm. Danach wählte Johann eine kleinere Straße, auf der ihnen nur hin und wieder ein Auto entgegenkam. Er musste lediglich auf ein paar Radfahrer Acht geben, für die diese Straße wie geschaffen war: Die beiden rot markierten Radwege ergaben zusammen fast die Breite der eigentlichen Fahrbahn. Sie war kurvenreich und glatt geteert, was wiederum wie geschaffen war für ein Auto, wie Johann es fuhr. Der Alfa glitt über die Straße, lag wie ein Brett in den Kurven, in deren Auslauf Johann ein bisschen Gas zugab und sich am

Klang des sonorigen Auspuffs erfreute. Da er jede Reparatur selbst machte, kannte er den Motor bis auf die letzte Schraube und erkannte am leichten Hämmern der Ventile, am Surren der Steuerkette und der Regelmäßigkeit und Sattheit der Explosionsgeräusche im 4-Takt der Maschine, wie sauber er Zündung, Ventile, die vier Leerlaufdüsen des Doppelvergasers und den oberen Totpunkt eingestellt hatte. Der obere Totpunkt ist die höchste Position des Kolbens in der Aufwärtsbewegung im Zylinder, womit die stärkste Kompression des Benzin-Luft-Gemisches erreicht wird, dessen Explosion den Kolben mit Wucht in die Gegenrichtung treibt. Es ist seltsam, dachte Johann, dass man den Moment, an dem etwas in Bewegung geschossen wird, Totpunkt nennt. Bei so einer Maschine ist bei jedem Totpunkt permanent gewährleistet, dass es weitergeht – und zwar mit Wucht. Überhaupt ist auf die ganze Technik Verlass, eins greift ins andere und alles funktioniert, dachte er und freute sich am Chor der vereinten Neben- und Hauptgeräusche. Und alles kann ich selber machen, dachte er, reparieren, einstellen, schrauben und schweißen, bin nicht abhängig von irgendwelchen Autofritzen oder vom Kauf dieser sich immer ähnlicher werdenden Neuwagen. In den letzten 60, 70 Jahren hat sich die Motorentechnik praktisch nicht verbessert, das einzige, was sie gemacht haben, sie haben alles komplizierter gemacht mit Bordcomputern und so 'n Kram, damit unsereins nichts mehr selber machen kann. Ein weiterer Schritt zur Verunselbständigung der Menschen. Aber mich haben sie nicht kleingekriegt, dachte er, ich beherrsche die Technik und nicht sie mich. Johann überlegte, ob das auch etwas mit Autopoiese zu tun habe, fragte sich aber im selben Moment, ob ihm nicht andere seine Motorfreude als einen gewissen Fetischismus auslegen könnten.

Der Fetischismus-Verdacht lenkte seine Blicke auf eine sattgrüne, nun hügelige Landschaft. Die Straße, die noch kurvenreicher wurde, führte sie über eine Holzbrücke, von der man die Dinkel, einen kleinen Fluss, der tiefe Schleifen in den sandigen Untergrund gezogen hatte, dahinfließen sah, schiefstehende Kiefern machten den Anschein, als würden sie jeden Moment in das Flussbett stürzen. Sein Blick streifte MariLu, die merkwürdigerweise nicht mit ihrem Gameboy oder iPod beschäftigt war, sondern selbst in die Landschaft schaute. Sie bemerkte seinen Blick und begann zögernd: „Du, Papa, was hast du gemeint, als du gesagt hast, wir hätten kein Geld für Gardinen?"

„Na ja, wir könnten uns schon welche leisten, aber ich halte Gardinen für blöd, warum soll man sich hinter ihnen verstecken", versuchte Johann eine Antwort.

„Dann meinst du also auch, dass Gott es gut mit uns meint und wir das allen zeigen können, so wie es die Holländer auch alle tun?"

„Ich glaube nicht an einen Gott, der alles im Leben vorherbestimmt, und erst recht möchte ich mir nicht vorstellen, dass er seine Gunst durch äußerlichen Reichtum erweist, den man dann noch gardinenlos zur Schau stellen kann."

„Gab es da nicht auch noch so eine Gardinensteuer?", hörte er von hinten Holli.

„Wer sollte denn die Steuern bezahlen, die mit oder ohne Gardinen?", fragte er zurück.

„Na, ich dachte, die, die Gardinen haben", antwortete Holli.

„Dann waren die Armen auch noch doppelt bestraft, erst von Gott, weil sie seinen Segen nicht hatten und dann noch vom Staat, der Steuern erhob für Gardinen, mit denen sie ihre segenlose Armut schamvoll verbergen wollten." Eine reichlich ketzerische Meinung für einen reformierten Pastor, was auch Holli auffiel, er sah sein grinsendes Gesicht im Rückspiegel.

„Aber Gott wird uns doch beschützen?" MariLu wollte sich noch nicht zufrieden geben. „Du hast mir immer gesagt, Gott wird uns behüten und beschützen, dann hat er auch die Macht, wenigstens das zu verhindern, was uns schadet. Wenn er das noch nicht einmal kann, dann ist er doch überhaupt gar kein Gott! Oder?"

„Gott gibt den Menschen die Freiheit, sich in jedem Moment ihres Lebens für das Gute oder das Böse zu entscheiden. Aber er bestimmt es nicht voraus. Wenn er es tun würde, dann hätte er ja auch die Kriege, sogar den Holocaust vorausbestimmt; es wäre ein abartiger Gott, der sein auserwähltes Volk in die Vernichtungslager führen würde. Ich glaube an einen Gott der Liebe, dessen Kraft wir in allem guten Handeln spüren, der alles Gute unterstützt. Es ist so, als würden sich humane und göttliche Schwingungen miteinander verstärken, Schwingungen von denen wir getragen und in diesem Sinne auch beschützt sind."

„Und zur Demodulation deiner Schwingungen – damit wieder wahrnehmbar ist, was gemeint war – bedarf es eines Modems. Vielleicht war die Gardinensteuer mal so ein Modem", bemerkte Holli ironisch.

Aber MariLu ließ sich nicht irritieren: „Wenn also Gott die Guten und Gerechten unterstützt, dann ist er doch auf unserer Seite, wo wir doch meistens liebevoll miteinander umgehen, nicht wahr?"

„Sicher ist das kein Mechanismus, aber an Gott zu glauben, bedeutet, daran zu glauben, dass sich das Gute letztendlich durchsetzt, und danach müssen wir leben: friedfertig, einander vergebend und gerecht." Er hörte die Spur Pathos in seiner Antwort.

„Sind wir dann jetzt gefährdet?" MariLu wirkte sehr ernst.

„Wie meinst du das?" Johann ahnte, worauf sie hinaus wollte.

„Wenn du dich mit Mama streitest, dann sind wir doch nicht mehr gerade beschützenswert? Vielleicht lässt uns dann Gott fallen wie eine heiße Kartoffel."

„Gott handelt eben nicht mechanisch, nicht nach einem Schnipp-Schnapp-Muster", versuchte es Johann erneut.

„Schnipp, schnapp, Haare ab, wie bei Struwwelpeter", machte Holli weiter Witze.

„Nun lass mal gut sein, Holli, das Kind macht sich doch ernsthaft Sorgen. Also, MariLu, niemand erwartet, erst recht nicht Gott, dass wir immerzu gut sind. Aber was man doch erwarten kann, ist, dass wir uns bemühen, immer wieder zu einem guten Leben zu finden. Das meinte auch Jesus, wenn er von der Umkehr der Sünder sprach. Und meinst du nicht, dass wir auf diesem Weg sind?" Johann schaute zu ihr rüber. Sie nickte stumm.

Er hatte nicht bemerkt, dass sie bereits an de Lutte vorbei und auf dem Autobahnzubringer waren. Jetzt ist Schluss mit der Bummelei, dachte er, wir werden gleich mal die Ventile rasseln lassen und sehen, was der alte Zweilitermotor noch alles so drauf hat. Zeit für einen Szenenwechsel, wir verlassen die Idylle und in wenigen Minuten hat uns die Großstadt.

In der scharfkurvigen Auffahrt machte es ihm richtig Spaß, in den zweiten Gang runterzuschalten, den Motor auf 5000 Touren zu bringen, auf der geraden Einfädelungsspur, die Gänge durchschaltend, so zu beschleunigen, dass er gleich auf der linken Fahrbahn war und zu den ersten Überholmanövern durchstarten konnte. Er überhörte die Proteste seiner Tochter, die irgendetwas mit Umwelt und holländischen Höchstgeschwindigkeiten zu tun hatten, und schaltete sinnig in den fünften Gang. Vor ihnen lag ein langes, gerades Stück, auf der Gegenseite gab es mehr Verkehr. Gut, dass ich nicht dort bin, hier wird man nicht am Fahren gehindert, dachte er und spürte, wie in ihm ein angenehmes Gefühl von Freiheit hochkam und ihn seine Bedrückungen für den Moment vergessen ließ.

„Warum blinken die ständig?", fragte MariLu besorgt.

„In Holland ist auf der Autopiste 120!", hörte er von hinten Holli.

Er nahm den Fuß vom Gas und ordnete sich rechts ein. Nun blinkte auch ein entgegenkommender Schwerlasttransporter, der scharf rechts fuhr, ein nachfolgender Lkw schien zusätzlich zu hupen. Jetzt erkannte er den Grund: Links vor ihm auf der anderen Seite der Autobahn fuhr ein roter Kombi in die falsche Richtung.

„Das ist ein Geisterfahrer!", rief er entsetzt aus. „Wenn der wenigstens auf der Standspur wäre, aber der fährt voll auf der Überholseite, der muss völlig verrückt sein!"

Johann wusste, was das bedeutete, nicht nur für die andere Seite, sondern auch für sie, für das eigene Leben, zumal die Autobahn jetzt eine leichte Rechtskurve nahm. Noch fuhren die Lkws hintereinander, noch alarmierten sie gewissenhaft mit Licht und Gehupe, aber was geschieht, rasten ihm die Gedanken durch den Kopf, was geschieht, wenn die Kurve unübersichtlicher wird und sich die Lkws gegenseitig überholen und der Verrückte in einen von denen total hineinrast? Was ist, wenn ein Laster durch die Leitplanke bricht, Trümmerteile rüberfliegen, zu uns, auf unsere Seite? Johann erkannte schlagartig die Gefahr für ihr Leben, er spürte die Angst im Nacken und wusste gleichzeitig, dass jetzt alles auf seine Entscheidung ankam, ihr Leben in seiner Hand lag. Jetzt oder nie, hörte er sich, anhalten geht nicht, ich bin schon seitauf mit dem Verrückten, ich muss vorbei, die Quelle der Gefahr muss überholt werden. Er schaltete zurück in den dritten Gang, jagte den Alfa auf höchste Touren, lenkte mit rasant beschleunigten Hinterrädern schleudernd rüber ganz nach rechts auf die Standspur, um zwischen zwei hintereinander fahrenden Lkws und der Leitplanke durchzurasen. Er fühlte sich wie auf Schienen, die weiter vorne immer enger verlaufen, optisch enger, das Rasseln der Ventile, Schreie seiner MariLu hörte er wie unter Schalldämpfern, einer ist geschafft, neben ihm Führerkabine und Fahrwerk, dröhnendes, metallisches Monstrum, Hupen, krachender, heulender Lärm, das kann nicht allein vom Laster kommen! jetzt auf der Höhe der hinteren Zwillingsräder des Nächsten, in den Spiegeln erwischt der Blick ein sich quer stellendes Auto, Staub, Dreck, Teile, Funken, verwirbelt in Momenten und doch wie in Zeitlupe, die Schiene vor ihm, sich weiter verengend, das ist nicht optisch, der kommt rüber! jetzt drücken sie zu, metallische Flanken, deren Reibung zu Hitze, Glut, Feuersbrunst alles verschlingt – am Ende vereinen sich Schienen im Tunnel.

3. Kapitel

Im Grenzland-Klinikum waren die Gänge seit der Krankenhausfusion und den zahlreichen Umbau- und Erweiterungsmaßnahmen lang geworden. In einem dieser Gänge im Erdgeschoss war Dr. Wilbert Picard auf dem Weg zur Station 8. Dr. Picard trug nie einen Kittel, war aber mit weißen Turnschuhen, Jeans und weißem, kurzärmligem Sporthemd trotzdem weiß gekleidet. Sogar das Haar des Mannes in den Sechzigern war, wenn auch in kurzen Locken und an den Seiten ein wenig abstehend, weiß. Das einzig Schwarze an ihm – sieht man mal von seinen dunklen Augen ab – war eine Fliege, die er stets ordentlich und in waagerechter Position vor seinem Kragen hertrug. Wenn Dr. Picard durch die Gänge ging, ging er nicht, er schritt. Ein Mensch schreitet, wenn er die Disziplin dazu aufbringt, beim Gehen die Knie leicht durchgedrückt zu halten – Henry Fonda hatte diese Haltung bei jedem Duell, wenn er auf den Gegner zuschritt –, was die Beine länger und die gesamte Haltung würdevoller erscheinen lässt. Nach einem schweren Herzinfarkt war er schlank geworden und seine zurückgewonnene Leichtigkeit ermöglichte ihm nun, jeden seiner Schritte mit einem federnden Schwung abzurunden.

Durch die Glastür sah Johann den Doktor auf sich zuschreiten, Sensoren öffneten die Tür und einen

Moment später stand er vor ihm. Johann hatte sich aus seinem Korbsessel erhoben – er pflegte sich immer zu erheben, wenn er jemanden begrüßen wollte, das gebot ihm der Anstand trotz seiner grundsätzlich antiautoritären Haltung.

„Na, mein lieber Dr. de Buer, nun warten Sie also auf ihre Tochter, sie wird sicher bald kommen." Er schaute Johann mit seinen dunklen Augen ruhig an.

„Guten Tag, Herr Dr. Picard, woher wissen Sie, dass meine Tochter heute kommt?"

„Na, Sie erwähnten es in unserem so ausführlichen und so ergiebigen Gespräch heute Morgen." Er stellte gerne seinen Sätzen ein bekräftigendes „Na" und den Adjektiven ein verstärkendes „So" voran.

Johann schaute ihn fragend an: „Aber heute Morgen kann dieses Gespräch nicht gewesen sein, da war ich zu Hause im Pfarrhaus, und kurz darauf wäre ich auf dem Weg zum Verlag nach Düsseldorf gewesen, aber leider hat sich das mit meinem Buch zerschlagen."

Der Arzt war davon wenig beeindruckt und erwiderte, ohne groß zu überlegen: „Na, dann habe ich mich bestimmt versehen, das war dann irgendwann in diesen Tagen, unser Gespräch. Dann wünsche ich Ihnen noch eine ganz ergiebige Begegnung mit ihrer Tochter." „Ganz" war auch eines seiner Betonungswörter. „Ich muss nun weiter zu einem ganz bettlägerigen Patienten auf der ‚8'", sagte er und wollte wieder losschreiten, als Johann bemerkte: „Ist schon irre, eine Psychiatrie ‚8' zu nennen, klingt wie ‚habt acht!' oder Achterbahn."

„Na, oder unendlich, na, eine liegende Acht, unendlich lang, wie mir manche psychische Krankheiten vorkommen. Aber das haben sie ja nicht, so ein Problem kennen sie gar nicht, nicht wahr? mein Lieber", sagte er im Davonschreiten.

Johann setzte sich wieder, sah durch die Fenster des großen, wintergartenähnlichen Raums und ließ die Farben der blühenden Kirschbäume, die die Aprilsonne so herrlich beleuchtete, beruhigend auf sich wirken. Der wird auch älter, dachte er, jetzt vertut er sich schon mit den Zeiten seiner Gesprächstermine. Ich kann mich genau an die Unterhaltung mit ihm erinnern, sie war tatsächlich ergiebig, aber heute hat das Gespräch nicht stattgefunden, heute Vormittag war ich noch im Pastorenhaus und über Mittag und am frühen Nachmittag in Ootmarsum. Aber dann, mit meinem Erinnerungsvermögen ist auch irgendwas nicht in Ordnung, erwog er, was war da mit dem Unfall, wenn es überhaupt einer war? Doch eigentlich kann nichts passiert sein, dachte er, ich sitze hier gesund und munter, und MariLu kommt mich gleich besuchen. Also haben wir Holli schnell nach Enschede gebracht, ich sie nach Hause zu ihrer Mutter, und kurze Zeit später musste sie schon wieder einen Bus genommen haben, um mich hier im Krankenhaus zu besuchen.

Johann kannte das Problem so genannter „Copy-Dreams". Es handelt sich dabei um Träume, die wirkliche Abläufe des Lebens haargenau kopieren. Wer so einen Traum hat, ist eine ganze Zeit danach nicht in der Lage, die real erfahrene von der geträumten Wirklichkeit zu unterscheiden. Er hatte sich kurz in seinem Zimmer, das sich auf der psychiatrischen Station befand, hingelegt und einen solchen Traum gehabt, der mit dieser brenzligen, unfallträchtigen Situation auf der Autobahn endete, und er war dermaßen erschrocken, fast traumatisiert aus dem Schlaf hochgefahren, dass er sich seines weiteren Erinnerungsvermögens beraubt fühlte. Jetzt wollte er nicht weiter über das mögliche Ende oder die Fortsetzung der Autobahnfahrt nachdenken, der Kopierstreifen der Autobahnszene hatte ihm genug zugesetzt.

Bestimmt ist alles gutgegangen, sie kommt ja gleich, beruhigte er sich. Es ist tröstend, wenn man eine solche Tochter hat, die einem in den schmerzvollen Erfahrungen zur Seite steht, dachte er, die keine Mühe scheut, noch am selben Tag, an dem all dies passiert ist, einen Bus zu nehmen, um ihren Vater an seiner Arbeitsstätte in der Klinik zu besuchen.

Von seiner Position aus konnte er durch die Glastür in den langen Flur, dessen Ende er nur unsicher zu erkennen glaubte, hineinsehen, die Seitenwände schienen aufeinander zuzulaufen, der Linoleumfußboden erschien ihm wie ein sich verjüngendes Band, das zum Ende zu einem Strich auslief. Ihm fielen die Schienen in seinem Traum ein, wollte aber die Gedanken nicht zulassen und bemühte sich, sie davon abzulenken und ganz auf MariLu zu konzentrieren. Was sie sich wohl gedacht haben mag, mich noch heute zu besuchen, überlegte er, bestimmt ist sie überbesorgt, und ich sollte sie gleich als erstes beruhigen, erwog er. Ich kann ja immer wieder ein neues Buch schreiben und vielleicht ist auch die Idee eines Vater-Kind-Buches gar nicht so abwegig, das hätte zumindest einen pädagogischen Sinn und wäre Balsam für die Vater-Kind-Beziehung, und die

Ehekrise, die muss man ihr ausreden, die gibt es ja nicht wirklich.

Während er vor sich hin sinnierte, bemerkte er weit hinten im Flur eine Bewegung, etwas von der Größe eines Streichholzes, nur mit umgekehrter Farbverteilung, roter Stiel und heller Kopf, das aber sofort flexibel wurde wie eine Knetgummifigur im Trickfilm, Arme und Beine bekam und im langsamen Näherkommen eine menschliche Gestalt annahm. Säuglinge erkennen als erstes die Farbe Rot. Auch Johann: Was für ein Rot, dachte er, sie hat sich extra umgezogen für mich, das Kleid kenne ich noch gar nicht, aber es steht ihr gut, es nimmt ihr ein wenig das Kindliche. Einen Moment später bemerkte er ihr lockiges Haar, ein bisschen länger, als er es kannte. Mit den glänzenden Farben der Kastanien, dachte er, nichts kommt der Natur gleich, auch nicht das schönste Kleid, dessen samtener Glanz er nun entdeckte. Und doch steht das Kleid ihr gut, erwog er, es scheint ihr ein bisschen mehr Fülle zu geben. Der nächste Augenblick aber verwischte den Anschein; ungewohnte Formen tauchten auf, Formen einer weiblichen Figur, die an Gestalt und Größe zunahm. Natürlich wird sie größer, dachte er, sie kommt ja auch näher, und je näher etwas an mich herantritt, um so größer wird es, so sind nun mal die optischen Gegebenheiten. Aber als er aufstand und durch die Glastür die rote Gestalt mit fraulicher Kraft auf sich zukommen sah, bezweifelte er seine optischen Gegebenheiten. Ihm war heiß und schwindlig, und er beruhigte sich erst wieder, als seine Augen die ihren zu fixieren begannen. Wieder war da etwas Naives: ein Kindchen-Schema, das die

Herz- und Atemfrequenz herabsetzt und eine innere vegetative Ruhe erzeugt. Mit dieser Ruhe nahm er MariLu wahr, seine Tochter, ihr Lächeln und ihre Anmut, und mit ihr konnte er in der Ganzheit des Gesichts ihr Wesen erkennen. Sie war es, niemand sonst, es gibt nur einen einzigartigen Menschen, nie zwei. Sie ist es, niemand sonst! Er spürte Ströme des Glücks in seinem Körper, die nur eine Richtung kannten, durch die geöffnete Tür lief er auf sie zu, breitete seine Arme aus, wollte Schultern und Kopf an sich drücken, aber umfasste Rücken und Hüfte. Er sah nicht, wie gewohnt, über ihren Kopf ins Leere, sondern in das Schwarz zweier Augen, das ihn zu verschlingen drohte. Was er dabei selber aufnahm, in sich hineinsog, war sie selbst, MariLu, ihre Identität, was er jedoch sensorisch wahrnahm, mit seinen Händen, die einen entwickelten, weiblichen Körper fühlten, brachte seine erste, innerste Erkenntnis so ins Wanken, dass er glaubte, in den Linoleumboden zu sinken, womit er ihr gegenüber noch kleiner, richtig winzig ausgesehen hätte.

„Wer, zum Teufel, sind Sie? Sie sind nicht mein Kind, nicht meine Tochter!"

„Aber ja, Papa, ich bin es, deine Tochter!" Sie hielt seine Schultern mit ihren Händen umfasst, drückte ihn leicht von sich und sah ihm genau in die Augen. „Wen siehst du? Sage mir, wen du siehst?"

Sicher, wenn er sie so ansah, gab es keinen Zweifel, mit ihrem herausfordernden Lächeln, ein Funkeln in ihren Augen, ihre rechte Oberlippe glitt reflexartig nach oben – wie ein leichtes Zucken, das ihm seit ihrer Geburt aufgefallen war –, der wache, entschiedene Ausdruck, der ihre gesamte Mimik ausmachte; sie war es, die er am Nachmittag nach Hause zu ihrer Mutter gebracht hatte. Aber wie konnte sie innerhalb weniger Stunden so zunehmen, wachsen, erwachsen werden, fragte er sich und überlegte gleichzeitig, ob es vielleicht noch eine, ihm unbekannte Tochter gebe. Im Eiltempo ging er frühere Freundinnen und Liebschaften durch, aber ihm fiel so schnell nichts ein, es hätte ihn auch sehr gewundert, wenn ihm da was durchgegangen wäre, er hatte nie Drogen genommen, war sich seiner Handlungen, besonders in sexueller Hinsicht immer bewusst gewesen. Aber kann man wirklich sicher sein, fragte er sich und sie: „Sind Sie vielleicht eine Tochter aus einer früheren Beziehung, von der ich noch nichts weiß?"

„Mein Gott, Jonny, du hast nur eine Tochter, ich bin es, MariLu!" Sie wirkte fast ein wenig empört, ihre Augen funkelten noch mehr. Jonny, so rief sie ihn manchmal als kleines Kind, sie hatte das aus einem amerikanischen Film abgeguckt. Sie drängte ihn, in den Wintergarten zurückzugehen. Eigentlich war es kein Wintergarten, sondern der Aufenthalts- und Speiseraum der Station 8; abgesehen von den paar Sesselgruppen, waren von der Mitte bis zur gläsernen Außenseite des Raums Stühle und Tische gestellt, an denen die Patienten frühstückten und zum Mittagessen und Abendbrot zusammenkamen; außer den beiden war jetzt niemand im Raum, die Patienten befanden sich entweder auf ihren Zimmern oder in unterschiedlichen Therapiemaßnahmen. Sie zog ihn an einen der Tische, an dem sie sich gegenüber hinsetzten. Beide schienen die Situation nicht richtig zu erfassen und schwiegen eine

Zeitlang. Sie kann niemals MariLu sein, dachte er, biologisch völlig ausgeschlossen, aber wer ist sie dann, wenn sie schon keine Tochter aus früherem Leben ist? Wer ist sie? Vielleicht haben sie sie geschickt, sie könnte eine Agentin sein, schoss es ihm durch den Kopf, und er entsann sich, wie der Bundesverfassungsschutz seine politische Tätigkeit in jungen Jahren ausgespäht hatte, was für eine geniale Zermürbungstaktik, dachte er, man sucht sich eine Frau aus, die MariLu wie ein Haar dem anderen ähnelt, und die spielt einem dann die eigene Tochter im Erwachsenenformat vor, bringt einen um den eigenen Verstand und treibt einen an den Rand des Wahnsinns, Guantanamo im BND-Verschnitt. Welche Folter könnte raffinierter sein als eine, die man als solche nicht enttarnen kann?, fragte er sich und spürte die Schlagader am Hals.

„Du denkst, ich will dir irgendwas", sagte sie, als erriete sie seine Gedanken.

„Wäre nicht das erste Mal, dass man mich auf dem Kieker hat, schließlich stehe ich nach wie vor bereit, um in Deutschland stationierten amerikanischen Soldaten zu helfen, die nicht in diesen fürchterlichen Irakkrieg wollen." Er bereute im selben Augenblick, sich einer vermeintlich wildfremden Frau derart anzuvertrauen.

„Fang nicht wieder an mit dieser Leier, Jonny, der Irakkrieg ist längst vorbei und die amerikanischen Soldaten sind lange zu Hause. Aber ich möchte nicht über Politik reden, ich soll es auch gar nicht."

„Sollen Sie nicht? Also geben Sie zu, dass Sie beauftragt sind! Und was heißt das, der Krieg ist zu Ende? Täglich werden neue Soldaten hingeflogen, täglich gibt es neue Attentate mit Hunderten von Verletzten und Toten. Man hat Sie ausgesucht, mich zu verwirren, mich verrückt zu machen, darum sind Sie hier!" Er sprang von seinem Stuhl, der nach hinten kippte, und suchte sich einen Weg durch Tische, Stühle und Sitzgruppen – er brauchte immer Bewegung, wenn er sich ohnmächtig und machtlos fühlte. „Das ist die moderne Taktik von CIA und Bundesnachrichtendienst, engagierte Pazifisten zum Wahnsinn zu bringen, und den Ort habt ihr euch gleich richtig ausgesucht."

„Aber Papa, komm doch zu dir!" Sie lief ihm hinterher, fasste seinen Arm und versuchte, ihn zum Tisch zurückzuziehen. Als er sich wehrte, rief sie: „Bitte schau mich an, schau mich an!" Sie zerrte an ihm, ihre Blicke trafen sich. „Ich beweise dir, dass ich MariLu bin! Was für ein Wochentag ist heute?"

„Heute ist Mittwoch", stammelte er.

„Wir waren zusammen mit Holli in Ootmarsum, stimmt das?" Sie schaute ihn mit durchbohrenden Blicken an.

„Ja klar, aber woher wissen Sie das?" Er spürte ein wenig Erleichterung, war aber immer noch fassungslos.

„Später haben wir Holli nach Enschede bringen wollen, und dann bist du volles Rohr auf die Autobahn gebrettert, und dann kam da dieser Geisterfahrer und …"

„Dann ist es doch wahr, dieser grauenvolle Unfall, es ist doch passiert!" Schlagartig schien ihm die neue Lage klar zu sein. Da ist was mit dem Kind, dachte er, sie ist verletzt, vielleicht lebt sie gar nicht mehr, sie haben mir die Andere als Ersatz geschickt, um mich langsam darauf vorzubereiten. Er riss sich von ihr los, lief durch den Raum, einige Stühle polterten zu Boden, schlug mit dem Kopf gegen die Glastür, die Sensoren hatten nicht schnell genug reagiert, drückte sie mit Gewalt auf, rannte durch den Flur, vor sich das Band, das immer enger wurde, rannte, strauchelte, flog kopfüber nach vorne auf den Linoleumboden, auf dem er ein, zwei Meter auf Knien, Bauch und Nase weiterrutschte, das Band schien jetzt endlos breit, Kopf und Gefühle wie von Sinnen, wie im Nebel sah er vor sich eine Tür, sich öffnend, nicht die Stationstür – die befand sich ganz weit hinten.

4. Kapitel

Johann lag immer noch, jetzt andersherum, er glaubte, seinen Rücken zu spüren und versuchte, sich zu bewegen und seine Augen zu öffnen. Doch nicht die kleinste Regung gelang, seine Augenlider schienen wie zugeklebt. Er mühte sich ab, sie aufzubekommen, um zu sehen; doch alles, was er sah, waren unzählige kreisende Pünktchen – keine Sterne, wie man nach so einem Sturz erwarten könnte – , die wie winzige schwarze Insekten über ihm vor einem weißem Hintergrund kreisten, massenhaft, im Uhrzeigersinn an Geschwindigkeit zunehmend zur Mitte hin einen Trichter bildeten, der in seinem Sog alles zu einem einzigen schwarzen Punkt verschmolz. Ein schwarzes Loch? Johann versuchte seinen Kopf zu heben, als wollte er mit Kraft und Konzentration wie durch ein Guckloch in die Ewigkeit sehen, doch da zog sich das runde schwarze Etwas in die Länge und nahm erneut die Form eines diesmal größer werdenden schwarzen Insekts an. Er versuchte den Kopf zu heben, das Insekt kam näher, schwarze Flügel an beiden Seiten, bedrohlich unnatürlich, eine nicht-irdische Fliege, die jetzt einen überdimensionalen Kopf mit weißen Löckchen bekam.

Dr. Picard brachte mit Engelszungen sein Willkommens-„Na" heraus und fuhr fort: „Da sind sie ja wieder, mein Lieber, haben bestimmt einen ganz schönen Brummschädel und ganz viele Sternlein gesehen, nicht wahr?"

„Keine Sterne", stammelte Johann, „schwarze Punkte und ein Rieseninsekt. Ich bin ganz schön hingeflogen?" Er konnte sich sofort erinnern.

„Das hat vielleicht ausgesehen!" Schwester Felicitas trat aus dem Hintergrund hervor. „Da macht Pfleger Ober-Manni die Tür vom Schwesternzimmer auf und ruft noch: ‚Achtung, da kommt der Pastor angeflogen!', und da knallten Sie schon volles Karacho mit dem Kopf gegen Tür. Wir haben Sie dann hier auf Ihr Zimmer gebracht, Sie waren schrecklich aufgeregt und durcheinander. Wir haben Ihnen deswegen gleich was zur Beruhigung gegeben." Sie lächelte mit gütigen Schwesternaugen. Ober-Manni, Ober-Manni, überlegte Johann, ach Pfleger Manfred, der in seiner Freizeit im Restaurant als Kellner arbeitet, den sie deswegen Ober-Manni nennen. Ob der beim Kellnern auch eine schwarze Fliege trägt?

„Na, Sie waren ja völlig aus dem Häuschen." Dr. Picard legte eine Hand beruhigend auf seine Stirn. „Das war ein ausgewachsener psychotischer Schub, den sie da hatten, mein Lieber, ich hab Ihnen erst mal eine Spritze verpasst, ein Medikament, das dem früheren Haldol entspricht, nur ist es heute viel ausgereifter, hat fast keine Nebenwirkungen mehr, Sie wären sonst vollkommen in den Schub hineingerasselt. Allen voran diese Wahnvorstellungen mit ihrer Tochter. Seien Sie jetzt ganz ruhig, Johann, und schauen Sie mich an!"

Er war aber nicht ruhig, die Frage schrie aus ihm raus: „Was ist mit ihr, ist sie tot?"

„Seien Sie ganz ruhig", Dr. Picards Hand immer noch auf seiner Stirn, „sie lebt, und sie ist auch nicht verletzt. Ich habe alles nachgeprüft, es gab nur einen Beinahe-Unfall, alles ist gut gegangen. Aber wahrscheinlich werden Sie mir das jetzt nicht glauben."

„Glaube ich auch nicht, glaube ich erst, wenn ich sie gesehen habe, und was war das da mit dieser anderen Frau?" Er war aufgeregt, durcheinander, fühlte ein Zittern am ganzen Körper.

„Die andere Frau ist weg, und sie war kein Phantom, keine psychotische Erscheinung." In der Stimme des Arztes lag ein beruhigender diagnostischer Gleichlauf. „Wir werden gemeinsam herausbekommen, wer sie war. Im Moment fassen wir sie einfach als einen Irrläufer auf, etwas, das irrtümlicherweise hier hereinkam. Damit Sie mir glauben, dass ihre Tochter wohlauf und ganz zufrieden ist, möchte ich Ihnen einen Vorschlag machen." Er nahm seine Hand von Johanns Stirn zurück und zupfte mit Daumen und Zeigefingern beider Hände seine Fliege in waagerechte Position, dann schaute er Johann mit festem Blick an und fuhr fort: „Mit Unterstützung des Medikaments, das ich Ihnen schon gegeben habe, und mit diesem Pendel", er zog mit der linken Hand einen länglichen silbernen Gegenstand aus der Brusttasche seines kurzärmeligen Hemdes, „möchte ich Sie in einen hypnotischen Zustand versetzen, in dem sie den Beinahe-Unfall und alle folgenden Geschehnisse noch einmal nacherleben können. Sie werden dann selber sehen, dass Ihre Tochter gesund ist und wie Sie selbst hier im Klinikum ganz heil und munter angekommen sind."

Johann fand den Vorschlag gar nicht abwegig, wandte dann aber ein: „Warum können Sie denn nicht dafür sorgen, dass meine Tochter selbst zu mir kommt?"

Wilbert Picard schien auf diese Frage vorbereitet. „Dafür haben wir immer noch Zeit, mein Lieber, im Moment möchte ich, dass Sie Ihr inneres Trauma mit eigener Kraft überwinden. Sie sind ein Mann, der eigentlich nur sich selbst vertraut, dann tun Sie das jetzt auch, vertrauen Sie ganz Ihrem eigenen Erinnerungsvermögen, das ich mit Hilfe der Hypnose ein wenig freisetzen werde."

Johann war zu schwach, um irgendwelche Einwände zu mobilisieren, er willigte ein und sah zu, wie der Doktor das Pendel über seinen Augen kreisen ließ. Er versuchte, das Pendel zu beobachten, seine Augen mit ihm kreisen zu lassen. Nur kurze Zeit hielt er es durch, merkte, wie ihm die Augen schwer und schwerer wurden. „Wir fahren nun ganz ruhig auf der Autobahn, wir hören den gleichmäßigen Klang der Maschine, gleichmäßig im Takt ...", sprach die ruhige Stimme des Doktors, „neben uns MariLu, die kleine Tochter, hinten im Auto ein guter Freund. Wir fahren ganz gleichmäßig und geradeaus." Durch die schmale Spalte seiner Augenlider sah er den Schatten des Pendels, das rhythmisch an seinem Gesicht vorbeiglitt, „schlaff, schlaff" schien er es jedes Mal beim Vorbeiflug zu hören. „Die Geschwindigkeit wird höher, höher, und doch bleibt alles – ganz ruhig, ruhig." „Schlaff" machte das Pendel, der Kopf wurde schwerer, kein Spalt mehr vor den Augen, es wird dunkler, eine Stimme, die verhallt, wieder ein schwarzer Sog, ein Tunnel,

Lichtzeichen aus weiter Ferne, einzelne Lichter, die sich vereinen zu einem Ganzen, das andere Ende hell wie der Tag, gleißendes Licht, sich verengende Pupillen, Augen, die sich an das Licht gewöhnen müssen.

Es gab wieder Lichtzeichen, mehrere von der anderen Seite, Signale, flackernde und laute Signale, Johann spürte eine nicht zu bändigende Kraft, fühlte sich in den Sitz zurückgedrückt, katapultiert wie ein Geschoss auf einer Schiene, sich vorne verengend, links und rechts die Begrenzungen, links wie eine Mauer, jetzt erkannte er den Lkw, er befand sich längsauf, fast schon beim ersten Zwillingsrad der Zugmaschine, hörte ihr Getöse, das Wummern mächtiger Reifen, drückte auf Hupe und Fernlichtschalter, immer wieder, heftiger, als wollte er Schalter und Lenkrad zerbrechen, durchdrücken. Der riesige Koloss kam rüber, die Gasse so eng, keinen Fingerbreit dazwischen, der krachende Lärm potenziert, in dem großen Seitenspiegel erwischt er das Gesicht des Mannes – Blicke einer Nanosekunde, Licht, das sich begegnet, göttlich gefügt in beinaher Unendlichkeit. Da trafen keine Schienen aufeinander, gab es keinen Tunnel, der Weg war wieder frei, jetzt war wieder Licht, begrenzt von Raum und Zeit, über sich ein blauer Himmel im April, vor sich eine leere Autobahn, noch näher ein Tacho, dessen Zeiger bei 195 vibrierte.

Mit dem Kleinerwerden des Lastwagens im Rückspiegel nahm er den Fuß vom Gas und schaltete in den vierten Gang zurück. Ihm war, als würde ihm mit einem lauten „Flopp" eine gläserne, schalldämpfende Glasglocke vom Haupt gezogen. Er hörte den aufheulenden Alfa-Motor, ausklingende Schreie seiner Tochter und von hinten ein gut vernehmliches „Poohhh", den Luftzug des Atems im Nacken. „Geschafft!", hörte er sich erleichtert ausrufen, drosselte die Geschwindigkeit weiter und hielt bei einer Notrufsäule, die er Sekunden zuvor bereits gesehen hatte.

„Los, Holli, du kannst holländisch, ras hin, drück die Taste und melde den Unfall!" Noch nie hatte er Holli so schnell auf den Beinen und lossprinten sehen.

Er sah sich um und durch das Rückfenster einige hundert Meter entfernt ein querstehendes Auto auf der Standspur; der Lkw, den er rechts überholt hatte, stand in leicht schräger Position auf Haupt- und Überholspur, auf der Gegenseite begann sich der Verkehr zu stauen, überall blinkende Warnleuchten in rot und orange. Er nahm MariLu in den Arm, die immer noch blass war, und beinahe im Flüsterton sagte: „Ich glaube, das hast du gut gemacht, Papa."

„Ich weiß nicht, meine Liebe, ich bin nur Gott sehr, sehr dankbar."

Sie schaute ihn mit offenem kindlichen Gesicht an.

Holli kam zurück. „Sie kommen sofort. Ich habe deine Adresse und das Kennzeichen des Alfas durchgegeben, wir sollen dann noch einmal mit einem der Lkw-Fahrer sprechen und danach gleich weiterfahren. Sollte eine spätere Zeugenaussage notwendig sein, werden sie sich an dich wenden."

Johann war inzwischen ausgestiegen, die beiden schauten sich an, nahmen einander kurz in die Arme. „Mensch, Alter!" Er wusste, dass Holli das sagen würde.

„Ich rede mit den Leuten, sollte es Verletzte geben, ist es besser, wenn du hier bei dem Kind bleibst", schlug er vor, Holli nickte. „Und passt auf, dass Wölfi nicht aus dem Auto springt!"

Es waren gut hundert Meter bis zur Unfallstelle. Hinter dem schräg stehenden Lkw tauchte ein Mann auf, der auf ihn zukam. Im Näherkommen erkannte er ihn sofort. Ein Moment, ein Blick, dachte er, unauslöschlich, das Bild im Spiegel wird für immer in mir bleiben, als wär's mit Laserstrahlen eingebrannt. Der Lkw-Fahrer war ein Hüne von Mann. Johann, der schon 1,83 maß, musste zu ihm hochsehen. *Wir sehen jetzt durch einen Spiegel ein geheimnisvolles Bild, dann sehen wir von Angesicht zu Angesicht*, fiel ihm 1. Korinther 13,12 ein. Sie gaben sich einander die Hand, am liebsten hätte er ihn umarmt.

„Mann, war das knapp!" Er sprach in einem fließenden deutsch, die Aussprache verriet seine holländische oder belgische Herkunft. „Fast hätte ich euch zu Brei gefahren, wollte rechts ran, wegen dem, wie sagt man, Gespensterfahrer, hab dich im letzten Moment gesehen, verflucht knapp war das, verflucht knapp!"

„Gott sei Dank!", entfuhr es Johann, er drückte noch einmal die Hand des Mannes, der prankenmäßig zurückdrückte.

„Wir haben per Funk die Rettung alarmiert, ihr wart ja auch schon an der Notsäule dahinten. Aber es ist, glaube ich, nicht so schlimm, nur viel Schrott am Ende. Die Kollegen, die da nebeneinander auf der Gegenbahn fuhren, konnten zusammen ein bisschen ausweichen, so gab es keinen Frontalen, aber es war viel knapper als bei euch, hat dem Gespensterfahrer auf der Fahrerseite beide Kotflügel weggerissen, und die sind dann voll auf die andere Seite geflogen, der Kollege hinter mir hat was gegen die Ladefläche gekriegt, und der ganze Rest ist vor denen runtergeknallt, die danach kamen."

Johann sah an den beiden Lkws entlang den querstehenden Pkw, den er zuvor schon gesehen hatte, danach einige ineinandergekeilte Autos, aus einem lief dampfendes Wasser auf die Straße. Ein einziges Trümmerfeld, dachte er, ein Wunder, dass niemand ernsthaft verletzt ist.

Johann rief dem Hünen etwas zum Abschied zu, der jetzt in einer Gruppe von Leuten an einer der inneren Leitplanken stand, daran angelehnt, in heruntergebeugter Haltung ein dürrer Mann mit schütterem, grauem Haar. Bestimmt der Gespensterfahrer, dachte er.

„Totsiens, mach's gut, mein Junge!" Der 40-Tonnen-Fahrer winkte ihm freundlich zu. Das Gesicht, das Johann nie vergessen würde.

Gemächlich setzen sie ihre Fahrt fort, fuhren vorbei an einem kilometerlangen Stau auf der anderen Autobahnseite; auf ihrer Seite waren sie ganz allein, kein Auto vor ihnen, keins folgte ihnen nach. Als wäre die Zeit stehen geblieben, dachte er, nur wir bewegen uns noch durch die Zeit, drei menschliche Lebewesen in einem Gehäuse aus Blech und Glas. Ihm fiel die Karikatur zweier behaarter Ur-Riesen ein, die an einer Schlucht auf die Autobahn hinuntersahen und der eine zum anderen sagte: „Außen sind sie hart und unbekömmlich, innen aber weich und lecker." Auch die würden uns, dachte er, jetzt in Ruhe lassen, instinktiv wären sie abgelenkt vom Futtermaterial der Blechlawine neben uns.

Im Verlauf der nächsten Auffahrten nahm die Autobahn in ihrer Fahrtrichtung wieder Verkehr auf, auf der anderen Seite schien der Stau zu verschwinden. Die glauben, alles ist normal, dachte er, sie wissen gar nicht, in was sie da reingeraten, es sei denn, sie haben den Verkehrsfunk eingeschaltet. Vielleicht sagen sie etwas im Radio über unseren Unfall, fragte er sich, zögerte aber, das Gerät einzuschalten, weil ihm das Motiv seiner Handlung nicht richtig klar war. Man will einen Bericht über einen Unfall hören, in dem man selbst verwickelt war, als erwarte man, etwas über sich selbst zu erfahren. Warum sind die Menschen daran interessiert, sich in den Medien wiederzufinden, brauchen sie das? Schreibe ich deshalb Bücher? Man macht sich richtig abhängig davon. Vielleicht sind die Medien aber auch ein Spiegel, in dem wir uns erkennen, eine Foto-Graphie. Dabei fielen ihm die steinzeitlichen Gravierungen und Malereien ein, die ihn in den Höhlen von Lascaux in der französischen Dordogne so fasziniert hatten. Solange es Menschen gibt, haben sie Gegenstände der Natur geformt, verändert und weiterentwickelt – vom Faustkeil bis zum Mikroprozessor. Es scheint in der menschlichen Natur zu liegen, sich aus der Welt ein riesiges Museum zu schaffen – ein objektiver Speicher aller Erinnerungen, ein gigantischer Gerätespeicher, stabiler als jedes natürliche Gedächtnis. Eine genetische Information kann durch Mutation beschädigt werden,

Traditionen und gelernte Verhaltensregeln verblassen. Es ist schon genial, dachte er, wenn ein Lebewesen in der Lage ist, sich zu seiner eigenen anfälligen Natur ein äußeres objektives Gedächtnis zu stiften, das es im Nachhinein in aller Ruhe beobachten kann, als wäre es Teil seinerselbst; die Entdeckung des Künstlers im Produkt. In diesem Moment freute er sich, Teil dieser genialen Gattung zu sein. Aber wenn ich mir, überlegte er im nächsten Moment, meiner bewusst werde durch ein äußeres Produkt, das also außerhalb von mir existiert, dann haben auch andere Zugriff darauf, die es manipulieren und verfremden können, alles, was ich geäußert habe, könnte mir wieder entäußert und zuletzt veräußert werden, womit wir wieder beim Geld wären. So kann das kollektive Menschheitsgedächtnis zu einem Schaltzentrum der Macht missbraucht werden, erwog er, und sah an seinem inneren Firmament die typischen Anzeigetafeln der Geldbörsen aufleuchten – in weißgelb, der Farbe des digitalen Welt-Geldes.

„Die nächste musst du runter", erinnerte ihn Holli. Er ließ das Radio ausgeschaltet und folgte dem holländischen „Uit" für Ausfahrt.

5. Kapitel

MariLu schien ganz in Gedanken versunken. Bis zur Grenze in Losser hatte sie kein Wort mehr herausgebracht. Nun fragte sie wie aus heiterem Himmel: „Meinst du, Papa, dass Gott uns behütet hat, bei dem Unfall?"

„Ganz bestimmt", antworte Johann – mehr zur eigenen Beruhigung. Aber im selben Moment kamen ihm Zweifel. Er dachte an einen schweren Unfall, den er im Jahr zuvor gesehen hatte, an all die Verletzten auf der Autobahn. Später erfuhr er, dass ein Kind seinen Verletzungen erlag. Warum sollte dieses Kind weniger behütet gewesen sein als er? Noch nie war er ein Freund solcher Bilder eines Gottes, der angeblich von oben vorherbestimmt, wen es trifft und wen nicht.

„Es war ein Zufall." Die Antwort überraschte ihn selbst.

„Wie, nur ein Zufall?" Die Erwiderung seiner Tochter war verständlich. Schlossen sich Gottes Handeln und Zufallsdenken nicht aus? Wie erklärt man einem Kind den Zufall, fragte er sich. Zufall kommt von zufallen, ist also etwas, das einer notwendigen Entwicklung hinzufällt. Schließlich fragte er sie: „Was ist für dich das Wichtigste im Leben?"

„Dass es uns gut geht und dass wir immer zusammenhalten, auch meine Freundin und ich", antwortete sie.

„Eben", ergänzte er, „und der *Zufall* bedeutet, dass etwas zu diesem Glück, das Gott schenkt, hinzufällt. Unzählbar sind sie, diese *Zufälle*, die unser Leben lebenswert und glücklich machen. Göttliche Funken."

„Wie in dem Europalied: Freude schöner Götterfunken", fiel ihr ein. Sie überlegte einen Moment und fragte: „Aber gibt es nicht auch Zufälle ohne Funken, schwarze ‚Zufälle'?"

„Ganz bestimmt", antwortete er, „jedes Unglück ist so ein schwarzer ‚Zufall'. Doch das meiste Unglück erzeugen die Menschen selbst, indem sie Macht ausüben und übereinander herfallen."

„Wie beim Mobbing in der Schule?", fragte sie nach.

„Mobbing im Kleinen und Krieg im Großen", versuchte er eine Antwort.

Johann musste an den Unfall und die Lkws denken. Spontan fiel ihm ein Plan der Bundesregierung von 1966 ein – damals war er 16 Jahre alt. Dieser Plan sah vor, das Fernfrachtgut von der Straße weitgehend auf die Schiene zu verlagern. LKW-freie Autobahnen, was für ein Traum! Sie hatten in der Schule darüber gesprochen. Aber „zufällig" gab es ein paar Lobbyisten großer Speditionen und Hersteller von Nutzfahrzeugen. „Zufällig" übten sie einen gewissen Einfluss auf den Bundesbahnvorstand und die Fraktionsspitzen im Bonner Bundestag aus. Ein paar schwarze „Zufälle" hatten diesen guten Plan vom Tisch gefegt. So ist es mit den schwarzen „Zufällen", dachte er, wenn sie die Oberhand bekommen, können sie unsere Lebens- und Überlebenschancen ganz schön verschlechtern.

„Was glaubst du, Papa: Gibt es mehr Gottesfunken oder mehr schwarze ‚Zufälle'?", hörte er seine Tochter fragen.

Er brauchte nicht lange nachzudenken: „Ich wurde 1950 geboren und habe selbst noch keinen Krieg miterleben müssen. Das ist wirklich ein wunderbarer *Zufall* ! Deine Großeltern hat es da viel schlimmer erwischt. Noch nie in der Geschichte hat es zwischen uns und unseren Nachbarvölkern so lange Frieden gegeben. Denk mal an das Land, woher wir gerade kommen, dessen Grenze wir kaum bemerkt haben. Das ist die eigentliche Freude schöner Gottesfunken."

Sie dachte nach und sagte schließlich: „Die Menschen müssen was dafür tun, damit sie die göttlichen Funken auffangen können, wenigstens, wie Sterntaler im Märchen, das Hemd dafür ausbreiten."

Aber Sterntaler hat noch mehr getan, dachte er. Bis auf das letzte Hemd hat es alles verschenkt und zum Schluss ist es reicher als jemals zuvor – reich vom segensreichen Funkenregen Gottes. Holli ist so ein Typ, dachte er, der gibt alles weg, der schüttelt sogar seine Vergangenheit ab, stellt sich hin, breitet die Arme aus und empfängt ein neues Leben. Eigentlich erstrebenswert, in diesem Leben mehrere Leben zu leben. Hatte nicht Jesus zu Nikodemus gesagt, man müsse neu geboren werden, neugeboren mit Wasser und mit Geist. Holli machte tatsächlich den Eindruck eines neugeborenen Menschen.

Sie hatten ihn in Enschede in der Nähe der Hochschule abgesetzt. Von dort aus wäre er schneller zu Fuß, meinte er, nur noch die Einbahnstraße rein und dann die zweite Straße links. Trotz der zentralen Lage war es eine ruhige Siedlung. Die Mehrfamilienhäuser waren meist zweistöckig, aus dunkelrotem Backstein und zuweilen aneinander gebaut, „Klatschhäuser", nannte Holli sie, er würde in so einem Haus wohnen, mit links und rechts ungemein netten Nachbarn. Gepflegte Vorgärten und Straßen mit Fischgrätenpflaster zierten die Wohngegend, die ebenso gut in einer viel kleineren holländischen Stadt liegen könnte. Holli ließ seinen gut erzogenen Hund von der Leine, worauf er sicher allein nach Hause fand, und vergaß nicht, zum Schluss zu sagen: „Mach's gut, Alter, du auch, Marie-Luise. Und fahr nicht aus Versehen über die Autobahn zurück, da soll es so einen langen Stau geben."

Nun waren sie schon fast vorbei an Bad Bentheim; keine zehn Minuten später, und sie wären zu Hause. Ihr Zufalls-Gespräch hatte seine Sinne und Gedanken so sehr vereinnahmt, dass er weder der Bentheimer Burg noch den Bentheimer Bergen besondere Beachtung schenkte. Bei früheren Gelegenheiten war ihm das massive Schloss aus Bentheimer Sandstein ein willkommener Anlass gewesen, seiner Tochter von der Macht der ehemals dort residierenden Grafen und Fürsten zu erzählen. Auf Grund ihrer ökonomischen Macht – ihnen hatten mal alle Wälder und fast sämtliche landwirtschaftlichen Anbauflächen gehört – waren sie in der Lage, willkürlich Verordnungen und Gesetze für die Untertanen ihrer Grafschaft zu erlassen und Richter nach Belieben einzusetzen oder abzusetzen, wenn sie fürstliches Recht nicht mehr recht sprachen. Glaube und Konfessionalität wurden bestimmt von den

Burgherren in Bentheim. Wie in anderen konservativen Gebieten Deutschlands gelang die faktische Trennung von weltlichen und religiösen Angelegenheiten in der Grafschaft Bentheim, besonders in der nördlich gelegenen Niedergrafschaft, erst in der zweiten Hälfte des 20. Jahrhunderts – noch heute heißt der Landkreis „Grafschaft Bentheim".

Vor gut 400 Jahren schloss sich Graf Arnold II. dem Bekenntnis reformierter Prägung in der Tradition Johannes Calvins an und vollzog eine Reformation der Reformation von oben. Fortan war die Grafschaft Bentheim reformiert und der „Heidelberger Katechismus" allgemein gültiges Glaubensbekenntnis. Das ist bis heute so. Den Zufall, dachte Johann, hat dieser Katechismus kategorisch ausgeschlossen. Wie heißt es darin so treffend: „Ohne den Willen meines Vaters im Himmel kann kein Haar von meinem Haupt fallen."

Dem Umstand, dass die reformierte Tradition das Wort Gottes, die Bibel, über alle kirchlichen Bekenntnisse stellt, verdanken Leute wie Johann de Buer eine gewisse Freiheit, kreuz und quer zu denken und unbehelligt von Kirchenzuchtverfahren am Lehrgut ihrer Kirche vorbeizusegeln. Maßgeblich war und ist die biblisch-theologische Begründung ihres Denkens. Das galt für die Bewertung seines pazifistischen Handelns und kann, dachte er, auch für die Interpretation des Zufalls gelten. Schließlich weht der Geist Gottes, wo er will. Hatte er sich nicht in Flammenform auf die Häupter der Apostel gesetzt?, überlegte er. Und berichtete nicht Paulus von einer geheimnisvollen Kraft, die er Zungenrede nannte? Vom Glauben erfasste Menschen verwandelten in den urchristlichen Gemeinden ihre Gedanken in hörbare, nicht immer verstehbare Laute, eine Zungenrede voll von Geistesblitzen, dachte er, voll von Einfall und Zufall.

Reformiert zu sein, bedeutete für Johann stets die Achtung des Wortes. Die Reformierten setzten das Wort nicht nur vor das Bild, sie hatten dieses als ein künstliches Abbild vollständig aus Schrifttum und Gotteshäusern verdrängt. Was einerseits zu einer bestimmten Kargheit führte, schuf auf der anderen Seite Freiräume für innere Bilder, Symbole und Fantasien, für eine innere bildliche Verwandlung der biblischen Erzählungen und Gleichnisse. Deswegen hat bei den Reformierten die sprachliche Auslegung des biblischen Wortes eine so zentrale Bedeutung. Johann war in seinen Predigten theologisch sehr bemüht und mit rhetorischer Leidenschaft bei der Sache. Die Achtung des biblischen Wortes und die Genauigkeit seiner Überlieferung bemerkt man bei der Wiedergabe der 10 Gebote im Heidelberger Katechismus. Hier sind sie wortgetreu aus dem zweiten und fünften Buch Mose zitiert. Deswegen findet das zweite Gebot hier die ihm gebührende Stellung. In der katholischen Kirche und im Katechismus von Martin Luther hatte man es einfach weggelassen und die Zehnerzahl der Gebote durch eine simple Unterteilung des 10. Gebotes bewirkt. Das zweite Gebot lautet: „Du sollst dir kein Bildnis noch irgendein Gleichnis machen, weder von dem, was oben im Himmel, noch von dem, was unten auf Erden, noch von dem, was im Wasser unter der Erde ist." Was den Katholischen und Lutherischen ein Ärgernis war und zuweilen noch heute ist, den Reformierten fiel das Gebot – wie ein biblischer *Zufall* – regelrecht in den Schoß.

Sie kamen an in Schüttorf und bogen ein in die Steinstraße. Sein Blick fiel auf „seine" Kirche, hinauf zum Turm, auf seiner Spitze ein Kreuz. Merkwürdig, dachte er, ist mir noch gar nicht aufgefallen, dass da oben ein Kreuz ist. Haben sich nicht getraut, das auch noch wegzureißen, war ihnen wohl zu nah dran an Gott. Aber immerhin haben sie oben drauf den Hahn gesteckt, ganz oben auf die Spitze vom Kreuz.

Er blickte noch einmal hoch zu dem kupfernen Hahn, der seinen Kopf silhouettenhaft trotzig in den dort oben kräftiger blasenden Wind hielt. MariLu bemerkte seinen Blick. „Na, was sagt der Hahn? Du sollst dich nicht verleugnen!"

„Es heißt nicht *dich*, es heißt: Du sollst *den Herrn* nicht verleugnen."

„Kann ja sein, aber du predigst doch immer, dass Gott auch in uns ist."

Sie muss immer das letzte Wort haben, dachte er, und manchmal ist es nicht das schlechteste.

Er stellte den Alfa in der Nähe der Kirche ab und ging mit seiner Tochter über die Kirchstraße zwischen der Kirche aus Bentheimer Sandstein und ihrer alten Schule aus Schüttorfer Ziegelstein hindurch zum Pastorenhaus.

Über einen Trampelpfad, den jeder „Pastorenpättken" nannte, lief MariLu durch den Garten des Hauses auf ihre Mutter zu, die unter einem prächtig blühenden Apfelbaum hervorgetaucht kam. Im Arm hielt sie einen Strauß leuchtend gelber Tulpen, in ihrer rechten Hand noch das Schnittmesser. Wie ein Schnappschuss auf dem Amsterdamer Tulpenfest, dachte Johann, während seine Tochter im selben Moment ausrief: „Mama, stell dir vor, da war ein ganz schwerer Unfall auf der Autobahn, wir sind gerade noch mit heiler Haut davongekommen. Papa hat uns noch mal gerettet!"

Hinter einer solchen Aussage muss jeder Streit verblassen, dachte er, lenkte aber sofort ein: „Uns ist nichts passiert, es gab keine wirklich Verletzten, ansonsten jede Menge Blechschäden bei den anderen Autos."

Sie hatte das Blumenmesser fallengelassen und hielt ihre Tochter fest in den Armen, den Tulpenstrauß in ihrer linken Hand. Er trat an sie heran und strich über ihrer beider Köpfe. Fast dasselbe Kastanienbraun, dachte er, und auch sonst gibt es viele Ähnlichkeiten bei den beiden – im Äußeren wie im Inneren. Er spürte einen starken Drang zur Befriedung, fast eine Sehnsucht nach familiärer Harmonie und wollte gerade vorschlagen, etwas Schönes für alle zu kochen. Mit einem solchen Vorschlag aber würde er ihren Brief und ihre Vorschläge zur Lösung des Konflikts nur ignorieren. So besann er sich, sah sie an und sagte nicht ohne empathischen Klang in seiner Stimme: „MariLu wird dir alles erzählen. Alles ist gut. Ich ziehe mich jetzt mal ins Klinikum zurück in mein Quartier, wie du in deinem Brief vorgeschlagen hast. Erst war ich ziemlich geplättet von dem, was du mir da geschrieben hast. Aber mittlerweile beginne ich dich zu verstehen, das mit dem Egoismus und dass ich wieder zu mir finden muss, um dann neu auf euch zuzugehen."

Mutter und Tochter verharrten in ihrer Umarmung, und mit der Hand, in der sie nicht die Tulpen hielt, streichelte und drückte sie seine linke Wange mit einer Zärtlichkeit, die ihm von dort über den ganzen Rücken strömte, ein Gefühl, das ihn später während der ganzen Fahrt zu seinem Dienstort begleitete.

Sie schaute ihn mit einem durchdringenden Blick an. „Ist alles in Ordnung, Johann?"

Er nickte und hörte das eher lässig als auf irgendeine Weise wehmütig klingende „Dann mach 's mal gut, Papa".

Johann lächelte seiner Tochter zu und ging zielstrebig zurück zu seinem Alfa Romeo.

Die Belegzahlen des Grenzland-Klinikums waren leicht rückläufig. Dafür waren die Parkflächen vor dem Eingangsbereich und an der Westseite des Gebäudes gut belegt. Das Krankenhaus hatte den Grundriss von einem großen I. Über der Eingangshalle mit angrenzender Cafeteria waren auf vier Stockwerken Arztpraxen, Behandlungsräume, Chirurgie und eine Intensivstation untergebracht. An langen Fluren reihten sich rechts und links die Patientenzimmer, und am anderen Ende, was dem oben liegenden Balken beim großen I entspricht, befanden sich Stationskantinen und Aufenthaltsräume der Patienten sowie die Dienstzimmer des Personals. Im obersten Stockwerk war ein Wohnheim für Schwesternschülerinnen untergebracht. Hier hatte Johann vorübergehend sein Dienstzimmer; später sollte er auf die Psychiatrie, zur Station 8, die sich im Erdgeschoss befand, umziehen. An der langen Ostseite des Krankenhauses hatte man einen großzügigen Park angelegt. Auf der Westseite gab es nach den Besucherparkplätzen im hinteren Winkel vom großen I die Personalparkplätze. Von hier aus gelangte man über ein eigenes Treppenhaus zu den jeweiligen Dienstzimmern, ohne durch die langen Flure zu müssen.

Auf der Fahrt zu seinem Arbeitsort empfand er unentwegt jenes zärtliche Gefühl, welches im Moment des Abschieds von seiner Familie in ihm hochgestiegen war. Dieses und das damit verbundene Glück wären ihm gewiss noch länger hold geblieben. Aber Johann hatte es vorgezogen, sich an etwas zu ärgern. Dieses Etwas war sein Parkplatz, der jetzt von einem anderen Pkw zugestellt war. Da steht nun extra ein Schild mit „Pastor" drauf, dachte er, und da stellt sich einfach jemand hin. Bei einem Chirurgen hätte der sich das nicht getraut, bei dem könnte man ja unters Messer kommen. Aber bei unsereins, da ist alles möglich, wir verzeihen und vergeben, da kann man sich das erlauben. Aber am meisten ärgerte ihn, dass ihm über seinen Ärger das schöne zärtliche Gefühl abhanden gekommen war. Es war einfach weg – wie weggeblasen.

Missmutig kurvte er über den Besucherparkplatz, um dort eine Lücke zu finden, aber es gab keine. Und so fuhr er zurück, entdeckte die Parkfläche „Station 8 – Dr. Picard" und stellte seinen Alfa dort ab. Soll der später sein Auto auf meinen Platz stellen, dachte er, der, der jetzt auf meinem Platz steht, ist bestimmt ein Besucher und dann schon längst weg.

Kurz darauf betrat er durch den, wie jeder dazu sagte, „Dienstboteneingang" das Treppenhaus. Er hätte auch einen Fahrstuhl nehmen können, aber Fahrstühlen misstraute er. Dieses Misstrauen war nicht technischer Natur, es war begründet in seiner Platzangst. Nicht auszudenken war für ihn die Vorstellung, in einem Lift zwischen den Stockwerken eingeklemmt zu sein. Wenn Dr. Picard ihn auf den Treppen antraf, sagte er schon mal: „Na, Sie kleiner Klaustrophobiker." Aber seltsam ist schon, dachte er, dass der auch das Treppenhaus benutzt.

Von Stockwerk zu Stockwerk wurde die Luft schwüler. Hier oben schien die Sonne noch recht kräftig hinein, obwohl sie schon tief am Westhimmel hing. Schließlich ging er durch den Flur des Ostflügels im oberen I-Balken. Durch die Fenster konnte er hinabsehen auf den Krankenhauspark, dessen Grün und Schattenlage ihm sofort einen kühleren Eindruck vermittelten. Die Fenster befanden sich zu seiner rechten Seite, zu seiner linken ging es vorbei an zehn Türen, hinter jeder von ihnen ein Zimmer einer Schwesternschülerin. Er war allein auf dem Flur, hinter einer der Türen glaubte er das Gemurmel von Stimmen, hinter einer anderen Gitarrenklänge zu hören. Auf der elften Tür stand „Dr. de Buer – Krankenhausseelsorger". Er öffnete die Tür mit einem Universalschlüssel. Das Zimmer mit Dachschräge und drei quadratischen, zum Norden ausgerichteten Fenstern machte einen gemütlichen Eindruck. Vor dem mittleren Fenster stand ein Schreibtisch, rechts daneben ein französisches Bett aus braunem Kord, das ihn magnetisch anzog. Nach diesem Tag, dessen Höhen und Tiefen ihn wie die

Gezeiten eines wilden Meeres hin und her gerissen hatten, konnte er nur noch eins: sich diesem Magnetismus ganz hingeben. Während er lag, schien die Decke über ihm zu kreisen, beim Einschlafen, vielleicht auch noch danach hörte er wie von fern ein leises, kaum vernehmliches „schlaff", das ihn aber nicht weiter beunruhigte.

6. Kapitel

Schwach hörte er ein Klopfen, dann eine Stimme „Herr Pastor!", und schließlich sah er im grell scheinenden Licht eine helle Gestalt.

„Es tut mir sehr leid, dass ich Sie wecke und einfach das Licht eingeschaltet habe. Es muss Sie ganz schön blenden. Aber Sie haben um 20 Uhr Ihre Seelsorgegruppe und es ist schon 20 vor Acht. Sehen Sie mal", sie ging in den Flur zu einem Servierwagen und kam mit einem Tablett zurück, „sehen Sie mal, was ich Ihnen mitgebracht habe. Sie müssen ja mächtig Hunger haben. Ich habe in der Kantine sogar noch etwas Rührei auftreiben können, das ich in der Mikro für Sie warm gemacht habe."

Johann setzte sich auf die Bettkante und bemühte sich, mit der einen Hand sein Hemd in die Hose zu stecken und mit der anderen sein Haar aus der Stirn zu streifen. Immer noch reichlich verdattert sah er rüber zu Schwester Felicitas, die das Tablett auf einem Beistelltisch abstellte. Mit beigen Jeans und rosa Bluse war sie leger gekleidet. Um ihren Hals trug sie ein weißes Tuch, ein Dreieckstuch mit einem aufgestickten blauen Anker. Sie sah seinen Blick, richtete sich auf und tippte mit dem Zeigefinger ihrer rechten Hand darauf. „Der Anker, das Symbol der Hoffnung, Sie wissen doch, es ist das Zeichen unserer Station."

Was die wohl in der Chirurgie für ein Zeichen haben, überlegte er einen kurzen Moment, vielleicht gekreuzte Klingen, aber dann sagte er doch einigermaßen gerührt: „Wie lieb von Ihnen, Felicitas, dass Sie so für mich sorgen. Ich hätte den Termin glatt verschlafen. Aber vielleicht kommt auch niemand zur Gruppe, weil alle damit rechnen, dass ich erst spät von dem Gespräch mit dem Verlag zurück bin. Aber das hat sich ja nun zerschlagen."

„Ja, leider, Dr. Picard hat mir davon erzählt, aber vielleicht kommt doch noch jemand, man kann ja nie wissen", sagte sie, lächelte ihm freundlich zu und verließ den Raum.

Zehn Minuten später war er im Treppenhaus auf dem Weg hinunter zur Psychiatrie im Erdgeschoss. Sein Gesprächskreis traf sich wöchentlich im Gruppentherapieraum am Ende des Ost-Flügels. Um dort hinzugelangen, musste er den langen Flur mit den Patientenzimmern überqueren. Mittendrin machte er kurz halt, weil er durch die Glastür zur seiner Linken Licht sah. Hier lag das Zentrum einer an der modernen Kommunikationspsychologie orientierten Psychiatrie. Der Raum machte mit seinem Parkettfußboden und seiner raffinierten Beleuchtung den Eindruck eines Tanzsaals, der sich durch die Glaskonstruktionen im Bereich der Außenwände nach Norden und nach Westen hin zu öffnen schien. Selbst jetzt, wo die Sonne schon untergegangen war, hatte er diesen Eindruck. Draußen reflektierten die Blüten der Kirschbäume matt-gelb die Innenbeleuchtung. Johann schaute nach links in den Kantinenbereich, wo man die quadratischen Tische nach dem Abendbrot mit kleinen orangefarbenen Deckchen verziert hatte. Einige Patienten hielten sich nun in der anderen Raumhälfte auf, die durch diverse Sesselgruppen, runde Tische und Stehlampen wie ein Klubraum eingerichtet war. Ihm gegenüber, nah bei den Fenstern vertrieben sich vier Frauen mit einem Brettspiel die Zeit an dem Tisch, an dem er am späten Nachmittag gewartet hatte. Habe ich hier wirklich am Nachmittag gesessen?, fragte er sich. Von Enschede aus habe ich die Kleine nach Hause gebracht, bin hier angekommen und habe mich doch sofort hingelegt. Bin ich vielleicht zwischendurch aufgestanden, runtergegangen in diesen Raum und habe hier gewartet? Dann wieder zurück, um weiterzuschlafen? Vielleicht habe ich, überlegte er, von dem ersten Schlaf nur geträumt während des zweiten, der dann kein zweiter war, weil es nur einen gab. Jetzt fällt einem, dachte er, schon im Schlaf nichts Besseres ein, als vom Schlaf zu träumen.

Irritiert wandte er seinen Blick ab von der Glastür hin zu der, die in den Ost-Flügel führte. Sie öffnete sich automatisch. Hier waren die Dienstzimmer der Ärzte, Therapie- und Gruppenräume untergebracht. Wieder lag der Park zu seiner Rechten, doch diesmal konnte er nicht auf ihn hinabsehen, weil er selbst unten war und der Park im Dunkeln lag. Lustig funkelten ein paar Sterne. An der Stirnseite des Flurs gab es eine Tür mit der Aufschrift „Gruppentherapie". Er öffnete sie mit seinem Universalschlüssel, machte Licht und setzte sich auf einen von sieben kreisförmig angeordneten Stühlen und wartete.

Er war nicht lange allein. Lautlos, wie von selbst öffnete sich die Tür. Er stand auf, trat aus dem

Stuhlkreis heraus und ging auf die Tür, auf eine Frau zu, die einen schüchternen, beinahe scheuen Eindruck machte. Spontan schätzte er sie auf Mitte Fünfzig. Ihr folgte dichtauf ein mindestens zwanzig Jahre jüngerer Mann mit einem auffallend weiblichen Aussehen. Er drängte sich an ihr vorbei und streckte Johann die Hand hin. „Mein Name ist Mizar und das da ist Paula Wagenknecht." Die Frau blickte stumm, brachte ein „Aber Sie kennen mich …" hervor und wurde von dem Jüngeren leicht mit dem Ellenbogen in die Rippen gestoßen und sanft in den Raum gedrängt. Johann erwiderte seinen Händedruck und fragte: „Wie war der Name, Mietzar?"

„Mizar, mit einfachem i und einem z in der Mitte, wie der Stern im Großen Wagen."

„Ach, der Stern heißt auch so?" Johann war etwas verwirrt und bot den beiden an, sich in dem kleinen Stuhlkreis gegenüber hinzusetzen. Dann aber steigerte sich seine Verwirrung, ein Schauder lief ihm über den Rücken, er konnte nicht glauben, was er sah, als sich die Frau zu seiner Rechten hinsetzte. Er tastete hinter sich, um den Stuhl, auf den er sich setzen wollte, nicht zu verfehlen, sein Blick haftete auf dem, ihm seitlich zugewandten Gesicht der Frau. Er konnte es immer noch nicht richtig fassen: In ihrer Wange war ein, an den Seiten vernarbtes Loch in der Größe eines 50-Cent-Stücks. Ihm war peinlich, dass er sie von der Seite derart fixierte, und so sagte er mehr aus Verlegenheit: „Haben Sie eine Operation gehabt, da im Gesicht?"

Es entstand ein langer Moment des Schweigens. Der junge Mann links von ihm im Stuhlkreis grinste, wie Johann fand, reichlich unverschämt unter seinen langen Haaren. Nun aber regte sich die, die er ihm als Paula Wagenknecht vorgestellt hatte.

„Es ist eine Pfychose", brachte sie hervor. „Das sagt jedenffalls der Doktor." Die Intonation der Worte bereitete ihr offensichtlich Schwierigkeiten. S- und F-Laute, zu deren Hervorbringen ein wenig Luft notwendig ist, brachten bei ihr durch den zusätzlichen Seitenausgang einen nicht zu unterdrückenden leisen Pfeifton mit sich.

Johann hatte sich noch immer nicht richtig gefasst. „Wie, eine Psychose, aber es ist doch etwas Organisches, ist Ihnen da mal etwas entfernt worden, eine Geschwulst oder so?"

Sie schaute ihn ratlos an. „Aber Sie kennen doch den Pfychose-Vferlauf ..."

Mizar hüstelte, wodurch sie im Redeansatz unterbrochen wurde.

Im selben Moment kam ein weiterer Patient zur Tür herein. Johann ging auf ihn zu und gab ihm die Hand. „Ich bin Pastor de Buer, guten Tag."

„Ich weiß, ich heiße Jonathan Zierlein", sagte der hagere, dunkelhaarige Mann, der in etwa dasselbe Alter wie Paula Wagenknecht haben mochte. Es ist nur verständlich, dachte Johann, dass mich mehr Leute kennen als umgekehrt. Er bot dem Neuankömmling einen Platz an und setzte sich selbst ihm gegenüber hin. Im Kreis saßen sie nun wie an den vier Enden einer Windrose.

„Ich denke mal", hob er an, „Sie alle kennen mich, ich bin der Krankenhausseelsorger. Sie können gerne ‚Johann' zu mir sagen, wenn Sie mir gestatten, Sie ebenfalls beim Vornamen zu nennen." Alle nickten. „Nochmals zur Erinnerung", im Uhrzeigersinn blickte er nacheinander jeden an: „Mizar, Jonathan und Paula. Normalerweise wären wir mehr Personen, hier in dieser Seelsorgegruppe. Ursprüngliche habe ich für heute Abend abgesagt, da ich was anderes geplant hatte. Aber die Sache ist geplatzt, und so habe ich nun doch Zeit für Sie. Zu den Anderen ist das offensichtlich nicht durchgedrungen, weswegen wir nun ein ganz kleiner Kreis sind. Doch das ist kein Nachteil. Wir können in kleiner Runde leichter vertraulich miteinander sprechen. Möchten Sie, Paula, ein wenig fortsetzen und uns erzählen, was Ihnen widerfahren ist?" Wieder war es ganz ruhig, eine Ruhe, die das Atmen auch hörbar machte, wenn es sich nicht in feinen Pfeiftönen verlautete.

„Das ist alles sinnlos", durchbrach Jonathan als erster das Schweigen. „Die Zeit arbeitet gegen uns. Je älter wir werden, um so öfter und um so mehr werden wir krank. Und je älter die Menschheit wird, um so öfter und um so mehr richtet sie sich selbst zu Grunde. Daran werden wir nichts und auch Sie nichts ändern."

Könnte man Bedrückung durch Nebel sichtbar machen, würde man sagen: er lag schwer im Raum. Johann wusste, dass er durch diesen Nebel zu ihnen, wenigstens zu einem von ihnen durchdringen musste, sonst wäre der Abend verloren. Er versuchte es bei Paula: „Es muss doch möglich sein, dass man Ihnen hilft." Er sah ruhig, ein wenig auffordernd zu ihr hin. Sie erwiderte seinen Blick nicht, schaute nach unten und konnte nur stammelnd herausbringen: „Ich habe es mir selbst beigefügt, es ist pfychologisch, da kann man nichts machen, da ist alles vferloren."

„Auf welche Weise haben Sie es sich selbst beigefügt?", fragte er nach.

„Aber Sie sehen doch, dass sie schlecht sprechen kann, es ist ihr unangenehm, alles zu erklären", fiel Mizar dazwischen.

„Haben Sie schon mal versucht, das Loch zuzuhalten?" Johann holte aus seiner Hosentasche ein sauber zusammengefaltetes Papiertaschentuch hervor und reichte es ihr hin. „Drücken Sie das mal gegen die Öffnung und sprechen Sie dann, Sie werden sehen, es geht bestimmt viel besser." Sie schaute ihn zweifelnd an, nahm dann aber das Tuch und drückte es gegen ihre Wange. „Na los, sagen Sie was, sagen Sie: ‚Es geht mir jetzt schon wieder viel besser, auch in psychologischer Hinsicht.' Sagen Sie das doch bitte!"

Ein wenig Röte war ihr ins Gesicht gestiegen, aber dann schaute sie ihn an und sprach ihm nach: „Es geht mir jetzt schon viel besser, auch in psychologischer Hinsicht."

„Sehen Sie, Sie haben ‚psychologisch' gesagt ohne Nebentöne. Nun erzählen Sie mir mal, wie das gekommen ist." Jonathan deutete an, etwas sagen zu wollen. Es war sehr zweifelhaft, ob dies zur Aufhellung der Stimmung beitragen würde. Und so warf Johann ein: „Bitte später, Jonathan, aber jetzt versuchen Sie doch zu verstehen, dass die Zeit nicht alles schlechter macht. In der gerade vergangenen kurzen Zeit ist es doch Paula schon ein bisschen besser gegangen.

Wissen Sie, Paula, wie man angelt? Wenn man etwas Gutes an der Angel hat, muss man es ganz vorsichtig zu sich hinziehen, damit es sich nicht wieder von der Angel löst. Ich möchte, dass Sie das Gute jetzt ganz vorsichtig zu sich hinziehen und sich durch nichts irritieren lassen, nicht von äußeren Bemerkungen, aber auch nicht von einer inneren Angst, dass alle guten Dinge wieder verloren gehen und man sie sowieso nicht festhalten kann."

Und sie suchte das Gute. Nicht im gegenwärtigen Verlauf ihres Lebens. Es war die Vergangenheit, die sie packte. Sie erzählte und erzählte. Von ihrer großen Liebe mit einem holländischen Gemüsebauern. Auf dem Obst- und Gemüsemarkt in Losser hatte sie ihn kennen gelernt. Beim Einkaufen. Dieser Mann der Erde hatte es ihr angetan. Die bloßen Arme und das Gesicht gegerbt von Sonne, Wind und Kälte. Links Salatköpfe in einer Kiste sortierend, zerteilte er mit der Kraft seines Daumens in der rechten Hand eine faustgroße Kartoffel glatt in zwei Hälften. Er hielt sie ihr hin. „Diese Kartoffel ist so süß wie ihr Lächeln, meine Frau." Sie habe so gelacht. Oft haben sie zusammen gelacht. Sie beide und später mit ihren Kindern. Drei prächtige Jungen. Einer nach dem anderen. Als er später seinen Schlaganfall bekam, machte sie den Führerschein und fuhr auf sieben Wochenmärkte in fünf verschiedenen holländischen Städten. Mit den Jungs belud sie den Anhänger. Kisten mit Zucchini, Kohlrabi, Salat und Tomaten. Er ackerte und pflanzte weiter auf dem Hof, so wie es gerade ging mit seiner Lähmung. Als die Kinder aus dem Haus waren, sahen sie sich an. „Wir sind alt geworden, ohne dass wir es gemerkt haben." Eine Zeit lang versuchten sie es allein. Angestellte konnte man sich nicht leisten. Schließlich gaben sie auf, verkauften alles und verließen das Land. Nicht weit weg. „Ein kleines Häuschen nur für uns beide in Deutschland in der Grafschaft, nah bei Holland."

Wenn Leben und Arbeit, Familie und Beruf, Wohnung und Arbeitsstätte stets ein Ganzes, ein umtriebiges Gemeinsames waren, dann fällt schwer, das *bloße* Leben als einen neuen Abschnitt zu definieren, und es ist beinahe unmöglich, sich diesen Abschnitt als eine Zeit des Ruhens und Besinnens, die einem gegönnt sei, vorzustellen. „Und dann kam zur Behinderung meines Mannes noch meine Krankheit hinzu. Eine gutartige Geschwulst an der Innenbacke. Doch die Wunde konnte nach der Operation nie richtig verheilen. Ich habe immer in sie hineingebissen."

„Sie sind in das Loch hineingefallen." Johann sah sie mitfühlend an.

„Aber da kann man doch nicht reinfallen." Sie deutete mit dem rechten Daumen hin zu ihrer linken Wange, auf die sie weiterhin das Tuch gepresst hielt.

„Gewiss nicht, aber jede Krankheit hat ihre Sprache", erklärte Johann und formte mit Daumen und Zeigefinger ein O. „Mit Schriftzeichen, die man verstehen muss. Und eine Krankheit bringt das zum Ausdruck, was bereits früher geschehen ist. So wie das Loch, das vorher schon da war, in das Sie nach ihrem gemeinsamen Lebenswerk hineingestürzt sind."

„Aber warum sagen die Ärzte ‚Psychose' dazu?", fragte sie.

„Weil eine Psychose immer eine Welt in der Welt ist, auch ein Loch kann so eine eigene Welt sein. Und Sie, Paula, müssen raus aus dem Loch!" Johann kam langsam in Fahrt.

„Was soll sie denn machen", warf Mizar kess ein, „vielleicht einen neuen Gemüsehandel?"

„Wohl nicht gerade einen Gemüsehandel, man soll ja im Leben auch nicht zweimal in denselben Bus einsteigen."

„Auf der anderen Backe weiterkauen." Jonathan schaute missmutig in die Runde.

Johann ließ sich nicht ablenken. „Können Sie sich etwas vorstellen, Paula, etwas, das Ihnen liegt, dass Sie schon immer machen wollten?"

„Ich weiß nicht, ich bin Gemüsebäuerin und Marktfrau, ich habe nichts anders gelernt."

„Das ist nur die halbe Wahrheit. Immerhin haben sie drei Söhne großgezogen. Und das ist ihnen hervorragend gelungen mit, wie sagt man heute, hoher sozialer Kompetenz, die sie übrigens auch als Geschäftsfrau bewiesen haben."

„Ja, vielleicht, ein bisschen interessiert mich das schon. Ich habe das gemerkt bei meinen Kindern. Einer meiner Jungs hat Sozialarbeit studiert. Immer wenn er davon erzählte, von seinen Vorlesungen und Seminaren, habe ich interessiert hingehört. Manchmal habe ich gedacht, es wäre schön, noch mal jung zu sein, um auch so was zu studieren. Aber die Zeit kann man ja nicht zurückdrehen."

„Eben", ertönte es von gegenüber.

„Eben nicht! Leben ist Lernen! Wir haben immer

Zeit zum Lernen, gerade wenn wir älter werden. Wissen Sie, was wir machen, Paula? Wir gründen ein Seminar mit dem Titel ‚Psychologische Sozialarbeit'. Ich wollte so was immer schon mal machen. Aber jetzt packen wir den Zufall dieses Abends beim Schopf. Wir docken das Seminar an die Psychiatrie an und stellen eine Kooperation mit der hiesigen Volkshochschule und der Hochschule für Sozialarbeit in Enschede her. Ich kenne dort einen hochbegabten Sozialarbeiter, dessen Teilnahme ich mir jetzt schon sicher bin." Holli macht das bestimmt, dachte er und fuhr fort: „Der Praxisstrang für das Seminar könnte die sozialarbeiterische Betreuung von Langzeitpatienten sein. Machen Sie mit, Paula, kommen Sie raus aus Ihrem Loch! Dann finden wir auch eine Heilmöglichkeit für das andere. Ich kenne hier im Klinikum einen hervorragenden Hautarzt." Sie sah ihn an, nicht begeistert, aber auch nicht entgeistert. Er, vielleicht nur er, spürte ein Lächeln, das über ihr Gesicht glitt.

In diesem Moment sprang Mizar auf, aus dem Stuhlkreis raus, rief, fast schreiend: „Ein Loch kann verheilen, meins hat man gewaltsam zugemacht!" Er stampfte auf dem Parkettboden, erst auf der Stelle, dann in kleiner Schrittfolge und formte dabei einen eigenen Kreis auf der freien Fläche des Raums. „Ich bin nicht der, der ich bin", keuchte er stampfend. Jetzt fehlt nur noch, dachte Johann, dass er ruft *Ach wie gut das niemand weiß, dass ich Rumpelstilzchen heiß*, ein Pseudonym hat er ja schon. Doch die Lage war ernst, zu ernst, um damit seinen inneren Spott zu treiben. Er erhob sich schnell und trat dem Vor-sich-Hintretenden in den

Weg, packte ihn, der Kopf und Haar wütend nach hinten warf, bei den Schultern, blickte ihn fest an, als wollte er den Wahnsinn in seinen Augen anhalten. „Wer hat Ihnen Ihr Ich aus der Seele gerissen?"

„Er wollte immer ein Mädchen, weil er sich nur an Mädchen vergreift. Er hasst Schwule! Er bekam auch ein Mädchen, ein halbes, und mit dem hat er es getrieben. Ich war einmal ein halbes Mädchen!" Mit diesem Ausruf kam er einen Moment zum Stillstand, und Johann nutzte die Situation, ihn sanft zurückzudrücken in den Kreis auf seinen Stuhl. Er rückte seinen eigenen dicht an ihn heran. „Was meinen Sie damit: ‚ein halbes Mädchen'?"

„Ich bin ein Zwitter. Das heißt, ich war es." Er schaute nach unten, die blonden Haare verdeckten seitlich sein Gesicht. „Meine Eltern, beide wollten es vertuschen, die Schande von meinem Vater und meine eigene. Sie haben mich weggebracht, zu einem Arzt. Da haben sie mich betäubt, und dann, dann haben sie die Scheide zugenäht. Sie haben das Loch einfach zugemacht und sie darin erstickt – die ganze Schande." Wahrheit oder schizophrener Wahn? Aber hat nicht jeder Wahn auch seine Wahrheit? Selbst wenn es nur eine leise Spur des Zweifels war, Mizar bemerkte sie sofort. Muskeln und Sehnen spannten sich an, machten sich bereit, ihn erneut hochfahren zu lassen. Wieder hielt Johann ihn bei den Schultern, wieder suchte er seinen Blick. „Ich glaube Ihnen! Es ist die Wirklichkeit, die in Ihnen wirkt, aber manchmal auf eine entsetzlich verzerrende Weise viel Leid bewirkt."

Er richtete seinen Oberkörper auf. „Du meinst, ich

hab sie in mir selbst bewirkt, diese Bilder, eine eingebildete Wirklichkeit der Phantasie. Das meinst du doch, nicht wahr? Aber wenn man es beweisen könnte, biologisch beweisen? Dass ich mal ein Zwitter war, dass sie mich gegen meinen Willen zugenäht haben, was sagst du dann?"

„Hast du denn Beweise?"

„Biologische Beweise!"

„Was für biologische Beweise?"

„Ich habe es selbst nicht fassen können. Das heißt, fassen schon, zuerst habe ich es berührt, gefühlt mit der Hand. Habe nicht glauben können, was ich fühlte. Aber dann habe ich es gesehen. Mit einem Taschenspiegel. Unter dem Hodensack verläuft die Narbe bis zum After. Eine feine Narbe, aber doch fühlbar und sichtbar."

Er erwischte nun einen Blick, die Augen immer noch starr, gefangen von den Zwängen. Johann atmete tief und suchte weiter seine Augen. „Weißt du, dass alle Männer so eine Narbe haben? Sie läuft bei uns zwischen den Beinen genau da entlang, wo du sie bei dir gefunden hast. Sie ist ein Zeichen, ein geheimes Merkmal. Es erinnert uns daran, dass wir alle mal aus einem Ei gekrochen sind. Im Urzustand waren wir alle einmal Zwitter."

„Du willst mich nur beruhigen." Sein Gesicht blieb blass, trotz seiner spürbaren Erregung. „Das musst du mir beweisen, dass du auch so eine Narbe hast."

„Ausziehen, sofort ausziehen!" Jonathan konnte sich die Bemerkung nicht verkneifen.

„Keiner zieht sich hier in diesem Kreis aus. Aber ich mach dir einen Vorschlag: Nach meinen Krankenbesuchen morgen früh gehen wir gemeinsam zu einem Arzt deiner Wahl, und dann beweise ich es dir. Das verspreche ich."

Er schien ein wenig beruhigt.

„Mizar ist übrigens ein Zwillingsstern in der Mitte der Deichsel vom Großen Wagen. Wenn man genau hinsieht, kann man beide mit bloßem Auge sehen." Es war die erste produktive Bemerkung von Jonathan an diesem Abend.

„Aber man denkt, es ist *ein* Stern", bedachte Paula. „Und so sollte es bei Mann und Frau doch auch sein. Die Gesellschaft bringt sie gegeneinander auf. So entstehen die Vorurteile. Zum Beispiel, dass die Frau besser als der Mann geeignet sei, den Haushalt zu führen oder die Kinder zu erziehen. Als mein Mann nicht mehr auf die Märkte fahren konnte, hat er im Haus alles gemacht. Er hat jeden Tag für uns gekocht – nicht nur Gemüsesuppe. Und so liebevoll wie er ist, hätte er die Kinder, als sie noch ganz klein waren, genauso gut wie ich großziehen können."

Es ist gut, eine Frau mit solchen Erfahrungen in unserer Mitte zu haben, dachte Johann und schaute wieder zu Mizar, der weiter den Boden anstarrte. „Dein Vater hat sich nicht so gekümmert?"

Entrüstet fuhr er mit dem Kopf hoch. „Nicht gekümmert!? Er hat sich überhaupt nicht für mich interessiert, für ihn war ich Luft, das Mädchen in mir, das hat es ihm angetan, aber das haben sie ja dann weg..., zugemacht."

„Sag mal, wie ist dein richtiger Name?"

Es entstand eine Pause, dann sagte er mit leiser Stimme: „Peter Petersen."

„Petersen", Johann überlegte, „Petersen ..., das ist ein ostfriesischer Name ‚Peter sin Sön', ‚Peter sein Sohn'. Da haben Generationen vor dir viel Wert auf die männliche Abstammungslinie gelegt."

„Das kann ja sein, bei meinem Vater jedenfalls hat es dann ‚Klick' gemacht, der wollte alles, bloß keinen Jungen. Und zu guter Letzt, als wollten sie noch einen draufsetzen, haben sie mich dann ‚Peter' genannt, Peter Petersen, welch ein Zynismus!"

Ergriffen sah Paula zu ihm rüber, fast so, als wollte sie ihn in den Arm nehmen. „Was war denn dein Vater von Beruf?"

„Der, der war der große Kapitän, geschniegelt und in Uniform, Kapitän auf ‚Großer See', ständig weg, an allen Enden der Welt, bestimmt in jedem Hafen ein anders Mädchen."

„Er war nie da", fuhr Paula behutsam fort, „du hattest eigentlich gar keinen Vater. Und manchmal beginnt man sich nach dem zu sehnen, was man nicht hat. Sehnst du dich nach einem Mann, Mizar?" Eine solche Frage und dann von Paula, der Ältesten, einer Bäuerin! Hammerhart schlug sie ein. Sein zum bersten gespannter Organismus fuhr hoch wie aus einem Schleudersitz. „Und wer hätte das verstanden!" Über Kreuz presste er die Handrücken an seine beiden Wangen und ließ sich auf seinen Stuhl zurückfallen.

Wenn das man ..., Johann dachte nicht weiter, weil Paula einfach weitermachte. In ruhigem Ton sagte sie: „Weißt du, ich kenne das Drama. Einer meiner Jungs ist auch schwul. ‚Schwul', an so ein Wort hätten wir damals nicht mal zu denken gewagt. Aber er fand einfach keinen Weg zu den Mädchen. Und eines Tages hat er es mir gesagt. Für meinen Mann brach damals eine Welt zusammen. Er fühlte sich geächtet, dachte an die Nachbarn, und was man noch so denkt. ‚Aber er bleibt doch mein Sohn', hat er später gesagt und ich: ‚Er ist ehrlich, und wer hat schon so ehrliche Kinder.' Heute führt er zusammen mit seinem Freund ein Restaurant in Den Haag. Ein wunderbares, sehr beliebtes Spezialitätenrestaurant. Manchmal besuchen wir sie. Da hat mein Mann schon mal gesagt: ‚Was die beiden daraus gemacht haben, das muss ihnen erst mal jemand nachmachen.' Ganz stolz war er."

„Mein Vater wäre niemals stolz, er würde mich nur noch mehr verdammen!" Wut stand in seinem Gesicht, das zum ersten Mal rot anlief.

„Aber wir nicht!" Wie ein bedingter Reflex, wie aus der Pistole geschossen kam die Antwort. Johann merkte es und versuchte es ruhiger: „Du hast gerade gerufen, dass du nicht weißt, wer du bist. Das Biologische klären wir morgen. Jetzt bist du dabei, deine Gefühle, Bedürfnisse und Standpunkte zu ergründen, herauszufinden, wer du selbst bist und was dieses Selbst will. Dafür brauchst du nur dich und mindestens einen Menschen, der wie ein Spiegel für dich ist. Hier sind schon mal ..., darf ich Sie einbeziehen, Jonathan", er nickte, „hier sind schon mal drei Menschen, die dir wohlgesonnen sind, zuhören und helfen können, zu dir selbst zu finden. Sieh zum Beispiel in den Spiegel von Paula: er reflektiert dich zusammen mit den Erfahrungen, die sie selbst mit der Homosexualität ihres Sohnes gemacht hat." Er stand auf, legte kurz seinen Arm um die Schultern von Mizar – ‚Mizar', ein schöner Name, dachte er. „Sag, was du willst! Aber es ist auch in Ordnung, wenn wir es einfach gut sein lassen und uns morgen am späten Vormittag wiedertreffen." Er wollte es damit gut sein lassen.

Sie standen auf. Die Stimmung schien gelöster, der Nebel weitgehend verzogen. Er verabschiedete sich von allen mit einem Händedruck. Zum Schluss von Jonathan. Aber etwas ließ ihn zögern. Während Paula und Mizar den Raum verließen, bat er Johann um ein kurzes persönliches Gespräch, er wolle zum Schluss die Stimmung der Gruppe nicht verderben.

„Das war kein schlechter Ablauf", sagte er, Mizar zog gerade die Tür von außen ins Schloss, „aber was hilft uns das angesichts des bevorstehenden Infernos?"

„Welches Inferno?"

„Sie sind doch Theologe und kennen das letzte Buch der Bibel, die ‚Apokalypse des Johannes'? ‚Darum werden ihre Klagen auf einen Tag kommen: Tod, Leid und Hunger; mit Feuer wird sie verbrannt werden', Kapitel 18, Vers 8 – die Welt jagt auf den Abgrund zu! Deswegen sind alle unsere Bemühungen verloren."

„Kommen Sie!" Mit leicht erhobener Hand signalisierte Johann, ihm an einen Tisch zu folgen. Er grenzte an ein Regal, das an der Wand befestigt war, die der Tür gegenüber lag. „Sie sagen ‚die Welt' ginge im Feuer unter. Gemeint ist mit ‚sie' die ‚Hure Babylons', ein kryptischer Begriff innerhalb einer Schrift mit sieben Siegeln. Die ganze Apokalypse oder zu deutsch die ‚Offenbarung des Johannes' ist eine Geheimschrift gegen Rom, geschrieben von verfolgten Christen, adressiert an die, die ihrerseits im Untergrund lebten." Er nahm eine großformatige Bibel aus dem Regal, legte sie auf den Tisch und schlug eine doppelseitige Landkarte auf. „Was sehen Sie?"

„Das östliche Mittelmeer und die Küstenregionen", antwortet Jonathan.

„Es ist die damals bekannte Welt. Verteilt über diese Welt schufen Menschen an zentralen und entlegenen Orten überschaubare Lebensinseln. Frauen, Kinder und Männer sorgten füreinander. Sie entdeckten die Gemeinschaft ihres Lebens, *die* Schöpfung, neu in Christus, lernten sie lieben und dankten Gott jeden Tag aufs Neue für dieses Geschenk. Gelebte Autopoiese mitten im Imperium Romanum, einer Weltdiktatur, die von Rom aus mit bestialischen Mitteln gesteuert und verwaltet wurde. Die Christen verstanden den Kodex, sie wussten, wer mit der ‚Hure Babylons' gemeint war, und sie hatten ihr Utopia: das ‚Himmlische Jerusalem'. Ein Glasquader gigantischen Ausmaßes sollte es werden." Er nahm einen Papierbogen aus dem Regal und faltete ihn einigermaßen maßstabsgetreu zu einem Quadrat. „Die genauen Maße stehen in der Offenbarung: der Glasquader sollte die Größe von 1222 mal 1222 mal 1222 Kilometern betragen." Er legte das weiße Quadrat auf die Karte, es bedeckte das östliche Mittelmeer und alle Anrainerländer: die Nordküste Afrikas und das Nildelta, Palästina mit dem zerstörten irdischen Jerusalem, Kleinasien, das der heutigen Türkei entspricht, die europäische Seite des Bosporus, Mazedonien und Griechenland und Korinth im Westen. „Und das Ganze 1222 Kilometer hoch." Er hielt seine Hand, die räumliche Dimension andeutend, gut zehn Zentimeter über der Karte. „Und es blieb nicht bei einer *nur* utopischen Hoffnung."

„Aber es hat nie ein himmlisches Jerusalem gegeben."

„Das Imperium ist untergegangen, zwar nicht begraben unter einem Glasquader, aber untergegangen an einem dreidimensionalen Mangel: dem Mangel an Gemeinschaft, dem Mangel an Familie und schließlich am Mangel an Menschen. So konnte das Feuer des Kriegs die römische Hure vernichten. Die Gemeinden der Christen suchten eine Liebe, die nicht käuflich ist. Sie fanden nicht das himmlische Jerusalem. Doch ihre Suche ließ sie das Imperium überleben und einen Geist in die Welt tragen, den die hebräische Bibel *ruach,* Hauch des Lebens, nennt."

„Aber dann befiel sie der Virus."

„Was für ein Virus?"

„Der Virus der Macht. Die Kirche unterstützte die weltlichen Herrscher, teilte die Macht mit ihnen oder setzte sich an ihre Stelle. Vergessen war das Wort Jesu: *Wer das Schwert nimmt, wird durchs Schwert umkommen*. Inquisition und Kreuzzüge sprechen eine andere Sprache. Im Ersten Weltkrieg hatten die Soldaten auf ihren Koppeln die Aufschrift *Für Gott und Vaterland*."

Johann nickte zustimmend. „Sogar den Nazis dienten sich die Volkskirchen an und glaubten mit ihnen an ein völlig anderes Tausendjähriges Reich, als es Johannes offenbart. Und wie lange hat's gedauert, das Tausendjährige Reich, Jonathan, wie lange?"

„Mal gerade 12 Jahre. Aber dieses Reich hat so viel an Tod und Zerstörung zurückgelassen wie nie zuvor in der Geschichte."

„Aber hat nicht das Gute gesiegt? Und so klein die Zahl der Widerstandskämpfer gewesen sein mochte, heute sind sie geachtet und verehrt, Vorbilder nachwachsender Generationen. Die ‚Barmer Erklärung', damals eine Streitschrift mutiger bekennender Christen, ist heute Bekenntnis meiner Reformierten Kirche." Seine Stimme klang leidenschaftlich, der mitschwingende Stolz überraschte ihn selbst.

„Was heißt: ‚das Gute hat gesiegt'? Abgesehen von der weltweiten Klimakatastrophe, leben wir doch jetzt in einem Kri..." Mitten im Wort stockte er, lehnte sich an den Tisch und blickte schweigend auf die immer noch ausgebreitete Landkarte mit dem weißen Quadrat obendrauf.

Er hat das Wort „Krieg" nicht ausgesprochen, erwog Johann. Beachtlich bei einem Neurotiker, für den jede Katastrophe gleich eine Weltkatastrophe, jeder Krieg gleich ein Weltkrieg ist. Sein Hader mit der Welt ist sein eigener Machtkonflikt, ein nie zur Ruhe kommendes Geltungsstreben. Zur Ruhe kommen kann er nur, überlegte er, wenn er die Verbissenheit, den Konkurrenzdruck, den ständigen Widerspruch, die Geltungssucht nicht mehr nötig hat. Eigentlich braucht er das alles nicht. Und das erfährt er durch andere, durch die Gemeinschaft einer Gruppe, von Menschen, die ihn annehmen, so wie er ist. In einem gelebten Gemeinschaftsgefühl heilen neurotische Zwänge, weil man sich in einer mitmenschlichen Gruppe keinen Zwang antun muss.

Gerade wollte er die Gruppe als Neurose lösendes Heilmittel präsentieren, da kam Jonathan ihm zuvor. „Es tut mir Leid. Ich habe in der Hitze des Gefechts vergessen, dass es ist nicht gut ist, von der Weltlage zu reden."

„Sie meinen, dass das Ihrer seelischen Verfassung schaden könnte?"

„Nein, ich meine, nicht gut ist für Sie, aber ich soll ..., ich möchte nicht darüber sprechen. Es ist wirres Zeug. Reden wir einfach nicht mehr darüber."

Stimmt, wirres Zeug, dachte er, aus Neurotikern wird man nicht immer klug, besser, ihnen einfach mal Recht geben.

„Ist schon in Ordnung, aber ich würde mich freuen, wenn ich Sie wiedersehen könnte. In der Gruppe."

„Ja sicher, ich bin doch immer da. Vor allem weil ich Ihre Aufmunterung für die Gemeinschaft ernst nehme – das Gemeinschaftsgefühl. Die Glasquader-Story war übrigens ganz aufschlussreich. Ich wünsche Ihnen eine gute Nacht." Damit verabschiedete sich Jonathan Zierlein und ließ den Seelsorger leicht verwirrt im Raum für Gruppentherapie zurück.

Habe *ich* ihm das gerade gesagt, fragte er sich, das mit dem Gemeinschaftsgefühl? Denken und Sprechen liegen doch näher beieinander, als man so denkt. Er verweilte einen kurzen Moment. Dann stellte er die Bibel zurück ins Regal, lief durch den Raum, knipste das Licht aus und ging raus. Als er den Schlüssel abzog, fiel ihm beim Umdrehen die Aluminiumtür ins Blickfeld. Sie führte direkt in den Krankenhauspark. Zwei Schritte, und er stellte sich vor sie hin und schaute in das obere der beiden rechteckigen Fenster. Seinem dunklen und silhouettenhaften Spiegelbild lächelte er zu. Vielleicht hätte er nicht gelächelt, wenn es nicht dunkel und nicht silhouettenhaft gewesen wäre. Wäre es wie in einem Badezimmerspiegel hell und klar gewesen, hätte er wahrgenommen, wie geschafft, geradezu gealtert er am Ende dieses Tages aussah. Ein Tag, dessen Höhen und Tiefen, dessen Zyklen atemberaubender Geschwindigkeit und überraschender Ruhe ihm vorkamen wie die Wahnsinnsfahrt in einer 8er-Bahn.

Nacht und Dunkelheit auf der anderen Seite der Scheibe lockten ihn. Zum Glück passte der Schlüssel auch für diese Außentür. Das Knirschen von Kies und Splitt unter seinen Sandalen hörte abrupt auf, als er auf dem Rasen durch den schwachen Widerschein der Fenster lief, bis es ihm dunkel genug war, um zum Himmel hinaufzuschauen.

Hell und klar, würdig und groß stand der Löwe im Südwesten eines traumhaften Sternenhimmels. Er wusste, dass der Saturn im April dieses Jahres im Löwen stand. Doch er fand ihn nicht. So machte er einige Schritte weiter in östlicher Richtung, weil der Südtrakt vom Krankenhaus noch ein paar Sterne der Konstellation verdeckt hielt. Jetzt konnte er Regulus in der Brust des Löwens sehen. Aber in seiner Nähe *muss* er doch sein, dachte er, der Saturn.

Geheimnisvoll lag das Sternenzelt über dem Dunkel des Parks und den zahlreichen Neon-Schachteln vom großen I seines Krankenhauses.

Teil II

Donnerstag

7. Kapitel

Ein heftiger Nordwestwind zerschlug dicke Regentropfen an den Fenstern. Das Prasseln weckte ihn, bevor der Wecker es konnte. Zu dem schaute er blinzelnd und mit müden Augen. Ein wuchtiger, altmodischer Wecker. Oben drauf zwei Klingelköpfe, wie man sie von Fahrrädern kennt. Er hatte ihn auf acht Uhr gestellt und dann das mechanische Weckwerk mit der Flügelschraube an der Rückseite aufgezogen. Der kleine Hammer zwischen den Klingeln wartete nun darauf, losgelassen zu werden und auf sie einzudreschen. Der kleine Zeiger befand sich im Bereich der römischen Acht, der große lag leblos hinter Glas im Weckergehäuse. Johann haderte mit der Zeit. Mit der eingeteilten, messbaren Zeit. So war er ganz froh, dass er den Zeitpunkt des Klingelns nicht exakt abschätzen konnte.

Neben dem Wecker gab es einen weiteren Gegenstand auf seinem Nachttisch. Es war ein kleines Dach, das aus drei auf Gärung gesägten Brettchen in der Größe von drei Kinderfingern sauber zusammengeleimt war. Die Kanten des hellen Kiefern- oder Fichtenholzes waren sorgsam abgeschliffen. Er fühlte mit seinem Finger darüber. Auf der ihm zugewandten Seite des kleinen Dachs stand *Mittwoch* – geschrieben, gemalt mit feinen Pinselstrichen in roter Farbe und mit einer Schreibschrift, wie sie

Erstklässler lernen. Vor Jahren hatte ihm das Dach eine Patientin oder ein Patient geschenkt. Aber ihm fiel beim besten Willen nicht mehr ein, wer es ihm geschenkt hatte. Irgendwie schwante ihm, dass es ein Mädchen oder eine junge Frau gewesen sein müsste.

Wenn der Wecker klingelte, würde er das Dach um eine Seite weiterdrehen. *Mittwoch* wäre dann Vergangenheit. So war es seine Angewohnheit. Obwohl ihm auch Angewohnheiten gegen den Strich gingen. Ebenso wie strenge Lebensregeln, festgelegte Monats- oder Wochenzyklen oder im Voraus angefertigte Tagesabläufe skelettieren sie das Leben. Sie nehmen mir Fleisch und Blut, dachte er und freute sich darüber, dass sein Dach nur drei Seiten hatte. Im Grunde genommen, dachte er, sind drei Seiten noch zu viel. Eine Zweitagewoche reicht völlig aus. Der weitaus größte Anteil der geregelten Zeit ist vergeudete Zeit. Allen voran die Arbeitszeit, dachte er. Was da alles hergestellt wird für die Ex- und-hopp-Gesellschaft! Arme Chinesen, dachte er, die stündlich Tonnagen um Tonnagen an Billigspielzeug produzieren, das sich in den Spielzimmern weißer Kinder bis zur Decke stapelt oder gleich für den Mülleimer bestimmt ist. Arme Deutsche, die Waschmaschinen herstellen, die bereits nach drei Jahren ein Schleudertrauma überkommt. In vollem Bewusstsein, dass es besser geht, dass es mal *die Miele* gab, die einer Generation von Hausfrauen mit vielen Kindern und viel Wäsche standhielt. Die meiste Arbeit ist bestimmt für den Verschleiß und für den Verpackungsmüll, dachte er, da muss nicht lange gesucht werden nach der verlorenen Zeit.

Würde man die Produktion beschränken auf das Notwendige und Haltbare, würde ein Fünftel der Zeit ausreichen, die Eintags-Woche für Alle müsste dann die Tageslosung sein, erwog er.

Der Wecker legte los. Johann erschrak und sah, wie der kleine Hammer hart auf die Klingelköpfe links und rechts eindrosch. Er schloss die Augenlider und bemühte sich, das schrille Geräusch unbeeindruckt auf sich einwirken zu lassen. Dieses Geräusch bekäme nicht die Oberhand, und er könnte sich dem Takt der Einschläge einfach hingeben, weil sich dieser mit der schwächer werdenden Spannkraft der Feder im Weckwerk von selbst verlangsamen würde. Nach und nach verloren die Schläge an Kraft und das nur scheinbar rastlose Rasseln wurde von höheren Tönen der beiden Klingelköpfe abgelöst, ihre Frequenzen klangen fast melodisch. Mit der weiteren Verlangsamung der Einschläge nahmen die Klänge volle, beinahe einschläfernde Formen an, bis der Hammer auf einer der beiden Klingeln zum Stehen kam. Während deren Schwingungen erstarrten, ihr jäh jeder Ton genommen war, blieb der andere Kopf noch hörbar. Es war ein feiner, heller Ton, der sich wie auf einer langen Linie durch den Äther zog.

Alle Töne bilden, wenn sie verklingen, eine Linie, und alle Schwingungen eines Lebens, von den stärksten Ausschlägen bis zu den feinsten, kaum wahrnehmbaren Regungen bündeln sich zu einem einzigen Strahl auf dunklem Hintergrund. Auf dem schwarzen Monitor verwandelte sich die Oszillation zu einer weißen Linie ohne Ende. Hermine Unbehaun war gestorben. Ein Kopf mit weißgrauen Locken lag auf seinem Arm. Augen, die gerade noch Güte und Ruhe ausstrahlten, sahen ihn an, als bündelten sich in diesem Blick die Sehnsucht des Lebens und die Erlösung von ihm, ein Blick, der nicht mehr bestimmt war von den Schwingungen des Lebens und noch nicht vom Nichts des Todes. In dem Moment, dem unbeschreiblich winzigen Moment, in dem er diesen Strahl auffing, bemerkte er, wie ebenso plötzlich jeder Schatten von Schmerz und Kummer aus ihrem Gesicht glitt. So unvermittelt wie bei jemandem, dem man nach Jahren urplötzlich Zentnerlasten von den Schultern genommen hatte und der seine Befreiung noch gar nicht recht begriff, war ihr Blick fassungslos. Und es gab für sie ja auch keinen lebenden Körper mehr, der diese Befreiung hätte begreifen, keine körperliche Gestalt, die das Davongleiten hätte fassen können. Johann wusste, dass dieser unfassliche Augenblick weder zeitlich noch räumlich messbar, etwa fotografisch fixierbar war. Er war es nicht und war es auch nicht gewesen. Und schon war der Augenblick übergegangen in das Aussehen eines Puppengesichts, das zwar immer noch die Anmut, das Lächeln und die Schönheit bewahrt hielt, aber doch schon erstarrt war. Es blieb in der Zeit, und der Strahl, den sein Blick gerade noch aufgefangen hatte, war schon auf und davon.

Sie ist tot, dachte er – tot, wie seltsam symbolisch dies deutsche Wort doch ist, ein kleines „o" flankiert von zwei kleinen Kreuzen, ein „o", das ebenso gut eine Null oder ein Loch sein könnte. Guckloch fürs Jenseits. Doch wie bei jedem Guckloch ist das, was man vermeintlich sieht, eigentlich eine Ahnung, die sich aus einer anderen Wirklichkeit speist als der, die der Augenschein annimmt. Der vermeintliche Strahl, den er im letzten Moment wahrgenommen hatte, entsprang dieser ahnungsvollen Wirklichkeit.

„Na, hat sie 's schafft?" Mit diesen Worten betrat die Intensivschwester den Raum, schloss die Tür und das durch die Fenster des Stationsflurs flutende Morgenlicht wieder aus. Doch ihre bloße Anwesenheit schien den leicht abgedunkelten Raum zu erhellen. Nicht etwa, weil sie einen weißen Kittel, frisch gewaschen und gestärkt, trug. Der Raum wurde erhellt durch das Leben, das sie in ihn hineinbrachte. Ihre Augen waren Quellen eigenen Lichtes, die wie Punktstrahler augenblicklich das ausleuchteten, auf das sie trafen: die Gegenstände, den toten Körper und den lebendigen. Im kurzen Moment, als sich ihre Augen begegneten, dachte Johann an goldgelbe Lindenblätter, durch die die Herbstsonne funkelndes Licht wirft. Ihre Ausstrahlung wurde unterstrichen durch ein offenes, zugleich von hohen Backenknochen markant gezeichnetes Gesicht, dem ein kurz geschnittener blonder Lockenschopf mit leicht rötlichem Schimmer einen jungenhaften, fast kecken Ausdruck verlieh.

„Nun, Herr Pastor, Sie können Frau Unbehaun jetzt loslassen, sie hat's hinter sich. Aber Sie, was ist mit Ihnen? Sie sehen so traurig und niedergeschlagen aus, als wäre der Tod das Unnormalste von der Welt, was er doch für Sie eigentlich nicht sein sollte, nicht wahr?" Sie sächselte ein wenig. Johann fand darauf nicht gleich eine Antwort, weil ihn eine andere Unsicherheit beschäftigte. Woher kenne ich diese wunderschöne Frau, fragte er sich, und wenn ich sie schon kenne, wieso vergesse ich, woher ich sie kenne, vergesse ihren Namen, was bei so einer Erscheinung extrem bedauerlich ist. Wenn ich sie frage, wird sie meine Vergesslichkeit für Desinteresse halten, überlegte er, frage ich sie nicht, erfahre ich vielleicht nie, wo und wann wir uns begegnet sind. Mit ihren goldstrahlenden Augen schaute sie ihn an und nahm ihm die Entscheidung ab. „Eigentlich sollte ich ‚Jonny' sagen, ich hab mal bei dir klinische Psychologie studiert, wollte damals Sozialarbeiterin werden und hab dann auf was Handfestes umgesattelt", sagte sie und zog eine Braunüle aus dem Ellenbogen von Hermine Unbehaun. „Ich bin Barbara, erinnerst du dich?" Sie strahlte und streckte ihm die Hand hin, die er perplex ergriff und dabei Hermines Kopf auf die Kissen fallen ließ.

Langsam dämmerte ihm, wer sie war und woher er sie kannte. Doch welche aus- und erlösende Bedeutung sie schon bald für ihn haben würde, davon hatte der Seelsorger de Buer nicht den Hauch einer Ahnung.

8. Kapitel

Es klopfte. Beim zweiten Klopfen richtete sich Johann auf und schaute längs über Bettdecke und Bett zur Zimmertür, die sich öffnete. Im Gegenlicht der zum Süden ausgerichteten Flurfenster nahm er die Silhouette einer weiblichen Gestalt wahr, golden leuchteten ein paar Löckchen am sonst wellig zurückgekämmten Kopfhaar, das Halstuch mit besticktem Stationsanker war lässig über den weißen Blusenkragen gelegt. Nach Momenten stillen Verharrens brachte sie ein aufgebrachtes „Mein Gott, Herr Pastor!" hervor und dann: „Sie sind ja immer noch im Bett, im Schlafanzug, dabei ist es schon nach Mittag, und Sie hätten längst zu Dr. Picard gemusst!"

„Schwester Felicitas?" Er blinzelte, um sie im Türrahmen und Gegenlicht besser zu erkennen. „Ich hatte einen anstrengenden Vormittag auf der Intensivstation. Die Sterbebegleitung bei Frau Unbehaun fiel mir nicht leicht, auch wenn alle denken, ich sei doch ein Profi. Aber stellen Sie sich vor, ich habe dort eine frühere Studentin wiedergetroffen. Sie heißt Barbara und arbeitet jetzt hier als Krankenschwester."

„Barbara? Meinen Sie Frau Dr. Barbara Loevenich?"

Johann nahm den Namen „Loevenich" in sich auf,

und in kleinen Erinnerungsfetzen flog ihm „Löwin" zu und dann „Loevenich", eine permanente Staustelle der A1 am Kölner Ring. Dieser Gegensatz von *schnell* und *gehemmt* war kennzeichnend für Barbara und ihr Name wie ein Markenzeichen. Jetzt erinnerte er sich. Und wenn die immer noch so heißt, dachte er, dann ist sie wohl auch noch nicht verheiratet. Aber der heitere Gedanke wurde sogleich von einer Verwirrtheit überlagert: „Wieso denn Doktor?", hörte er sich fragen.

Schwester Felicitas, immer noch von hinten beleuchtet und umrahmt von der Türzarge, zögerte einen Moment, bis sie antwortete: „Früher war sie mal Krankenschwester, inzwischen ist sie Fachärztin für Psychiatrie und gestern hergekommen, um Dr. Picard bei der Integration der ‚8' ins Klinikum zu unterstützen."

Johann hatte Mühe, die Informationen zu verarbeiten, und wie immer suchte er den einfachsten Weg aus dem Knäuel: „Doktor hin, Doktor her, heute Morgen hat sie sich mir gegenüber vorgestellt als Krankenschwester, was ja schon ein gehöriger Sprung in ihrem Berufsleben ist. Immerhin hat sie ja mal Sozialarbeit studiert. Und mit der weiteren medizinischen Karriere wollte sie am heutigen Morgen bestimmt nicht gleich rauskommen."

Felicitas schien nachdenklich. „Sie sagten was von einer Sterbebegleitung, aber ein Sterbefall von heute ist mir nicht bekannt, andererseits ist das Klinikum groß, und ich kann ja auch nicht alles wissen. Der Name ‚Unbehaun' aber ist mir haften geblieben. Vor gut sieben Jahren hatten wir einen Hermann

Unbehaun auf der ‚8' wegen einer Trauerdepression."

Diese Bemerkung zog das gerade entwirrte Knäuel seiner Gedanken erneut zusammen, so dass es etwas unwirsch aus ihm herausplatzte: „Den kenne ich nicht. Das muss ein ganz anderer Zusammenhang sein. Hermine Unbehaun, das ist die Tote von heute. Und heute Morgen habe ich Barbara Loevenich wiedergetroffen, und hier, glaube ich, haben wir dieselbe am Wickel."

„Ja, ganz gewiss", stammelte Schwester Felicitas, um dann gefasst fortzufahren: „Heute Nachmittag aber gehen Sie zu Dr. Picard. Am Abend haben Sie auch Ihre Andacht. Und denken Sie daran, dass es kein Mittagessen mehr in der Kantine gibt. Aber Sie sind ja auch Selbstversorger. Bis später!"

„Ach Felicitas, bitte, einen Moment noch", rief er ihr nach. „Zu Barbara Loevenich, es gibt da eine wirklich wunderbare, interessante Geschichte, ich möchte sie Ihnen gerne erzählen!"

Sie wandte sich um zu ihm: „Ich habe zwar in einer halben Stunde Schichtübergabe, wenig Zeit, aber nun haben Sie mich richtig neugierig gemacht."

Mit einem Sprung war er aus dem Bett und mit einem Schritt am mittleren seiner drei Fenster, um das Rollo hochzuziehen. Der heftige Regen vom Vormittag hatte aufgehört. In zwei weiteren Schritten platzierte er seinen Schreibtischstuhl vor die Längsseite seines Betts und setzte sich selbst auf die Bettkante. Felicitas schloss die Tür und setzte sich fast beschwingt auf den ihr angebotenen Stuhl ihm gegenüber. So im Licht betrachtet, dachte er, sieht sie für ihr Alter richtig gut aus, die neue Frisur bringt die hohe Stirn gut zur Geltung, und immer erhellen ihre menschliche Zugewandtheit und Freundlichkeit ihr Gesicht und verleihen den sonst so gleichmäßigen und fast symmetrischen Zügen eine lebendige Vielfalt.

„Wie alt sind Sie jetzt, Felicitas?"

„Da Sie mich ja sowieso immer für 10 Jahre jünger halten, ziehe ich es vor, auf Ihre Frage nicht zu antworten." Sie schaute sich in seinem Zimmer um. „Was haben Sie da für einen niedlichen kleinen Kühlschrank?"

„Er ist nicht nur klein und reicht völlig für mich aus, er ist auch umschaltbar auf 12-Volt-Betrieb, und im Sommer, wenn es auch hier auf der Nordseite mehr Sonnenlicht gibt, wird der mit dem Strom betrieben, der aus einer kleinen Fotovoltaik-Anlage kommt, die ich seitlich an den Fenstern angebracht habe. Ich kann zudem mein Notebook damit betreiben. Wissen Sie, was es ausmachen würde, wenn sämtliche Haushalte der Bundesrepublik Deutschland zwei solche oder ähnliche Aggregate autonom mit Strom versorgen würden?" Sie schaute ihn fragend an. „Es würde ein Atomkraftwerk einsparen!"

„Mit was Sie sich alles so beschäftigen", erwog sie.

„Ich beschäftige mich nicht nur mit ihr, ich praktiziere sie: die *sektorale Autonomie*, Stück für Stück, Sektor für Sektor unabhängig zu werden von den multinationalen Konzernen, allen voran den Energiegiganten …"

„Aber Sie wollten mir doch eigentlich etwas erzählen, etwas über die neue Ärztin", warf sie ein.

„Barbara lernte ich Mitte der 80er Jahre am Fachbereich Sozialwesen der Fachhochschule Emden kennen. Ich selbst arbeitete damals als Wissenschaftlicher Mitarbeiter für den Fachbereich."

„Aber unterrichteten Sie nicht damals an der Universität Münster?", fragte Felicitas nach.

„Dort hatte ich zusätzlich einen Lehrauftrag. Noch über Jahre wohnte ich in Nordhorn, hielt mich einen Teil der Woche in Emden auf und fuhr stets am Freitag nach Münster, um dort zwei Vorlesungen zu halten.

Aber zurück zu Barbara: Damals als Studienanfängerin war sie jung mit ihren gut 19 Jahren, geist- und kenntnisreich, hochbegabt und voller Elan. Aber sie hatte ein Problem, das schwer auf ihrer Seele lastete. Sie stotterte. Sie stotterte so sehr, dass sie die hervorgebrachten Silben nicht nur anstieß, verzögerte und wiederholte; immer wieder brachte sie Worte oder Wortteile überhaupt nicht heraus. Jeder im Raum spürte dann, wie sie anspannte, resignierte, in die Knie ging angesichts einer Dämonie, die sie eisern im Griff hielt. Wie sehr sie darunter schon als Kind litt, dem Spott Anderer, besonders ihrer Spiel- und Schulgefährten ausgesetzt war, kann man nur erahnen. Einmal erzählte sie mir von dem Szenario, wie andere Kinder im Kreis um sie herum hüpften, mit Fingern auf sie zeigten und dabei im Chor immer und immer wieder ‚Stotterliese, Stotterliese' ausriefen. Wie ein Häufchen Elend hockte sie in der Mitte.

Die Seminare waren damals mit 40, 50 Studierenden völlig überbelegt. Und so machte ich zur Vorgabe, wohl auch um Zeit zu sparen, dass sich alle reihum kurz mit ihrem Vornamen vorstellen sollten. Als sie an der Reihe war, brachte sie nur sehr zögerlich und stockend ein ‚Ba..., Ba..., Ba...' heraus. Die Ruhe, die zwischen den Ba-Intervallen lag, war gespenstisch und nur dazu angetan, ihre Angespanntheit und Nervosität weiter zu steigern. Wie mit Messerklingen wurde diese Ruhe durch die feixende Bemerkung eines jungen Studenten durchschnitten: ‚Ba, Ba, Ba..., Ba, Ba the rain'."

„Wahnsinn, das ist doch dieser Songtitel!" Felicitas war ganz gebannt.

„Und so wie Sie jetzt, fühlten wir uns damals in dieser Situation: geschockt. Aber Barbara schien den Humor, die Absichtslosigkeit, die Naivität ihres Kommilitonen zu spüren: ‚Ja, Ba, Ba, Ba, hei..., hei..., heiße ich', brachte sie hervor. Vielleicht spürte sie schon damals etwas Lösendes, Befreiendes, jedenfalls nannte sie jeder und sie sich selbst von dem Zeitpunkt an ‚Ba-Ba-Ba'."

„Aber das grenzt doch an ein Wunder, so wie es ihr heute geht, wie sie auftritt! Sie hat heute Morgen länger mit mir gesprochen, und es ist überhaupt nichts zu bemerken. Und selbst wenn man um ihre frühere Behinderung wüsste, man bemerkt kein Stocken, kein Anstoßen, der gesamte Redefluss ist klar und flüssig, und sie ist so selbstbewusst."

„Das ist mir heute morgen auch aufgefallen. Aber schon damals deuteten der bereits erwähnte Vorfall und ihm folgende Ereignisse diese positive Entwicklungslinie an.

Ein oder zwei Semester später hielt ich eine Vorlesungsreihe über die Neurosenlehre von Alfred Adler."

„Erklären Sie mir das ein bisschen?" Immer sog Schwester Felicitas alle Informationen über psychologische Theorie und Praxis begierig in sich auf.

Johann wusste das und tat ihr gern den Gefallen: „Alfred Adler war Schüler und Kollege von Sigmund Freud. Aber er modifizierte dessen Triebmodell weitgehend. Jeder Mensch sei ausgestattet mit einem natürlichen Streben nach Geltung und Größe. Kein Kind will schließlich immer klein bleiben. Und so wächst und gedeiht es und erfreut sich an jeder Bekräftigung seines Tuns und Handelns, nimmt dankbar alles an, was sein Leben sichert und erhält, um schließlich zu erfahren, wie etwas in ihm selbst Gestalt annimmt, zu dem es sich als ‚Ich' bekennt. Aber durch Behinderungen und organische Minderwertigkeiten, seien sie real oder von der gesellschaftlichen Umwelt, wie im Falle der Linkshändigkeit, als solche interpretiert, sowie durch soziale Benachteiligungen wird der ideale Entwicklungsverlauf torpediert; er gerät ins Stocken und kommt zu einem Stillstand. In einigen Fällen fallen die betroffenen Personen auf frühere, infantile Stufen ihrer Entwicklung zurück. Doch das Geltungsstreben ist nicht weg! Es konzentriert seine ganze Energie auf die biologischen und sozialen Hindernisse, will sie mit aller Macht überwinden oder niederringen, um am Ende doppelt siegreich dazustehen. Der Linkshänder wird trotzdem zum Tennisstar und der kleine Mensch trotzdem groß in seiner Firma oder in der Politik. Aber nun können nicht alle Zukurzgekommenen groß und mächtig werden – in einem solchen Falle hätte sich die Macht ad absurdum geführt, und es gäbe sie nicht mehr. Ein Hauen und ein Stechen gibt es unter den Großen, in den Eliten um die besten Plätze, und die Meisten bleiben auf der Strecke. Denjenigen, die zurückgeworfen sind, den erneut Erniedrigten bleibt noch eine Möglichkeit, ihrem überhitzten, übereifrigen Macht- und Geltungsstreben Raum und Einfluss zu verschaffen: Sie können die noch tiefer Stehenden drangsalieren oder ihr soziales Umfeld schlicht und einfach durch Krankheit tyrannisieren. Dieses Verhalten ist zwanghaft und wird *Neurose* genannt!"

„Aber das ist ja schrecklich, es muss da noch einen anderen Ausweg geben – oder?" Felicitas hielt unruhig eine Hand vor ihre Stirn.

„So ähnlich war das damals auch. Meine Vorlesung wurde an dieser Stelle jäh unterbrochen durch einen unvermittelten, hysterischen Einwurf ‚Wo, wo, wo, ist die, die, die, die Lö..., Lö..., Lö..., Lösung?'. Barbara war aufgesprungen, sichtlich erregt, fuchtelte mit den Armen, ganz rot im Gesicht."

„Und gibt es sie, die Lösung?"

„Es ist der direkte Weg einer Stärkung des Gemeinschaftsgefühls, wodurch das Geltungsstreben und das Bedürfnis des Menschen nach Anerkennung ohne den steinigen Umweg verbissener Machtkämpfe oder den leidvollen der Neurose und anderer psychischer Erkrankungen befriedigt werden können. Ein Mensch entfaltet seine Ich-Identität im Respekt gegenüber dem anderen, im fürsorglichen Miteinander und in der Wahrnehmung seiner individuellen, ganz persönlichen und einzigartigen Begabungen und Kräfte, die in der menschlichen Gemeinschaft ihre soziale Bedeutung annehmen. Den Menschen in dieser Ganzheitlichkeit anzunehmen und seine, wie ich sie nenne, *assoziativen Verhaltensmuster* aufzuspüren und zu verstärken – das ist der Weg! Sehen Sie sich um, Felicitas! Alle die Dinge hier im Raum, unsere Kleidung, Bett, Tisch, Stuhl, der Kühlschrank, die Fenster, das ganze Krankenhausgebäude, draußen der Park, die Beleuchtung, die Autos, all das ist nicht das Ergebnis eines individuellen Geniestreichs, sondern das einer Arbeit von Menschen in mehr oder minder großen Denk- und Fabrikationsgemeinschaften, in denen ein jeder sein Spezialgebiet, individuelles Können und Wissen haben mag, aber alle miteinander kooperieren müssen. In diesen Kooperationserfahrungen wurzeln die assoziativen, gemeinschaftsorientierten Verhaltensmuster. Sie zu entdecken, ihre Bedeutung zu verstehen und Räume bereitzustellen, worin sie sich gestalten können, ist Weg und Ziel familiärer Sozialisation, von Erziehung und Unterricht und zuletzt der therapeutischen Bemühung."

„Und Macht und Herrschaft, Korruption, Mobbing, dass einer den anderen aussticht, das verschwindet dann einfach?" Sie schaute ihn ungläubig an.

„Nein, all das existiert weiter, und wir leben in diesen Gegensätzen. Nun aber verstehen wir sie, und wir wissen um die gute Mitseite menschlichen Lebens und Erlebens, die wir nicht neu erschaffen, bilden oder programmieren müssen, die wir nur zu entdecken und im sozialen Miteinander zu verstärken brauchen. Es ist wie eine Welt in der Welt, die eigentlich schon immer die Unsere war."

„Und wie ging es nun weiter mit Barbara?" Felicitas sah ungeduldig auf ihre Uhr.

„Sie hat es umgesetzt und gelebt – das Gemeinschaftsgefühl. Zumindest zeigen mir das die Bilder und Ereignisse, die wie Stoffreste der Erinnerung in mir haften geblieben sind. Ich sehe sie inmitten einer Traube junger Menschen, die auf den Stufen am Delft sitzen, dort mitten in Emden, wo immer ein paar Schiffe angelegt haben. Sie singen irische und friesische Folksongs, jemand spielt Gitarre. Sie lebt in einer Wohngemeinschaft und nennt sich *BaBaBa LöwinIch*. Abends diskutiert sie mit anderen Studentinnen und Studenten im ‚*Appelboom*‘, eine der typischen Kultkneipen der 80er. In jener schwülen Augustnacht ist es spät geworden. Der Wirt will Feierabend machen, die Tür lässt er offen stehen und öffnet zusätzlich die Fenster, aber es kühlt kaum ab, Wetterleuchten erhellt für Augenblicke die Straße. Die meisten Gäste sind gegangen. BaBaBa bleibt an einem der quadratischen Holztische zurück und ich setze mich kurz zu ihr. Wir reden über dies und das, psychologische Themen, und ich spreche sie an auf ihr Handikap, erkläre ihr, dass es nicht nur eine Ursache für psychisches Leid sei, sondern auch ein Mittel, womit sich eine Neurose unterbewusst gut füttern ließe: jedes Stocken, jede Pause im Sprachfluss erzeuge immerhin die ungeteilte Aufmerksamkeit der Zuhörerschaft. Sie hadert mit diesem Gedanken, ein Hauch Aggressivität liegt über ihrer Entgegnung. Und dann mein Satz, den ich noch genau weiß: ‚Du aber mit deiner Anmut, deiner Begabung, deiner Qualität hast einen solchen Umweg einfach nicht nötig, und darum machst du irgendwann eine Therapie!‘ Danach sah ich sie nicht mehr, später hörte ich, sie habe nach jenem Sommersemester den Studienort gewechselt."

„Was für eine Geschichte, und jetzt ist sie bei uns, die Frau Dr. Barbara Loevenich, und 30 Jahre älter."

„Nein nicht so viel, ich schätze sie auf gut 40!"

„Ja, das kenne ich von Ihnen, Sie schätzen uns ja immer 10 Jahre jünger." Schwester Felicitas schaute auf ihre Uhr. „Jetzt muss ich dringend los zum Schichtwechsel. Und vergessen Sie den Termin bei Dr. Picard nicht!"

9. Kapitel

Unterwegs zu Dr. Picard war Johann unten im Flur auf der Höhe der Kantine von Station 8. Jetzt am frühen Nachmittag war sie recht unbelebt. Nur gut, dachte Johann, dass ich oben alles habe, um mich selbst zu versorgen. Er hatte sich aus Restbeständen der großen Krankenhausküche einen kleinen Vorrat an Obst und Gemüse angelegt. Aus einem Apfel, ein paar Aprikosen und dem frisch gepressten Saft zweier Apfelsinen waren die Zutaten seines Müslis schnell hergestellt. Nach dem Essen hatte er sich eine dunkle Jeans und ein weißes Oberhemd angezogen, vielleicht um seine äußere Erscheinung der von Dr. Picard ein wenig anzugleichen, vielleicht auch, um Barbara, sollte er sie denn treffen, zu beeindrucken. Nun überschritt er den breiten Mittelgang, wartete einen Augenblick, bis die Sensoren die Glastüren öffneten, und befand sich im Ostflügel, wo zu seiner Linken die Dienst- und Behandlungszimmer des ärztlichen Personals lagen. Sein Blick wurde abgelenkt von dem Licht der gegenüberliegenden Fenster, durch die er in den Park, der schon halb im Schatten lag, sah. Ein goldgelb blühender Forsythienstrauch tauchte einen Teil seiner Blütenpracht noch ins Sonnenlicht. Auf einem seiner mittleren Zweige hatte sich ein Rotkehlchen niedergelassen und schaute ein wenig verdrossen zu ihm herüber. Der Schnabel machte einige sich öffnende und schließende Bewegungen, aber durch die Dreifachverglasung der Fenster war nichts zu hören. Schon irre, dachte Johann, man kann sich nur denken, was es trillert, zwitschert, einem sagen will – ein Vogelkomparse in einem Stummfilm.

Aber dann stand er selber stumm vor dem Zimmer von Dr. Picard. Die Tür stand einen Spalt offen. Er wollte schon anklopfen, hielt aber einen Moment inne, weil er die ihm vertraute Stimme von Barbara vernahm. Er konnte nur Bruchstücke verstehen, irgend etwas von „Gedächtnisverlust" und „Trauma". Die Stimme des Doktors war da lauter und deutlicher vernehmbar: „Das Ganze, na, diese ganze Amnesie ist unheimlich komplex. Und dann dieser vollkommen finstere dritte Tag, an dem ist was passiert, na, was ganz Schreckliches, das eine solche Blockade ausgelöst hat, die posttraumatisch ja noch begreiflich ist: der Mensch will an den Schrecken nicht erinnert werden und vergisst den ganzen Vorfall und alles, was danach kommt. Aber nun ist das Ganze auch noch retrograd, alles davor ist weg, der lebt in einer Blackbox, in die ab und zu das Licht einiger Tage hineinfunkelt. Und das auch nur verklärt von Träumen, die sich vermischen mit der im Wachzustand erlebten Wirklichkeit."

Barbara erwog etwas, Johann hörte sie „Sprachvertrauen" und „kognitiver Neuzugang" sagen. Dann hörte er lange Sekunden nichts, und während die sich weiter in die Länge zogen, begann er sich für sein Zuhören zu schämen. Was mache ich hier, dachte er, stehe herum und belausche die Fallbesprechung eines Patienten, die mich nichts angeht und den ich nicht einmal kenne, oder sind die Gesprächsfetzen mir nur zufällig zugeflogen? Wie dem auch sei, ich entziehe mich dem und lasse die beiden mal erst in Ruhe. Er machte auf dem Absatz kehrt, kam aber nicht umhin, ein paar der nun wieder lauter gesprochenen Sätze von Dr. Picard aufzuschnappen: „Na denn, meine Gute, probieren wir mal, ob eine andere, aber ihm vertraute Sprache neue Assoziationen hervorbringt, die uns vielleicht einen Zugang zum eigentlichen Trauma verschaffen. Vielleicht ist das Hebräische so eine Sprache, sie wäre ihm ganz vertraut. Ein Freund von mir ist Pastor, der hat bestimmt hebräische Texte. Er wohnt ganz in der Nähe. Werde ihn nachher anrufen, vielleicht bekommen wir noch heute was ..."

Johann war auf dem Rückweg und wollte, nachdem sich die Glastür des Ostflügels gerade hinter ihm verschloss, den Mittelgang überschreiten, als sein Blick in die nun rechts von ihm liegende Kantine fiel. Patienten versorgten sich mit Kaffee und Kuchen und besetzten nach und nach die einzeln stehenden quadratischen Tische, die jetzt von beigen Deckchen mit blauen Ankermotiven verziert waren. An einem dieser Tische unter dem großen mittleren Fenster ganz an der Nordseite saß allein ein dunkelhaariger, hagerer, etwas mitgenommen aussehender Mann, der zu ihm herüberschaute. Spontan, ohne seinen Entschluss innerlich begründet zu haben, bewegte sich Johann quer durch die Kantine auf den Fenstertisch mit Mann zu. „Darf ich mich zu Ihnen setzen? Ich bin Johann de Buer, Krankenhausseelsorger." Der Mann schien etwas verwirrt, wies dann aber freundlich auf einen Stuhl zu seiner Linken. Als Johann sich setzte, schaute ihn der Mann aus dunklen, rot geränderten Augen mit einem mühsamen Lächeln an: „Ich heiße Jonathan und bin Patient." Jonathan, ein jüdischer Name, dachte Johann, vielleicht ist er es, von dem die beiden sprachen, der mit der komplexen Amnesie, und seinem Gedächtnis wollen sie mit einer Sprache nachhelfen, die ihm vertraut ist, mit ihr seinem Trauma auf die Spur kommen. Ob Hebräisch seine Muttersprache ist? Wenn es so ist und ich helfen soll, muss ich behutsam vorgehen.

„Sind Sie Jude?" Nicht so behutsam!

Jonathan blickte müde zu ihm rüber und schien nicht sehr beeindruckt. „Ich bin mir nicht sicher, und wenn ich ehrlich bin, will ich es auch nicht wissen und am liebsten alles vergessen."

„Wollen Sie alles vergessen oder können Sie sich nur nicht erinnern?"

„Das müssen Sie gerade sagen, Herr de Buer, wo Sie schon heute vergessen, was gestern geschehen ist."

Eine Übertragung! Johann besann sich und überlegte: Bei einer Übertragung projiziert der Patient Wünsche, Sehnsüchte und sogar das eigene Fehlverhalten auf den Therapeuten. Seinen Gedächtnisverlust überträgt er auf mich, und jetzt heißt es, ihn gewähren zu lassen, seine Reaktion, die ganze Situation für ihn fruchtbar zu nutzen.

„Oder", fuhr Jonathan fort, „erinnern Sie sich daran, was für eine interessante Diskussion wir gestern Abend noch hatten?"

Jetzt gilt es, die Nerven zu bewahren: „Wir helfen uns gegenseitig, die Erinnerung aufzufrischen. Was war doch gleich der Gegenstand unserer Diskussion?"

„Die Apokalypse!"

„Die ‚Apokalypse des Johannes', das letzte Buch der Bibel", riet Johann und fischte aus seiner Hosentasche eine Miniaturausgabe des Neuen Testaments. „Ich habe es zufällig dabei, weil ich nachher die Andacht halten muss." Es gibt da ein hebräisches Symbol, dachte er, das könnte ihm helfen, Anteile der vergessenen Sprache und des Verdrängten bewusst zu machen. Aber jetzt ist alles Reden nur Silber und Schweigen das Gold, jetzt gilt es, ihm den Impuls zu senden, der ihn zum Erzählen bringt. „Es ging um", er machte eine Pause wie bei der Zusatzzahl beim Lotto, „das Himmlische Jerusalem." Und – er hatte Glück! Die Mimik Jonathans erhellte sich, ein Lächeln huschte über sein Gesicht, und beinahe freudig erwiderte er: „Dass Sie sich erinnern können! Immer hatte ich gedacht, es habe keinen Sinn, Ihnen etwas zu erzählen, da Sie ohnehin doch alles vergessen, aber jetzt ... Ich will versuchen, Ihnen mein Zögern zu erklären.

Ja, meine Mutter war Jüdin, genauer gesagt Halbjüdin. Sie flüchtete im Herbst 1940 als 15-Jährige mit ihrer Mutter nach Holland. Mein Großvater, ein Wehrmachtsoffizier von altem Schrot und Korn, war in der deutschen Kommandantur einer holländischen Westprovinz südlich von Rotterdam stationiert. Dort irgendwo versteckte er Frau und Kind, die aber mit der Anspannung der Lage – Rotterdam war mit seinem Flughafen umkämpft, und eine Säuberung folgte der anderen – zunächst ins Landesinnere flohen und schließlich in das ländlich geprägte

Gebiet bei Almelo kamen, wo sie eine Bauernfamilie auf ihrem entlegenen Gehöft aufnahm – übrigens eine Familie geprägt von calvinistischen Grundsätzen, mit denen sich Fleiß und Kargheit ihres Lebensstils und die konsequente Haltung, Verfolgten beizustehen, gut untermauern ließen. Bis zur Befreiung arbeiteten beide Frauen auf dem Hof als Mägde, fütterten und melkten die 12 Kühe, setzten und ernteten Kartoffeln und halfen im Haushalt. Noch im Mai 1945 zogen die beiden nach Enschede, wo sie in einer Spinnerei Arbeit fanden und zusammen mit einer anderen Familie in einem ruinösen Reihenhaus eines Fabrikarbeiterviertels lebten. Im Verlauf des folgenden harten Winters starb meine Großmutter an den Folgen einer Lungenentzündung, kurz vorher hatte sie erfahren, dass ihr Mann, der deutsche Offizier, in den Ardennen gefallen war. Im Frühjahr 1946 schloss sich meine Mutter der jüdischen Gemeinde an und träumte von einem Leben in einem Kibbuz im neuen Israel. Aber nicht Israel wurde ihr Bräutigam, sondern ein orthodoxer Jude in der Gemeinde Enschede, dessen Korkenzieherlöckchen, Thora-Rhetorik und Talmud-Interpretation ihr es angetan hatten."

Um seine Worte zu veranschaulichen, fuhr er in kringelnder Bewegung mit den Fingern über seine rechte Schläfe.

„Darüber hinaus war er ein Schuster. Sie bezogen eine kleine Parterrewohnung an der Ringstraat, deren Wohnzimmer mit Fenster zur belebten Straße zu einem Schuhgeschäft und der Keller, in den eine steile Holztreppe hinabführte, zu einer Werkstatt umfunktioniert wurden. Zwei nach hinten zum Hof gelegene Zimmer waren der einzige Wohnraum, und er blieb es auch noch 10 Jahre nach meiner Geburt im Jahr 1953. Mein Vater war enorm bemüht, im Ritus der Synagoge und nach den Regeln des Talmuds zu leben. Alles müsse Hand und Fuß haben, sagte er und ordnete dem Fuß das Schuhwerk seiner Kunden und mir die Hand zu. Nicht, dass er jemals Hand an mich gelegt hätte, er war auch nicht streng im klassischen Sinn, sein Erziehungsstil war gewissermaßen symbolisch: Mit Hilfe der 10 Finger beider Hände lernte ich die Zehn Gebote und seine Auslegung in der Tradition der Synagoge rauf- und runterbeten, die Finger einer Hand standen bildlich für die Thora und ihre fünf Bücher Mose und sämtliche Darstellungen, die in der hebräischen Sprache der Zahl 5 zugeordnet sind. Der hoch gestellte Daumen wies auf die Einzigartigkeit und Alleinstellung Gottes hin, der Zeigefinger auf die Prophetie, während der Mittelfinger Recht und Gerechtigkeit symbolisierte. Wie in der Synagoge kamen in unserem Haushalt dem Sauerteig, einem Kerzenleuchter und ähnlichen symbolträchtigen Gegenständen kultische Bedeutungen zu. Aber auch Werkzeuge und Gebrauchsartikel des alltäglichen Lebens konnten Eingang finden in den geheimnisvollen Formenkreis jüdischer Zeichen und Bedeutungen. Das zweischneidige Obstmesser mit dem Holzgriff symbolisierte das Schwert Salomos und blieb fortan ungenutzt in der Besteckschublade des Küchenschranks liegen, eine gläserne Obstschale wurde zum Gefäß des Lebens und zierte über Jahre unseren Esstisch, ohne jemals wieder für Obst gebraucht zu werden. In der Ecke meines Schlafzimmers stand in einer dünnwandigen schmalen Vase ein langes Rundholz für das geknickte Rohr im Wind, das der HERR nach einem Jesajawort nicht zerbricht."

Er holte tief Luft und sah eine Zeitlang runter auf ihren Tisch ohne Kuchenteller, Kaffeetasse und Besteck. Die Kantine füllte sich langsam mit Patienten, und Johann bemerkte auf einem der Nebentische ein Kakaoglas, aus dem ein gewinkelter Strohhalm ragte. Er hat einen Knick, ohne geknickt zu sein, dachte er, bei Gelegenheit mache ich ihn aufmerksam auf diese Metapher. „Wollen Sie etwas trinken?"

Mit einem Kopfschütteln setzte Jonathan seinen Bericht fort: „Wie eingraviert bleiben die Rituale von Sabbatvorbereitung und Sabbat in meinem Gedächtnis. Da unsere Wohnküche eins war mit dem Schlafzimmer meiner Eltern, wurde der Esstisch pünktlich bei Geschäftsschluss am Freitagabend in das Schuhgeschäft rübergestellt und zusammen mit dem ganzen Raum von meinem Vater in ein Sabbatheiligtum verwandelt, derweil meine Mutter und ich nebenan für den anstehenden Wochenfeiertag vorkochten. Immer, wenn er fertig war, läutete ein Glöckchen – wie in einer Christenfamilie am Heiligen Abend – im Wochentakt, und wir platzierten uns im Schein der Kerzen um den für das Sabbatmahl festlich gedeckten Kieferntisch. Während seiner auf Hebräisch gesprochenen Einsetzungsworte, die an die Befreiung der Kinder Israels aus der Knechtschaft erinnerten und erfüllt waren von Dankbarkeit für den göttlichen Erlöser, fixierten die Augen meiner Mutter den Fladen des ungesäuerten Brots, ihr

Blick schien sich darin zu verlieren und – wie mir schien – auch ihr Traum von einem Leben in einem schattigen Zedernhain unter dem Himmel Israels.

1963 zogen wir um in eine größere und helle Wohnung. Die Erweiterung von Schuhgeschäft und -handwerk um einen orthopädischen Zweig hatte das ermöglicht, und mit ihm erwachten bei meiner Mutter neue Lebensgeister, weil sie die diesbezüglichen Verhandlungen mit den Kunden, den Krankenversicherungen und den Fachkliniken für Orthopädie führte. Doch geschäftliches Wachstum allein macht nicht glücklich, ebenso wenig wie das Geld, das seinen Schein verliert. Im Verlauf nur weniger Jahre fiel sie wieder in die alte Apathie. Das Leben glitt an ihr vorbei, sie wurde teilnahmslos und passiv. Als kleiner Junge erinnerten mich die gebrannten Mandeln vom Herbstjahrmarkt in Enschede an die Augen meiner Mutter, an ihre Farben und ihr Glitzern, jetzt waren sie matt und blass und braun wie die Mandeln aus dem Supermarkt. Immer mehr verschloss sie sich dem Leben, nahm kaum noch etwas zu sich, wurde dünn und dürr, und zum Schluss aß sie nur noch von dem Brot des Sabbats. Eines Morgens war sie einfach nicht mehr aufgewacht. Mein Vater hatte sich, so wie er konnte, entweder selbst oder mit Hilfe einiger Glaubensgeschwister um sie gekümmert, und ich habe nie den Respekt vor ihm und unserer jüdischen Gemeinde verloren. Meiner Mutter aber galt meine Liebe, doch die hatte sich von mir davongehungert.

Einige Monate später, ich war gerade 16 Jahre alt geworden, ließ ich alles hinter mir: die jüdische Gemeinde, meine Schule, den Vater und Holland.

Ich ging nach Nordhorn, wurde ein angelernter Textilarbeiter und arbeitete gut eineinhalb Jahrzehnte – so viele Jahre wie damals mein bisheriges Leben – in der Flachbau-Weberei von NINO direkt am Nordhorn-Almelo-Kanal bis zum Zusammenbruch der Firma und wurde wie zigtausend andere arbeitslos."

Er sank in seinem Stuhl zurück und wirkte erleichtert.

„Eine lange Geschichte für eine kurze Frage", konnte Johann sich nicht verkneifen.

„Welche Frage?"

„Ob sie ein Jude sind."

„Ja stimmt, eine lange Antwort. Wohl noch nie habe ich jemandem so ausführlich von mir erzählt. Aber jetzt sind Sie dran, mehr zu erzählen über den geheimen Code der Bibel, der gestern unser Thema war!"

War das gestern? Johann konnte sich nicht erinnern, und er wollte es auch nicht. Gestern war Mittwoch, der erste Tag seiner Zweieinhalbtagewoche und heute ist Donnerstag. Und das Heute ist entscheidend, dachte er, und nicht meine Vergangenheit. Unbelastet von ihr werde ich zu einer freien Projektionsfläche für den von seiner Vergangenheit belasteten Patienten, und wie man sieht und hört, funktioniert es. Und so ist es gut: Ich lebe in der Gegenwart mit meiner gegenwärtigen Kompetenz als Seelsorger für das Wohl der Patienten.

„Sie sind so ruhig", Jonathan schaute ihn an, seine Augen hatten jetzt einen forschenden Ausdruck, mehr Leben, zeigten Interesse.

„Sie meinen den geheimen Code der Apokalypse, nicht wahr?"

„Ja klar: das ‚Himmlische Jerusalem', die ‚Hure Babylon', der Code für Rom in der geheimen Sprache der Apokalypse, der ‚Offenbarung des Johannes'", setzte Jonathan nach.

Und nun konnte Johann den Faden aufnehmen: „Das ‚zweite Tier' der Apokalypse! Darüber will ich sprechen, weil es in Ihrer Geschichte einen Zusammenhang gibt mit dem, was Ihre Mutter und Großmutter erlebt haben."

Er blätterte im letzten Buch seines Neuen Testaments im Miniaturformat und las ihm ein paar Verse aus dem 13. Kapitel der ‚Offenbarung des Johannes' vor: „‚Und ich sah ein zweites Tier aufsteigen aus der Erde: das hatte zwei Hörner wie ein Lamm und redete wie ein Drache. Und es übt alle Macht des ersten Tieres aus vor seinen Augen und es macht, dass die Erde und die darauf wohnen, das erste Tier anbeten …; und es verführt, die auf Erden wohnen, durch die Zeichen, die zu tun vor den Augen des Tieres ihm Macht gegeben ist …'

Das zweite Tier ist die Propaganda für das erste, das eigentliche Machttier, dessen tyrannische Dominanz es auf allen Ebenen politisch vertreten und durchsetzen soll. Dazu muss es die Schemata und Bilder der Macht pausenlos unter die Menschen bringen, und deren Gleichschaltung ist das massenpsychologische Phänomen der Propaganda. Gleichzeitig bewirkt die ständige, wiederholte Hervorbringung und Einprägung der Zeichen eine Aussonderung der Volksgruppen, die nicht ins Bild passen", er suchte den Vers 17 im selben Kapitel, „so dass ‚niemand kaufen oder verkaufen kann, wenn er nicht das Zeichen hat, nämlich den Namen des Tieres oder die Zahl seines Namens ..., und seine Zahl ist sechshundertundsechsundsechzig.'"

Jonathan sah gespannt zu ihm rüber: „Und was bedeutet sie, diese geheimnisvolle Zahl?"

„666 – zuerst suchte ich die Lösung in der altgriechischen Sprache, worin das Neue Testament ja verfasst ist. Aber das wäre viel zu auffällig, zumal in Rom die Umgangssprache griechisch war. Ich vergegenwärtigte mir, dass die Christen mehrheitlich Juden und der hebräischen Sprache mächtig waren. Wenn diese die Zahl 6 vor Augen hatten, lasen sie sofort den sechsten Buchstaben des hebräischen Alphabets, der auch ein Zahlzeichen ist."

„Wau", hörte er Jonathan.

„Wau", wiederholte er, „oder *Waw*, so heißt der sechste Buchstabe hebräisch gesprochen, und übersetzt lautet er so, wie er in der Schriftform aussieht: ‚Haken'!"

„Oder wie ein Zimmermannsnagel!", ergänzte Jonathan. „Und hebräisch gebildete Menschen erkannten in der Zahlenfolge 6-6-6 ‚Haken-Haken-Haken', drei Haken; wie der Dreizack des Neptun – das nimmt ja irre Bedeutung an!"

„Es sind die Zeichen von Macht und Gewalt", fuhr Johann fort, „von Speer und Schwert, Militär und Gleichschritt, von Brutalität und Folter – die Nägel des Kreuzes, zwei durch die Hände, einer durch die Fußgelenke. Und was damals auf Rom gemünzt war, fand seine historischen Äquivalente. Auf den Punkt gebracht haben es 1900 Jahre später die Nazis: ihr Kreuzzeichen nannten sie gleich Haken-Kreuz."

„Auch das SS-Zeichen ist kombiniert aus jeweils zwei Haken, und der Dreizack findet sich in der Verbindung NS-SA-SS. Die aber das Zeichen nicht trugen, konnten nicht nur – wie es in dem, von Ihnen vorgelesenen Vers aus der Apokalypse heißt – ‚nicht kaufen und verkaufen', sie wurden wie meine Großmutter und Mutter aus dem Land gejagt und wie Millionen meines Volkes in die Vernichtungslager getrieben."

„Du hast ‚mein Volk' gesagt!"

„Und Sie ‚du'!"

„Dann sind wir ja doppelt vertraut." Johann fand das gut mit dem Vertrauen, sah darin einen positiven Ansatz, dem Gespräch die Last des Themas zu nehmen und wieder auf seichtere Gewässer zuzusteuern. „Ich heiße Johann."

„Angenehm, ich bin Jonathan, aber ich hatte mich ja schon vorgestellt. Mit dir zu sprechen, empfinde ich als ergiebig und befreiend, es kann einen zugleich erfüllen und erleichtern."

Seine Worte gingen ihm runter wie Öl. Doch so gut sie ihm taten, so sehr machten sie ihm bewusst, wie selten solche positiven Rückmeldungen waren, eine Erkenntnis, die bitter schmeckte wie unreife Mandeln. Noch bitterer ist, dass dieser erfolgreiche Gesprächsverlauf das Ergebnis eines Alleingangs ist. Wieviel schöner wäre es gewesen, wenn sie mich in die Fallbesprechung von vornherein einbezogen hätten; aber vielleicht wollte mich Dr. Picard ja deswegen sprechen, tröstete er sich und wandte sich wieder Jonathan zu:

„Danke für die freundlichen Worte, die mich veranlassen, vom Dunkel der Sechserreihe in das Helle einer Symbolik des Guten überzuwechseln. Nehmen wir die Zahl 1 ..."

„Ihre Entsprechung im ersten Buchstaben des Alphabets", fiel ihm Jonathan ins Wort, „das hebräische A, das *Aläf*. Allein seine Form fällt gegenüber anderen Buchstaben der Quadratschrift geschwungen und lebendig aus: zwei Linien, die sich diagonal kreuzen und zu ihren Enden nach innen leicht abgebogen sind. *Aläf* ist der Anfangsbuchstabe von ÄLOHIM, Gott, und von ADONAI, HERR, was in der Synagoge immer dann gelesen werden muss, wenn der im Verborgenen zu haltende Gottesname JAHWE auftaucht!"

„*Aläf* ist das sichtbare Symbol für das Geheimnis Gottes", nahm Johann den Faden auf. „Es deutet hin auf den Anfang, auf die Schöpfung, steht für das Eine, das in allem gestaltend wirksam ist. Und weil dieses Eine so unbegreiflich ist, im Geheimnis bleiben will und soll, wir Menschen uns aber stets nach Konkretion und Nähe sehnen, suchen wir, sucht die Schrift nach einer Humanisierung, einer Menschenform Gottes. Gott nimmt die Gestalt eines ‚Vaters' an, ist ‚wie eine Mutter zu uns' – der ‚Herr ist mein Hirte'. Ein kindlicher Glaube, der uns begleitet wie eine zweite, nun zugestandene Naivität."

„Die irdische Daseinsweise Gottes", warf Jonathan ein, „sozusagen die Erdung der Göttlichen Instanz. Dazu fällt mir auch der sinnvolle hebräische Begriff ein: ÄRÄZ, die Erde, und der erste Buchstabe ..."

„Ist auch ein *Aläf*", war Johann begeistert.

Sie saßen wie unter einer Glasglocke, nur da für einander, für das Spiel ihrer Gedanken und Sprachschnipsel; was draußen, außerhalb der Glocke sich bewegte, sah er nur schemenhaft, wie sich langsam die Kantine leerte, Geräusche und Stimmen nahm er, wenn überhaupt, nur gedämmt wahr. „ÄRÄZ kommt 900 mal vor in der hebräischen Bibel und enthält eine Fülle symbolischer Bedeutungen", sagte er jetzt nach kurzer Atempause. „Es ist die Erde, aus der wir gemacht sind. ‚Von der Erde bist du genommen, zu Erde wirst du wieder werden'. Die Erde ist es, worauf und woraus alles Leben entsteht, wirkt, vergeht und wird."

„Die Erde ist auch das Land, das allen Erdenkindern geschenkt ist. Göttliches Recht, das Recht Israels", jetzt war Jonathan wieder bei seinem Volk. „Das Recht des Einzelnen auf ein Stück Land – letztlich für jedes Kind der Erde – ist daraus abgeleitet."

„Wir sind das Salz der Erde." Johann lächelte und dachte über die dritte, spirituelle Dimension Gottes nach.

„Welches hebräische Wort könnte symbolisch für RUACH, den göttlichen Geist, stehen?"

„Das Licht, AOR!", entfuhr es Jonathan wie der Blitz seines Geistes. „Und wieder ist *Aläf* der erste Buchstabe. Aber mal abgesehen davon, ist Licht *die* Quelle des Lebens – ohne Photosynthese erlischt das Leben. Licht ist allgegenwärtig, sogar in vollständiger Dunkelheit." Er hielt seine Handflächen vor die Augen gepresst: „Auch wenn von außen kein Licht in meinen Kopf dringt, sehe ich doch im Inneren das Licht, jetzt gerade Bilder meiner Kindheit – hell und klar und dreidimensional. Selbst in die Träume dunkelster Nächte scheint das Licht hinein, fast so als fiele es vom Himmel, um das Innerste des Menschen, seine Seele zu berühren. Träumte nicht Jakob von einer Himmelsleiter, auf der die Lichtwesen, Engel, auf- und abstiegen?"

„Im Licht schwingen die verbalen Bedeutungen ‚leuchten' und ‚erleuchten' mit", nahm Johann den Gedanken auf. „Ein Mensch, so sagen wir, ist spirituell erleuchtet. ‚Spiritus' ist das lateinische Wort für das hebräische RUACH, und eben dieser Geist begeistert uns für das Leben, für ein lebendiges Miteinander unter den Menschen, mit Gott und der Natur. Sieh doch, Jonathan, er bringt deine Augen wieder zum Leuchten und hat in dir das Leben neu erweckt."

„Das erinnert mich an ein Wort, mit dem mich meine Mutter als Kind tröstete, wenn mich irgendein Kummer überfiel: ‚Wenn du denkst, es geht nicht mehr, kommt von irgendwo ein Lichtlein her!'."

Johann überflog mit innerem Augenschein Texte der alten Prophetie, um schließlich *das* Heilsorakel Jesajas zu fixieren: „,Das Volk, das im Finstern wandelt, sieht ein großes Licht, und über denen, die da wohnen im finstern Lande, scheint es hell.' Und weißt du, was wörtlich für ‚Finsternis' im hebräischen Text steht? – Schatten des Todes; denen, die ‚im Schatten des Todes leben, scheint es hell.' Jesaja dachte an Krieg, Verfolgung und Gefangenschaft. Ich denke an den längsten, unberechenbarsten Todesschatten der Menschheitsgeschichte, der sich mit der Spaltung des Atoms über den Planeten warf. Und die Sechser der modernen Propaganda wollen uns eine friedliche, unproblematische Nutzung einer erst in Millionen von Jahren zur Ruhe kommenden Kettenreaktion einreden; selbst in unmittelbarer Nähe der gigantischen Atomanlagen, in ihren Schatten ließe es sich ruhig und ungefährdet leben. Doch bei aller Finsternis dieser Vorgänge, die mancher schon für unvermeidbar und unaufhaltsam hielt, gibt es Licht. Unter den Menschen erstrahlt es als das Licht der Einsicht, das Ruder für eine radikale Umkehr herumzureißen, eine Einsicht, die nicht nur das Resultat ist von kleineren und größeren Störfällen, einer Katastrophe wie Tschernobyl ..."

„Und Fukushi..."

„Foku, was?"

„Fokussieren, meinte ich, dass wir unser Augenmerk fokussieren müssen auf die Beweger, die Bürgerinitiativen, auf die, die Ross und Reiter nennen, die sagen, wer die Profiteure dieser Energie sind und wie es sich mit der Durchdringung von Privateigentum und staatlicher Gewalt verhält."

„Am Anfang sind sie, sind wir noch belächelt worden, aber der ‚schnelle Brüter' wurde schon mal nicht gebaut. Und ich bin sicher, Jonathan, wenn nicht wir, unsere Kinder werden erleben, dass sich Deutschland auf den Weg macht, ganz aus der Atomkraft auszusteigen."

Jonathan lachte.

„Du lachst zwar, aber ..."

„Nein, nein ich lache nicht deswegen, eigentlich freue ich mich, freue mich für dich und für uns."

Johann verstand ihn nicht ganz, hatte aber auch keine Zeit, darüber ins Nachdenken zu kommen, weil er eine Frau vom Krankenhauspersonal stumm an sie herantreten sah. Schlagartig waren sie wieder da, die Farben, Bewegungen, ein paar Stimmen, Musik aus dem Radio – keine Glasglocke mehr. „Herr Pastor, Sie haben doch nachher die

Andacht?" Ihre Zugehörigkeit zum Personal hatte er am obligatorischen Halstuch mit Stationsanker erkannt.

„Mein Gott, ist es schon so spät?"

„Gott kann nichts für die Zeit", stichelte sie.

„Gewiss, obwohl unsere Zeit in seinen Händen liegt."

„Psalm 31", hörte er Jonathan sagen und dann beim Aufstehen: „Übrigens ist nach unserer Diskussion die Dreieinigkeit Gottes keine Erfindung des Christentums!"

„Stimmt! Die Trinität liegt schon im dreifachen *Aläf* – Gott, Erde, Geist. Es ist das Triple-A des Judentums, deines Volkes. Die Christen haben es nur kopiert, verkürzt und zum Religionsdogma erhoben."

10. Kapitel

Im langen Schatten, den das Krankenhausgebäude warf, waren Flora und Fauna des Parks in einen frühen Dämmerungsmodus gewechselt. Blütenkelche zogen sich zusammen, der hohe Magnolienbaum verlor so schattiert seine farbigen Konturen – kein Rotkehlchen im Forsythienstrauch. Im Osten, zwischen rot leuchtenden Reihen- und Einfamilienhäusern hing ein blasser Mond. Noch ein paar Tage und seine linke Seite würde genauso rund und voll aussehen wie seine rechte. In diese Richtung beschleunigte Johann seine Schritte, verlangsamte sie dann, weil ihm der Anlass seines Parkausflugs wieder ins Bewusstsein kam: die innere Vorbereitung seiner Andacht in einer halben Stunde.

Er hatte mit Jonathan nach diesem wunderbaren Gesprächsverlauf die Tische in der Kantine an die Seitenwände gerückt und Stühle in Reihen aufgestellt. Ein freundlicher Krankenpfleger war ihnen behilflich. Dann machte er sich auf den Weg durch den Flur zum Praxiszimmer von Dr. Picard, dessen Tür er verschlossen vorfand.

Nun schlenderte er im Park in östlicher Richtung, den aufgehenden Mond vor sich, seinen Blick auf Lukas 10 der Miniaturbibel gerichtet, wo er die Verse 33 bis 35 leise vor sich hin las: „Ein Samariter aber, der auf der Reise war, kam dahin; und als er ihn sah, jammerte er ihn; und er ging zu ihm, goss Öl und Wein auf seine Wunden und verband sie ihm, hob ihn auf sein Tier und brachte ihn in eine Herberge. Am nächsten Tag zog er zwei Silbergroschen heraus, gab sie dem Wirt und sprach: Pflege Du ihn; und wenn du mehr ausgibst, will ich dir`s bezahlen, wenn ich wiederkomme." Darum geht es, dachte er, um die Umsetzung von Nähe und Mitleid in ein helfendes, kooperatives Handeln. Das werden alle verstehen, die hilfsbedürftigen Patienten ebenso wie die Helfer.

Die Konsequenzen, die Menschen aus wahrgenommenem Leid anderer ziehen, sind unterschiedlich, überlegte Johann. Mitgefühl ist noch kein Garant für aktives Eingreifen. Der Samariter könnte es dabei bewenden lassen, erstarrt vor Schreck und voller Mitleid seinen Weg ziehen. Aber er handelt: Er versorgt die Wunden des Opfers und lädt den Verletzten auf sein Lasttier. Nun könnte er ihn mit nach Hause nehmen, um ihn dort weiter zu pflegen. Aber vielleicht würde er sich dann übernehmen, vielleicht andere, zum Beispiel seine Familie, oder sich selbst durch diese Art der Hilfeleistung vernachlässigen. Er würde zu jemandem, der es gut meint, aber die Konsequenzen seines Handelns nicht mehr übersehen kann – zu einem hilflosen Helfer. Aber so endet die Geschichte nicht. Der Mann aus Samaria bleibt nicht allein, er findet jemanden, der ihm hilft, der mit ihm zusammenarbeitet – kooperiert.

Johann hatte nun den Ablauf deutlich vor Augen. Er kramte einen Zettel und Bleistiftstummel aus seiner Hosentasche und zog, die kleine Bibel diente als Unterlage, eine aufsteigende Linie über die obere Hälfte des Papiers. Der Samariter schaut nicht weg, er nähert sich dem Opfer; damit beginnt es, dachte Johann, und er schrieb *Nähe* oberhalb des ersten Viertels der Linie. Das Opfer löst Gefühle aus, erzeugt sie regelrecht, was die Übersetzung Martin Luthers „er jammerte ihn" auf den Punkt bringt. Als nächsten Begriff brachte Johann *Mitleid* auf sein Papier. Fast regungslos stand er da, innerlich überströmt von seinen Gedanken: Versunken im Mitleid bleibt der Mensch wirkungslos, er muss handeln und als soziales Lebewesen nicht allein, sondern mit anderen. *Kooperation* schrieb er über der aufsteigenden Linie. Die Kooperation verhindert, dass der Helfer auf sich allein gestellt bleibt und den Anforderungen nicht mehr gewachsen ist. Sie ermöglicht die Begegnung von Menschen, die Unterschiedliches in dieser Situation beizutragen haben; und wenn es nur ein Bett ist, das der eine hat, oder Geld, das der andere geben kann. Gelingt dieser Austausch, dann ist er ausgewogen – wie die Waagschalen von Justitia. *Gerechtigkeit* schrieb er als nächsten Begriff rechts oberhalb der Linie.

Diese Stufen eines positiven Entwicklungsverlaufs birgt das Gleichnis in seinen paar Zeilen, doch stets gibt es seine negativen Entsprechungen im ganz normalen Leben. Und waren nicht die, die vorbeigelaufen sind, der Priester und der Levit, ganz normale Leute? Sie haben, anders als der Samariter, weggeschaut, blieben auf Distanz! Johann zog eine weitere Linie in Abwärtsrichtung, so dass beide Linien eine sich öffnende Schere bildeten, und schrieb *Distanz* links darunter. Im Inneren dieser Menschen entsteht keine Empathie, wird keine Mitleidenschaft

151

entfacht, sie bleiben kalt und regungslos. *Kälte* schrieb er in die untere Reihe. Sie werden deshalb auch nicht gemeinschaftsorientiert und kooperativ handeln können, bleiben fixiert auf ihr Ego, gefangen in ihrem Selbst. *Selbstsucht* schrieb er auf. Und deshalb, überlegte Johann weiter, kann kein ausgewogener, sozialorientierter Gerechtigkeitssinn entstehen, im Gegenteil: zurückgeworfen auf sich selbst, wird sich der Mensch nur noch selber rechtfertigen und in fatalem Umkehrschluss das gute, hilfsbereite und solidarische Handeln als unnötig, nutz- und wirkungslos verwerfen und ins politische Abseits stellen. *Selbstgerechtigkeit* schrieb er unten rechts unter der absteigenden Linie.

Dann zeichnete er eine auseinander driftende Spirale in die Mitte der Schere. Der Strudel der Desorientierung, dachte er. Immer dann, wenn die Menschen nicht mehr wissen, wo es langgeht, verwirrt sich ihr Geist – und so wird man verrückt.

Dabei hat jeder Mensch von Kind an die mitmenschliche, assoziative Linie in sich; sie zu entdecken und zu verstärken, gilt es! So fragt Jesus sein Gegenüber: „Wer von diesen dreien, meinst du, ist der Nächste geworden dem, der unter die Räuber gefallen war?" Schon in der Satzstellung dieser Frage, erwog Johann, wird die menschliche Annäherung, fast eine Verschmelzung von Subjekt und Objekt sichtbar, und in dem Tätigkeitswort „werden" scheint die Nächstenliebe auf als ein Vorgang – als zwischenmenschlicher Prozess: Jemand *wird* einem anderen zum Nächsten.

„Der die Barmherzigkeit an ihm tat", antwortet der andere. Nähe, Mitleid, Kooperation und Gerechtigkeit münden in Barmherzigkeit – Liebe; sie ist das Resultat, aber stets auch mittendrin im Prozess. Er schrieb *Liebe* an das Ende der nach oben zeigenden Linie und *Gleichgültigkeit* ans Ende der unteren, wobei er das Wort zweimal trennen musste, um es in die Ecke des Papiers zu quetschen.

Zufrieden hob er seinen Blick von den Notizen und sah in die Richtung des Mondes, der nun nicht mehr zwischen, sondern schon etwas über den Häusern stand. Für jemanden, der aus Prinzip keine mobilen Zeitinstrumente bei sich trug und sich im Zeitgeschehen überwiegend an Sonne, Mond und Sternen orientierte, war schlagartig klar, was diese kleine Erhebung der lunaren Position bedeutete. Die halbe Stunde bis zum geplanten Beginn der Andacht war vorbei. Konsterniert machte er auf dem Absatz kehrt, steckte Bibel, Zettel, Bleistift in die Hosentaschen, winkelte die Arme an und rannte dem Krankenhaus entgegen wie ein 100-Meter-Läufer der Zielmarkierung.

Alles geht enttäuscht weg, schoss es ihm durch den Kopf, als er von weitem – noch im Laufschritt im Ostflügel – das rege Treiben vor der Kantine registrierte. Nun bemerkte er, wie Stühle – offensichtlich aus anderen Räumen – durch die Flure und durch die große, beidseitig offenstehende Glastür hineingebracht wurden. Der nette Pfleger von gerade, Johann kam immer noch nicht auf seinen Namen, schien das Ganze zu dirigieren und rief ihm, selber vier ineinander gestapelte Stühle schleppend, zu: „Alles hat sich ein bisschen verspätet, Herr Pastor, ist ein Riesenandrang, brauchten immerfort neue Stühle, aber alle haben so toll geholfen. Wir haben es so gestellt, dass ein Mittelgang dazwischen frei bleibt. Kann in zwei Minuten losgehen!"

Johann fühlte sich erleichtert, so wie jemand, der aus dunklen Gewässern emportaucht und alle Bleigewichte von sich wirft, und machte in dem Getümmel die Musikerin aus, die neben der rechten Glastürhälfte an die Flurwand gelehnt stand. Sie trug schwarze Jeans, eine schwarze Bluse, ihr mittelgescheiteltes Haar fiel dunkel und glatt auf ihre Schultern herab. Der schwarzgraue Akkordeonkoffer stand neben ihr. Nun lächelte sie. Und wenn Johann zunächst den dunklen Rahmen ihrer Gestalt wahrnahm, so tauchte der Glanz von Mimik und Blick das ganze in ein sympathisches und warmes Licht. Johann erinnerte sich an ihr freundliches Wesen, das die Menschen ebenso liebten wie ihre Musik, doch auch hier kam er peinlicherweise nicht auf ihren Namen. „Hallo, ich bin`s, Anne", machte sie es ihm leicht, „ich will noch schnell die Lieder mit dir durchgehen."

„Guten Abend, Anne, wie schön, dass du hier auf mich gewartet hast, ich bin spät dran. Wollen wir ‚Freunde, dass der Mandelzweig ...' miteinander singen? Da das Lied wohl einigen unbekannt ist, dachte ich daran, es vor und nach der Andacht, also insgesamt zweimal singen zu lassen. Was meinst du?"

„Das bekomme ich hin, die Noten sind ja auch in den ausgelegten Liederheften. Nach deiner Ansprache gibt es noch ein Instrumentalstück, so zur Besinnung."

Und dann ging auf einmal alles ganz schnell: Jemand hatte – vielleicht versehentlich – an ein gläsernes Gefäß geschlagen, und der helle Klang veranlasste zuerst die katholischen Glaubens und dann nach und nach alle, die in der Kantine auf ihren Plätzen saßen, aufzustehen. So hatte es fast etwas Feierliches, wie der Pastor und die Musikerin durch den Mittelgang einzogen. Nun stand Johann vor der großen Andachtsgemeinde, sprach das Votum „Im Namen des Vaters, des Sohns und des Heiligen Geistes, Amen" und deutete mit den Händen an, sich doch hinzusetzen. Gut, dachte er währenddessen, dass ich das weiße Oberhemd und die schwarze Hose anhabe, so werde ich diesem priesterlichen Auftritt kleidertechnisch einigermaßen gerecht. Er blieb stehen, begrüßte alle sehr freundlich und bat sie, das Lied auf der Seite 18 der ausgelegten Liederhefte aufzuschlagen, wartete einen Moment und wies auf den Namen des Liederdichters hin, der unter dem Text abgedruckt war: Schalom Ben-Chorin, daneben das Erscheinungsjahr 1942, und sagte: „Ben-Chorin war in Jerusalem relativ sicher, aber die Gedanken an den Krieg in Europa, an die Bomben, an die Verfolgung, die Lager, Auschwitz ... ließen ihn nicht los. Da erblickte er im Innenhof der Wohnanlage die Frühlingsblüten des Mandelbaums." Mit einem Schulterblick fing Johann das Bild der Kirschbäume im roten Licht der Sonne ein. Anne saß rechts von ihm auf einem Stuhl, das Akkordeon vor sich, und spielte die Melodie des Refrains einmal vor. Dann sangen sie alle – zu Anfang noch recht holprig, nun aber mutig und kräftiger:

„Freunde, dass der Mandelzweig wieder blüht und treibt, ist das nicht ein Fingerzeig, dass die Liebe bleibt?

Dass das Leben nicht verging, so viel Blut auch schreit, achtet dieses nicht gering in der trübsten Zeit.

Tausende zerstampft der Krieg, eine Welt vergeht. Doch des Lebens Blütensieg leicht im Winde weht.

Freunde, dass der Mandelzweig sich in Blüten wiegt, bleibe uns ein Fingerzeig, wie das Leben siegt."

Nach dem Lied las Johann das Gleichnis vom Barmherzigen Samariter aus dem Lukasevangelium seiner kleinen Bibel vor. Seine Auslegung gelang praxisnah, war gespickt mit Beispielen aus dem Krankenhausalltag und orientierte sich an den Stufen der Nächstenliebe aus seiner Parkreflexion. Nur der Übergang von der *Kooperation* zur *Gerechtigkeit* wollte nicht recht gelingen, und rhetorisch geriet er dabei ins Stolpern. Der Vorteil der freien Rede, das Publikum stets im Blick zu haben, half ihm jetzt. In der Mitte der Zuhörerschaft, nah am Mittelgang, fiel ihm eine Frau auf, die sich halb aufrichtete, aufgeregt schien, so als wollte sie einen Einwurf machen. Er hielt einen Moment inne, sah – einen Anker für seinen Schlingerkurs vor Augen – ermutigend zu ihr hin. Und als sie anhob zu reden, war die Situation gerettet.

„Und was ist, wenn ein Mensch gar nicht mehr am Leben teilnimmt, nicht mehr richtig reagieren, geschweige denn kooperieren kann?"

„Sie meinen infolge einer schweren Demenzerkrankung?"

Sie nickte, saß erwartungsvoll auf ihrem Stuhl.

Johann versuchte, sich an demente Patienten aus seinen Krankenbesuchen zu erinnern. Dabei war ihm sein Gedächtnis keine Hilfe: Wie in einem Zerrspiegel tauchten die Personen auf, Bruchstücke diverser Krankengeschichten lagen da wie auf einem Trümmerfeld. Aber sein innerer Fabulierer und Geschichtenerzähler war schon am Werk, Teile davon zusammenzufügen und die dazugehörigen Bilder zu produzieren. Nur drei Sekunden dauerte das Blitzlichtgewitter seiner Gedanken, und es setzte sich weiter fort, als er schon wieder sprach:

„In regelmäßigen Abständen besuchte ich einen Mann, dessen Demenz so weit fortgeschritten war, dass er nur noch regungslos in einer Art Ohrensessel saß, in den ihn zwei Pfleger nach der Morgentoilette gehievt hatten. Wenn ich mich ihm gegenüber hinsetzte, sah er stumm an mir vorbei, und wenn seine Augen zufällig auf mich gerichtet waren, ging sein Blick durch mich hindurch, als wäre ich aus Glas. Ich konnte seine Hand halten, auf ihn einreden, ihm Geschichten erzählen – aber was ich auch tat, er blieb stumm und starr und sah aus wie erblindet. In meiner Hilflosigkeit begann ich irgendwann damit, ihm Lieder vorzusingen. Da mein Repertoire auswendig gelernten Liedguts nicht sehr groß ist, fielen mir nach einiger Zeit – nach dem Motto: ‚es hört sowieso keiner zu' – nur noch platte Volksweisen, Gute-Laune-Schlager und Bierzeltlieder ein. Ich sehe es noch genau vor mir: Es war an einem frühen Abend, so wie heute, die Sonne ging gerade unter, und ich sang ‚Brüderlein, musst nicht traurig sein, Brüderlein ...'; zweimal wiederholte ich den Vers, da auf einmal öffneten sich seine Augen, das heißt, sie waren ja schon auf, doch die Pupillen weiteten sich, sie bekamen einen seltsamen, von innen kommenden Glanz und waren ganz auf mich gerichtet. Und da – ein Lächeln lag auf seinem Gesicht wie ein Licht – bewegten sich seine Lippen, und ich hörte deutlich die Worte ‚Brüder, Brüder'. Ich ging ganz nah an ihn heran, nahm seinen Kopf in meine Hände, sah in seine Augen und wiederholte die Worte. Doch der Moment war vorbei, das Licht schon erloschen.

In seiner Krankenakte habe ich später nachgelesen, dass er der älteste von vier Brüdern ist, die jüngeren waren bereits verstorben. Aber das war die Akte, waren ein paar Seiten Papier, das andere ist das Leben, das ihn für einen Moment, einen winzigen Augenblick ganz und gar durchdrang. Ich habe dieses kurze, leuchtende Aufleben erlebt wie einen Geistesblitz, und wenn wir bedenken, dass jedes Lichtlein, jedes Photon einen Moment der Ewigkeit in sich trägt, vielleicht hatte dann dieser Augenblick für ihn eine tiefere, bedeutungsvollere Dimension als lange Jahre seines Lebens. Immer noch sehe seine schwarzen Pupillen vor mir, und manchmal denke ich, sie waren nicht nur auf mich gerichtet; denn ich sah in sie hinein, als wären sie Gucklöcher der Ewigkeit."

Johann dachte an Hermine Unbehaun, und während er über die Köpfe der andächtig lauschenden Andachtsgemeinde sah, wurde ihm augenblicklich klar, dass er die *Kooperation*, das eigentliche Thema seiner Ansprache, ganz schön aus dem Blick verloren hatte. Er fasste sich und resümierte unter diesem Eindruck: „In diesen Augenblicken wurde *mir* der schwerkranke Patient zum Nächsten! So werden die Gebenden – Ärzte, Schwestern, Angehörige", er sah zu der Frau in der Mitte, „ich als Seelsorger – zu Nehmenden, die Helfer zu Patienten."

Er suchte den Blickkontakt zum Publikum, ließ seinen Blick von links nach rechts, dann wieder zur Mitte schweifen und entnahm den Gesichtern Zustimmung; auf einigen lag ein Lächeln, das ihn für einen Moment verunsicherte, wonach er erneut einsetzte:

„Wir alle kennen solche oder ähnliche Ereignisse, haben unsere Geschichten, die wir miteinander teilen, austauschen und uns dabei gegenseitig ergänzen und helfen sollten. Denn: wie wirklich ist die Wirklichkeit all dieser Geschichten? Das menschliche Nervensystem spinnt unentwegt die Fäden aus dem Rohstoff von Reizen und Signalen der sozialen und natürlichen Umwelt, verknüpft und verwebt sie zu Mustern und Gestalten einer ganz eigenen inneren Wirklichkeit. Jeder Mensch hat seine Wirklichkeit, immerfort konstruiert er sie – eigenwillig und subjektiv. Und jeder Mensch hat zwei Möglichkeiten, damit umzugehen: Er kann sich auf *seine* Wirklichkeit zurückziehen, für sich selbst behaupten, sie allein sei alternativlos, wahr und gut, und zu einem Gefangenen seines nervlichen Netzwerks werden. Oder wir lösen uns aus der Verstrickung, indem wir aufeinander zugehen, die individuellen Netzwerke auffächernd miteinander in Kontakt bringen und neuartige Verbindungen eingehen lassen. Das Leben wird lebendiger, aus Einfalt wird Vielfalt, und der Einsame erfährt den Segen der *Kooperation*. Dabei wird uns die Frage nach der wirklichen Wirklichkeit nicht loslassen, und wohl keiner von uns wird je den Stein der Weisen finden, aber als Suchende, oft Zweifelnde und manchmal Verzweifelte sind wir nicht mehr allein. Im Wissen um den defizitären Verlauf unserer Wahrheitssuche reichen wir uns als so beschränkte, gleichsam bedürftige Menschen die Hände, um unseren Weg durch ein bereichertes, aufblühendes Feld von Ereignissen und Geschichten fortzusetzen. Und ich glaube, dies ist ein gesegneter Weg – Amen."

Ein wenig erschöpft ließ er sich auf den Stuhl hinter seinem Tisch sinken, zu seiner Rechten Anne, die ihm kurz zunickte und beherzt in die Tasten griff. Sofort war der Raum erfüllt von Musik. Das Instrument ließ eine Note nicht einfach erklingen, es brachte sie voll und ganz zum Ausdruck und vereinte in den Akkorden mehrere von ihnen zu einer unvergleichlich klangvollen Harmonie. Und gleichzeitig gibt es diese hellen, feinen Töne, dachte Johann, die auf den unteren Schwingungen tanzen und surfen wie Wellenreiter. Er bemerkte, wie sich die Lippen einiger der älteren Frauen in den ersten Reihen bewegten, so als würden sie leise mitsingen. Nun erkannte er das zur Melodie gehörende Lied: „Kein schöner Land in dieser Zeit, als hier das unsere weit und breit".

Er suchte im Publikum nach bekannten Gesichtern, aber bis auf Jonathan, den er kurz vorher im Stehen entdeckt hatte, fand er keins. Sicher, Dr. Picard und Felicitas haben schon Feierabend, überlegte er, und das Akkordeon seufzte „bis wir uns finden, wohl unter Li-inden ...", aber es ist schon seltsam, dass ich niemanden kenne oder erkenne.

Viele sind wohl von anderen Stationen und die Fluktuation nimmt allgemein im Krankenhaus und allmählich auch auf der ‚8' von Woche zu Woche schlimmere Formen an, versuchte er eine Erklärung. Da entdeckte er in einer der hinteren Reihen einen hellen Haarschopf, und als das Gesicht darunter, seinen Blick einfangend, lächelte und erstrahlte, wusste er, dass es Barbara war. Sie winkte ihm zu, und er erwiderte unauffällig den Gruß mit einer Bewegung von Zeige- und Mittelfinger seiner auf dem Tisch liegenden Rechten. Nun war er doch ganz ruhig, Barbara war da, die Musik entspannte ihn, und später nach der Musik und einem Gebet bat er um eine meditative Stille, die nicht nur ihn, sondern den ganzen Raum und alle, die dazugehörten, in eine spirituelle Ruhe versetzte.

Noch einmal sangen sie das nun allen bekannte Lied „Freunde, dass der Mandelzweig wieder blüht und treibt, ist das nicht ein Fingerzeig, dass die Liebe bleibt?", und es klang kraftvoll, engagiert, so voll von Geist und Gemeinschaft, dass er beinahe vorgeschlagen hätte, einen Krankenhauschor mit allen zu gründen. Stattdessen bat er sie aufzustehen, um den Segen entgegenzunehmen.

Alles war nun im Aufbruch begriffen. Er verabschiedete sich von Anne, die dabei war, ihr Akkordeon in den Koffer zu verpacken. Langsam bewegten sich die Teilnehmerinnen und Teilnehmer der Andacht durch den Mittelgang auf den Ausgang zu, wo es sich immer wieder staute. In Gegenrichtung schlängelte sich Barbara durch die Menschentraube auf ihn zu. Johann bemerkte sie mit freudiger Überraschung, doch mit jedem ihrer Schritte wich die

Freude, und er war nur noch überrascht, dann konsterniert, schließlich wurde aus der Konsterniertheit ein Schreck, der ihm durch die Glieder fuhr, und den er mühsam vor ihr zu verbergen suchte. Sie war um Jahre – wieviele Jahre? – gealtert! Auf ihren Wangen lag ein grauer Schimmer, und zwischen den Augenbrauen hatten sich zwei senkrechte Falten gebildet, die sich jetzt, da sie nachdenklich und besorgt aussah, noch tiefer in die Stirn senkten, unter den Augen bemerkte er graublaue Schattierungen, und um ihren Mund lag ein Kranz kleiner Fältchen, die sich glätteten, jetzt, da sie sprach: „Nun guck nicht so verdattert, Jonny, wir werden alle älter!"

„Aber BaBaBa, in so kurzer Zeit ...", stammelte er.

Sie legte einen Arm um ihn und zog ihn ein wenig zu sich heran und sah mit ihren strahlenden Scheinwerferaugen in die seinen.

„Ja, schön bist du, aber wie kann man in so kurzer Zeit ...?" Er war immer noch ganz durcheinander.

„Ach, Jonny, die Zeit, die Zeit, als du mich das letzte Mal gesehen hast, war ich noch Krankenschwester, und eine Ärztin zu werden, ist in diesem immer noch von Männern dominierten Beruf mit viel Mühe und zähem Durchhaltewillen verbunden."

„Aber es ist doch nur wenige Stunden her, unsere Begegnung auf der Intensivstation, heute Mittag haben wir uns noch über dich unterhalten, Schwester Felicitas und ich."

„Ja, das hat mir Felicitas erzählt, aber nun lassen wir das mal mit der Zeit, Jonny. Ich wollte dir eigentlich sagen, wie gern ich dir mal wieder zugehört habe und wie sehr mich deine Kurzfassung der konstruierenden Tätigkeit des menschlichen Nervensystems an deine früheren Vorlesungen erinnert hat, alles ist anschaulich und", sie suchte nach dem passenden Wort, „so menschlich."

Johann war verlegen, schaute in den Raum und bemerkte, wie ein paar Leute dabei waren, Tische und Stühle in ihre kantinengerechte Position zurückzustellen, und machte Anstalten, behilflich zu sein.

„Lassen Sie mal, Herr Pastor, Sie haben genug getan für heute, wir schaffen das schon, das geht alles ruckzuck. Wir brauchen auch nicht zu decken, die Patienten von der ‚8' holen sich bei der Anrichte alles und versorgen sich selber mit dem Abendbrot."

Er schaute wieder zu Barbara: „Sag mal, wie heißt doch dieser nette Pfleger?"

„Manni, heißt er, manche sagen auch Ober-Manni, weil er in seiner Freizeit gelegentlich kellnert."

„Ach ja, Manni, und er kellnert in seiner Freizeit …"

„Ja, Jonny, sieh mal." Sie hielt in ihrer Linken ein in Geschenkpapier gewickeltes Päckchen, das er erst jetzt bemerkte. „Ich habe da etwas für dich, ein Geschenk, aber ich möchte, dass du es erst morgen früh öffnest!"

Teil III

Frei...

11. Kapitel

Morgenlicht drang durch Lider und Pupillen zum Sehnerv, der feine Signale über lange Nervenbahnen hin zum Hinterhauptslappen sandte, wo sich in eigens für das Sehen organisierten Projektionsfeldern die ersten von Millionen Nervenzellen zum morgendlichen Frühappell rüsteten, was eine gewisse Unruhe erzeugte, die den peripheren Nerven der Augenlider nicht verborgen blieb, welche sich davon erregt blinzelnd öffneten und Johann etwas wahrnehmen ließen, das in anderen, tieferen Regionen seines Gehirns das auslöste, was er als Freude erkannte. Es war das Wort „Donnerstag", das da in handgemalten Buchstaben auf der ihm zu gewandten Seite seiner kleinen hölzernen Pyramide stand und diesen beinahe euphorisch zu nennenden Zustand hervorrief; denn nun wusste er und mit ihm Millionen sich gegenseitig anfeuernder Nervenzellen, dass dieser Tag Vergangenheit war und damit der dritte und letzte Abschnitt seiner Zweieinhalbtagewoche beginnen konnte. Er drehte die Pyramide im Uhrzeigersinn und sah nun das aufgemalte Wort „Frei..." vor sich. So nannte er diesen Tag, weil an ihm nur die Hälfte der üblichen achtstündigen Arbeitszeit zu absolvieren war und er die von Arbeit gänzlich freie Zeit bis zum darauf folgenden Mittwoch einläutete. Dieser Zweieinhalbtagerhythmus, der dem hölzern-pyramidischen Wochenkalender auf seinem Nachttisch folgte, war für Johann nicht einfach eine Privatangelegenheit. Er brachte symbolisch das zum Vorschein, wofür er mit seiner ganzen Persönlichkeit, all seinem Tun und Trachten einstand: die Entschleunigung!

Wie jeder kritisch denkende Mensch seiner Zeit, wusste Johann, dass die kapitalistische Realität und Propaganda vom wirtschaftlichen Wachstum die Menschheit in eine katastrophale Zukunft hineinsteuerten. Wollte man den durchschnittlichen Konsum von Energie, Wasser und Gütern in den reichen Ländern auf alle Erdenbürger verallgemeinern, bräuchte man zweieinhalb bis drei Planeten. Die aber haben wir nicht, dachte Johann, wir haben nur den einen. Und mit diesem einen müssen wir auskommen. Würden sich die reichen Länder mit der Hälfte begnügen, hätten sie immer noch mehr als genug. Jedes dritte Kind ist übergewichtig, die Hälfte aller Lebensmittel wird weggeworfen, mal ganz abgesehen von der permanenten Produktion von nutzlosem Zeug – Verschleißwaren, Plastikverpackungen und sonstigem Müll. Das Beste, was wir für den Planeten tun können, ist nichts zu tun! Würden alle Menschen weltweit zu einem festgelegten Zeitpunkt für eine Minute einfach still sein und die Luft anhalten, so könnte die Natur auf eine grandiose Weise richtig durchatmen.

Liegend streckte er sich, sah durch das Fenster über ihm in einen granulatgrauen Himmel und zählte atemlos die Sekunden, um dann wieder seinen Gedanken freien Lauf zu lassen: Durch weniger Arbeit würden die Umwelt und der Mensch selbst geschont, weil er weniger von seiner eigenen Energie verbrennt – er gewönne an Zeit *und* Substanz. Weniger ist oft mehr, wie alt ist dieser Satz? Wie alt sind die mahnenden Sätze des *Club of Rome* über die Grenzen des Wachstums? Wieviel an Burnout und anderen psychischen Krankheiten, tödlich verlaufenen Herz-Kreislauf-Erkrankungen infolge von Stress und Überarbeitung, wieviele Opfer muss es geben, damit sich etwas ändert? Ihnen gegenüber ist der Kapitalismus gleichgültig, er kennt nur ein einziges Ziel: die schrankenlose Maximierung von Umsatz und Profit! Und da die neoliberale Politik hierfür Tür und Tor aufgestoßen hat, gibt es nur die Möglichkeit, in regionalen Initiativen, kleinen Gemeinschaften und als Individuum die Sache in die Hand zu nehmen. Darum ist heute *Frei*...!

Er richtete sich im Bett auf und sah hinüber zu seinem kleinen Kühlschrank, dann zum Schreibtisch unter dem hinteren Gaubenfenster und entdeckte auf ihm ein Päckchen – eingewickelt in rotgelb gestreiftes Geschenkpapier. Daneben der unaufgezogene, einzeigige Wecker. Was ist das für ein Päckchen, wie kommt es hierher? Vielleicht ist es unten für mich abgegeben worden und Schwester Felicitas hat es mir hingelegt, während ich schlief, erwog er. Aber es ließ ihm keine Ruhe. In Windeseile tauschte er den Schlafanzug mit Unterwäsche, Jeans und Oberhemd, das er einem schnellen geruchstechnischen Test unterzogen und für tragbar gehalten hatte. Normalerweise hätte er auch geduscht – es gab ein, wenn auch sehr kleines Bad, das mit dem Begriff „Nasszelle" hinlänglich beschrieben war –, aber unter diesen Umständen musste eine Katzenwäsche, wie er es nannte, genügen: einmal Wasser durchs Gesicht und Zähne geputzt. Zügig ging er vorbei an der Fußseite des Betts zum Schreibtisch, rückte den toten Wecker zur Seite, nahm das Päckchen in die Hand, befühlte das glatte Einpackpapier und sinnierte über seine Streifen in den katalanischen Farben: vielleicht Freunde aus Barcelona, die ihm ein Geschenk zum Unabhängigkeitstag machten. Aber weder hatte er Freunde in der katalanischen Hauptstadt, noch war im April dieser Feiertag, und so riss er ungeduldig das Papier an seinen gefalzten Kanten auf. Es war ein Buch in einem Schuber, und als er es herauszog, erkannte er eine hebräische Bibel. Das schwere Buch in beigem Leineneinband hatte eine hebräische Aufschrift in Prägelettern, darunter stand der lateinische Titel „Biblia Hebraica".

Er wollte den Schuber gerade zur Seite stellen, da fiel aus ihm ein Briefkuvert. „Für Jonny" stand darauf. Er konnte es leicht öffnen, weil es nicht zugeklebt war, und zog einen zweimal gefalteten Briefbogen hervor, öffnete ihn, strich das Papier auf der Schreibtischoberfläche glatt und las im Stehen:

Lieber Jonny,
immer schon wollte ich mich bei dir bedanken für dein Mitgefühl und die guten Ratschläge. Nun habe ich erfahren, dass du zwischenzeitlich Theologe geworden bist, und dachte mir, du würdest dich über eine schöne hebräische Bibel freuen.
Lies mal darin und verrate mir, wie es dir damit gegangen ist.
Ich wünsche dir dabei Interesse und Freude!
Deine dir herzlich zugewandte
    Barbara (BaBaBa)

Barbara, Barbara ...?, stünde da nicht das dreifache „Ba" in den Klammern – die Rundungen der Bs fielen in ihrer Handschrift voll und dynamisch aus –, er hätte sich vielleicht nicht erinnert. Doch jetzt stand sie innerlich vor ihm: blond, schön, einfallsreich, mit strahlenden Augen, nur belastet mit dieser Stotterei, die sie daran hinderte, auch nur einen Gedanken klar und deutlich auszusprechen. Er hatte ihr damals eine Therapie empfohlen. Was wohl aus ihr geworden ist? Vielleicht ist sie psychisch so weit runter und Patientin bei uns auf der ‚8', aber davon hätte ich doch wissen müssen. Oder sie hat von Dr. Picard gehört, der landauf, landab bekannt ist für seine Hypnosetechniken, und sie ist bei ihm in ambulanter Behandlung, spekulierte er weiter. Aber wie dem auch sei, ist doch lieb von ihr, mir eine so schöne Bibel zu schenken.

Er rätselte noch über ihren Satz „Lies mal darin und verrate mir, wie es dir damit gegangen ist", setzte sich dann aber an seinen Schreibtisch, um das 1574 Seiten umfassende Werk aufzuschlagen. Es faszinierte ihn, dass man den Text eines hebräischen Buchs von rechts nach links las und es selbst hinten seinen Anfang hatte und man beim Lesen die Seiten von links nach rechts umblätterte. Also schlug er das Buch ganz hinten an seinem Anfang auf. „Anfang" – ist nicht so das erste Buch der Bibel überschrieben?, überlegte er. Es heißt nicht „1. Mose" oder „Genesis", sondern ist benannt nach den ersten hebräischen Wörtern der Bibel: B`RESCHIT – „Am Anfang". BARA heißt „schaffen", fiel ihm wieder ein, HA SCHAMAJIM „der Himmel". Leise, noch stockend las er den ersten Satz in seiner neuen hebräischen Bibel: B`RESCHIT BARA ÄLOHIM ET HA SCHAMAJIM W`ET HA ARÄZ – „Am Anfang schuf Gott den Himmel und die Erde", ein bisschen später die Worte HA ARÄZ TOHU WA BOHU – „die Erde war wüst und leer". Das geht ja schon ganz gut, war er mit sich zufrieden, und ganz allmählich lebte eine gewisse Freude am hebräischen Text in ihm auf. Ich könnte mir zu Anfang mal ein ganz kleines biblisches Buch vornehmen und es komplett übersetzen. Wie wäre es mit ... – er überblätterte von links nach rechts die ganze Thora, die Geschichts- und Prophetenbücher, die Psalmen –, mit dem Buch „Ruth"?

Ruth, eine faszinierende Frauengestalt, die als Ausländerin in Bethlehem durch ein Stück Land zu einer von Not und Abhängigkeit befreiten Israelitin wurde. Vage erinnerte er sich, dass sie die Ur-Ur- (oder Ur?)-Großmutter von König David wurde und – war nicht Jesus aus diesem Stall? – zu einer Urmutter des Christentums avancierte.

Nun lag das Buch „Ruth" aufgeschlagen vor ihm. Nur fünfeinhalb Seiten hat es, stellte er zufrieden fest, legte das goldene Leseband an die Stelle des Buchbeginns und wollte die Bibel gerade zuschlagen, als er – im ersten Moment kam ihm so was wie eine optische Täuschung in den Sinn – ein Leuchten auf einer der Seiten wahrnahm.

Verwirrt ließ er die Bibel offen liegen. Die hebräischen Lettern der Überschrift RUT lächelten ihn an, als wäre nichts gewesen. Zugleich ungläubig und neugierig blätterte er noch einmal eine Seite von links nach rechts, dann noch eine – und da war es wieder, das Leuchten am Anfang des vierten Kapitels, eine Erscheinung, die von einem einzigen Wort mit den drei Buchstaben G (hebr.: *Gimäl*), *Aläf* und L (hebr.: *Lamäd*) ausging. GAL schoss es ihm durch den Kopf – der Nothelfer, der Erlöser. Aber warum leuchtet dieses Wort? Im nächsten Augenblick bildete sich ein heller Ring um die drei Buchstaben, wie ein Feuerreif, und es erschien ihm, als wollten das Papier an dieser Stelle und GAL mit ihm in Flammen aufgehen. Entsetzt, völlig außer sich schob er das Buch weg von sich über den Schreibtisch. Doch der Feuerpunkt blieb, er blieb auch noch, als er wie verrückt die Bibel zuschlug, sich die Augen rieb und sie mit den Handflächen zuhielt, ja zudrückte in der Hoffnung, die Erscheinung wie ein Trugbild wegzuwischen und auszulöschen. Aber das Feuer schien schon eingebrannt auf seiner Netzhaut, der Sehnerv lag unter Dauerbeschuss, und in den hinteren Bereichen seines Gehirns setzten einige hunderttausend Nervenzellen alles daran, eine Firewall gegen diesen nach der Verdunklung geradezu unerlaubten Lichteinfall zu errichten. Die jedoch erwies sich als brüchig, und das Licht flutete – trotz aller Bemühungen massenhaft deaktivierender Synapsen – dunkle Hirnregionen, was für Aufregung und Abwehrreaktionen im limbischen System des Zwischenhirns sorgte. Die vegetativen Folgen sollte Johann sofort zu spüren bekommen: Sein Herz schlug wie wild, er rang nach Atem, spürte die Angst, Panik, die in ihm aufstieg. Und das Schlimmste: Die drei Buchstaben vom brennenden GAL blieben nicht nur als inneres Abbild, sehenden Auges tanzten sie durch sein Blickfeld wie ausgestanzte flambierte Figuren des hebräischen Alphabets – für was standen sie doch gleich? – *Gimäl* für das „Kamel", *Aläf* für den „Stier" und *Lamäd* für den „Ochsenstachel".

Nun sprang er auf, fuchtelte mit den Armen, benahm sich wie ein Schattenboxer; denn was ihm da entgegentrat, war nicht so einfach zu vertreiben, es war gespenstisch, ja, doch ganz ohne den halbtransparenten Schein und die Gespenstern nachgesagte Leichtigkeit – der Stier in der Mitte sah ihn mit glotzenden Augen an, die nach innen gebogenen Hörner über ihnen, und die Bedeutung des Satzes „Er stand vor mir wie der Leibhaftige" kam Johann augenblicklich in den Sinn. Dabei ist doch GAL jemand, der einem hilft in der Not; für einen Moment zog die Vernunft eine Spur durch den Wahnsinnswirbel: Es sind Halluzinationen, und von alleine gehen die nicht weg, ich brauche Hilfe, Medikamente, jemanden der mir hilft, da rauszukommen. Natürlich war er technisch eher unterversorgt – er hatte weder Handy noch sonst irgendein Notfunkgerät, und so rannte er auf die Tür zu, öffnete sie hastig, stürzte in den Flur, die Buchstabenfiguren triumphierend vor ihm, schwankte, torkelte wie ein Betrunkener und sah am Ende des Flurs, jenseits der halluzinierten Erscheinungen drei Frauengestalten – wohl Schwesternschülerinnen, vermutete er im Näherkommen, kannte oder erkannte aber niemand von ihnen. Dann ein Kreischen, eine von ihnen – stolpernd und stürzend nahm er ihr kastanienbraunes Haar wahr, wie bei MariLu – schrie: „Ein Krampfanfall, der hat eine Epilepsie, ruft sofort einen Notarzt!" Über der anderen, links von ihr, hing der Ochsenstachel. Die dritte, fast noch ein junges Mädchen, rannte in ihr Zimmer und kam mit einem Stück Holz zurück – ein abgebrochener Kochlöffel? –, das sie ihm, der sich nun auf dem Flurboden krümmte, zwischen die Zähne schieben wollte. „Nein, nein", wehrte er sie ab, „es ist keine Epilepsie, es sind schreckliche optische Halluzinationen, rufen Sie Dr. Picard von der ‚8', und der soll die Valiumspritze nicht vergessen!"

Nur Minuten später waren Dr. Picard und ein Pfleger da, die ihn auf ein fahrbares, jetzt heruntergelassenes Krankenbett hoben. Er hörte, wie jemand das Pedal trat, um das Bett nach oben zu hieven, etwas von Vorkriegsbetten des Grenzland-Klinikums brummelte, und schwebte dem vorgebeugten Gesicht und der Fliege von Dr. Picard entgegen – über ihnen die drei Gestalten seines Wahns.

Nun waren sie auf dem Weg durch den Westflügel zum noch offen stehenden Fahrstuhl, in den sie ihn hineinschoben. Er war jetzt allein mit Dr. Picard, der sagte: „Na denn, die haben wir erst mal weggeschickt!"

„Aber sie sind doch noch da", erwiderte Johann mit angespanntem Blick ins Neonlicht des Fahrstuhls.

„Sie meinen, die Mädels sind über Ihnen?"

„Was denn für Mädels, es sind keine Mädels, es sind Figuren!"

„Ach ja, Ihre Figuren", der Doktor begriff und erklärte dann: „Damit befassen wir uns ja noch. Ich meine jetzt die ganz realen Mädels, die Schwesternschülerinnen, sie sollen sich erst mal kurz erholen, der Pfleger bleibt auch noch oben und verständigt die Verwaltung, dass sie ihren Dienst etwas später anfangen. Die sind ja topfit, mein Lieber, topfit, haben selbst die Diagnose ‚optische Halluzination' gemacht und die Medikationsoption gleich mitgeliefert." Über Johann tanzten im Neonschein die Buchstaben, die wenigstens nicht mehr einen ganz so tierischen Charakter hatten. Unter anderen Umständen hätte er gelächelt über das, was der Doktor da von sich gab, stattdessen fragte er ängstlich: „Haben Sie denn das Valium mit?"

„Na klar", er holte die in Plastik verpackte Spritze und ein Medikament aus der rechten Seitentasche seines weißen Kittels. „Ich gebe Ihnen Oxazepam, das ist bekömmlicher, erst mal nur 50 Milligramm, wir wollen doch das Wunder Ihrer Erscheinungen nicht komplett zum Erliegen bringen. Darum möchte ich nachher auch auf ein Neuroleptikum verzichten – nicht wahr. Wir müssen nunmehr die Gunst des Augenblicks nutzen und den Worten Ihrer Figuren lauschen und auf ihren Spuren bleiben. Wollen wir doch mal sehen, wohin sie uns denn führen. Kriegen Sie Ihr Hemd alleine ausgezogen?"

Sie waren schon unten, immer noch im Fahrstuhl, als ihm der Doktor die Beruhigungsspritze in den Oberarm setzte. „Können Sie aufstehen und gehen?" Johann nickte. Sie schoben das Notbett an die Seite und gingen nebeneinander langsamen Schrittes durch den Flur, vorbei an der Kantine – rechts der Park, drei Buchstaben im Forsythienstrauch – zum Behandlungszimmer von Dr. Picard auf der linken Seite. Er öffnete mit seinem Schlüssel und bat Johann, sich auf die bequeme, recht breite Behandlungsliege zu legen, wickelte eine Manschette zum Blutdruckmessen um seinen Arm, pumpte sie zügig auf, las beim Ablassen der Luft die Anzeige, nickte zufrieden und sagte dann: „Na denn, mein Lieber, wie hoch über Ihnen sind denn die Gestalten?"

„Das wechselt", antworte Johann liegend, „etwa ein Meter, manchmal kommen sie etwas näher, mal stehen sie ganz ruhig im Raum, mal tanzen sie umher. Eigentlich sind es nur Buchstaben, drei hebräische Buchstaben G-A-L, die ein Wort bilden, das ‚*goel*' gesprochen wird, es bedeutet so viel wie Retter oder Erlöser."

„Wann und wo ist denn das Wort vor Ihnen aufgetaucht?"

„Heute Vormittag im Buch ‚Ruth' der hebräischen Bibel, ich blätterte darin, und auf einmal fing es an, zu leuchten."

„‚Wo du hingehst, da will auch ich hingehen', das hatten meine Frau und ich als Hochzeitsspruch." Jetzt leuchteten die Augen des Doktors.

„Das sagt Ruth zu ihrer israelischen Schwiegermutter, die nach dem Tod ihres Mannes und ihrer beiden Söhne zurück nach Israel will. Doch als Ausländerin hat Ruth dort keinerlei Recht."

„Und dann kommt einer, der das Problem löst?"

„Ja, ein Mann aus Bethlehem, der sie heiratet, wodurch sie Erb- und Landrecht bekommt und freie Israelitin wird. Und dieser Mann wird ein ‚*Goel*' genannt."

„Na sehen Sie, das hört sich doch gut an, sind doch aufregend positive Halluz."

„Hallos?"

„Ihre Halluzinationen, und sie haben nichts Bösartiges!"

Johann schüttelte heftig den Kopf. „Dann hätten Sie die mal sehen sollen, wie sie sich zeitweilig in Tiere verwandeln, wonach die Buchstaben auch benannt sind: Kamel, Stier und so`n Ochsenstachel, was immer das ist – alles bedrohlich und bestialisch. Und dann diese Flammen!"

Dr. Picard strich vorsichtig über die immer noch erhitzte Stirn seines Patienten und sagte in ruhigem Ton: „Na ja, mein Lieber, Flammen sind auch Licht, und Ihre Tiere – Ochse, Rind, Kamel – sind auch Nutz- und Haustiere, die sogar in der Weihnachtskrippe ihren Platz gefunden haben; nicht wahr, in Freude und Frieden."

„Verstehe, und im Moment fällt die Bedrohung von den Buchstaben auch ein bisschen ab."

„Eben, eben – aber diesen ‚*Goel*' wollen wir uns doch mal ein bisschen warmhalten. Was sagten Sie, ein Erlöser ist er", er schaute Johann in die Augen, „sagen wir mal, ein Löser Ihrer Probleme könnte er sein, und dem sollten wir nachgehen! Wenn Sie erlauben, versetze ich Sie mit meinem Pendel ein bisschen in Trance. Sie kennen das ja schon."

„Nein, kenne ich nicht, aber ich weiß von Ihrer Hypnosetechnik. Ich habe nur Angst, weil ich da nicht eingreifen kann, wissen Sie, Kontrollverlust und so."

„Nachvollziehbar, ganz und gar nachvollziehbar, darum sollten Sie der Symbolkraft Ihrer *Goel*-Figur trauen, ihrer erlösenden, befreienden Kraft vertrauen und in mir, Ihrem Arzt, einen Mittler sehen, der –

na, sagen wir – diese Kraft in die richtige Spur bringt."

Er hatte schon das Pendel in der rechten Hand, als Johann leicht benommen nickte. Während es über ihm ruhig – schlaff, schlaff, schlaff – kreiste, verloren die drei Buchstaben ganz langsam ihren feurigen Widerschein. *„Goel "*, hörte er den Doktor mit einer immer leiser werdenden Stimme sagen, „wir folgen dir, nur Gutes und Heilsames geht von dir aus, wir folgen dir, *goel, goel* ..."

12. Kapitel

„Goel!" Er rief es heraus, als er mit einem Satz die beiden Stufen am hinteren Westausgang des Grenzland-Klinikums runter auf den Parkplatz sprang. Es war ein strahlender Frühlingstag, auch wenn diese Seite des Krankenhauses noch im Schatten der allmählich höher stehenden Aprilsonne lag. „Goel" ist ein Wort aus dem hebräischen Vers, den er für das geplante jüdische Denk- und Mahnmal in seiner Heimatgemeinde Schüttorf ausgesucht hatte. Eigentlich heißt es „Goeli" – das „i" steht für „mein": „Ich weiß, dass mein Erlöser lebt!" Hiob ruft es in größtem Leid und tiefstem Fall, in seinem ganzen Elend aus. Johann stellte es sich plastisch vor: Der Vers wird eingraviert in die Granitstele neben dem großen, zwei Meter hohen Sandstein, auf dem die Namen der Opfer, der deportierten und ermordeten Juden stehen sollen. Um an sie zu denken und sie zu ehren, dachte er, weil sie einmal gute, fleißige, normale – eben ehrenwerte – Bürger unserer Stadt waren.

Jetzt ist das Jahr 2008; beinahe 10 Jahre mussten wir um dieses in Stein geschlagene Gedenken ringen und kämpfen, Vorurteile und irrationale Ängste selbst in den Reihen der christlichen Gemeinden überwinden, mit Bürgern streiten, die „nur" verhindern wollten, dass alte, angeblich bereits verheilte

Wunden wieder aufgerissen würden. Dabei kamen ihnen nicht die Wunden der Opfer und deren Angehörigen in den Sinn, sie dachten an die Gewissensbisse der Täter und an ihre eigenen Schuldgefühle. Aber jetzt kommt das Verdrängte ans Tageslicht und denen, deren Namen mancher im Nebel des Vergessens wähnte, das historisch notwendige Gedenken und die menschlich nötige Ehre zu.

So in seinen Gedanken versunken fand sich Johann vor dem Auto von Dr. Picard auf dem Pastorenparkplatz wieder, und ihm fiel ein, dass er am Mittwoch den Alfa auf dessen Parkplatz abgestellt hatte. Ein paar Plätze weiter, und er stand vor seinem 35 Jahre alten Alfa Romeo, dessen Anblick ihn jedesmal entzückte – nun besonders, da der Wagen dort fast zwei Tage ungesehen gestanden hatte. Ist doch toll, dass alles so gut läuft, dachte er, nachdem der Motor mit drei Drehungen des Anlassers angesprungen war, und er sich an rasselnden Ventilen, kleineren Explosionen in den Auspuffschalldämpfern und am Schnurren der Steuerkette erfreuen konnte. Mit der Zuordnung der Details der Geräuschkulisse zu den sie auslösenden mechanischen Bauteilen wurden automatisch die Hochgefühle seines Do-it-yourself-Registers aktiviert, und er sah die Bilder vor sich, wie er die Maschine aus einem Unfallauto in seinen Oldtimer einbaute. Gleichzeitig wurde er erinnert an den Beinahe-Unfall auf der holländischen Autobahn am Mittwoch. Wahnsinn, dass wir da mit heiler Haut rausgekommen sind, aber auch beachtlich, dass die Kiste so auf Touren kommt und wir schnell an den Lkws vorbeigezogen sind.

Johann fuhr über den Vennweg und ordnete sich am Ortsausgang in den Verkehrsfluss auf der Bundesstraße 403, die manche die Lebensader der Grafschaft nannten, ein. Aus der Automobilität wurde nun ein Autokonvoi, und seine Gedanken glitten von den mechanischen wieder hin zu den menschlichen Gefilden. Er sah Barbara, wie sie am vergangenen Donnerstag die Intensivstation betrat, als er dort auf dem Bett bei der gerade verstorbenen Hermine Unbehaun saß. Wie ein Morgenstern war sie aufgetaucht – hell und klar, fließend in ihrer Gestalt, ihrem Auftreten und ihrer Sprache. Was für ein Gegensatz zu damals, als sie unter einer Sprachbarriere litt, von der ihre verbalen Laute abprallten und wie Kugeln in ihren Kehlkopf zurückschlugen und erst beim vierten oder fünften Versuch diese überwindend vereinzelt an die Ohren derer drangen, die ihr mit peinlicher Aufmerksamkeit zugetan waren.

Was für eine Leistung, welcher Lebenskampf, diese Barriere nach und nach einzureißen. Und immer sind es Entscheidungen, überlegte er, zum Beispiel die Entscheidung, den Beruf des Sozialarbeiters aufzugeben zugunsten einer Arbeit in der Krankenpflege, in der die Hände mehr gefordert sind als Mund und Sprache und man dennoch in einem helfenden Kontext bleibt. Die Entscheidung, auf Menschen zuzugehen, sich Hilfe – eventuell therapeutische – von Menschen zu holen, auf die Wechselseitigkeit von Geben und Nehmen zu vertrauen, auf das Prinzip der Solidarität zu setzen. Die Entscheidung für ein ungehemmtes Leben. Auf die eine oder andere Weise sind Menschen gehemmt, wenn sie sich begegnen – gefühlsmäßig, sexuell, sprachlich. Sie haben Angst, ihr Inneres zu äußern, weil sie damit rechnen, von anderen dadurch bloßgestellt zu werden. Vor lauter Angst geben sie nur wenig von sich preis, halten sich mit Ansprüchen und Kritik zurück und werden Teil einer form- und fügbaren Masse Mensch. Tag für Tag wird so aus Menge Masse und aus Masse Material.

Dieser Masse hat sich Barbara entzogen, indem sie sich für ein barrierefreies Leben entschied – hemmungslos.

Über eine längere Strecke verlief die Straße nun geradeaus wie an einer Schnur gezogen, und die Autos wirkten wie darauf aufgereihte Glieder einer Kette. Alles zottelte brav hintereinander her. Individualverkehr auf dem Lande, dachte Johann, dieses waggonmäßige Hintereinanderhergefahre könnte man sich gut auf der etwas weiter östlich verlaufenden Bahnstrecke vorstellen. Eine Menge Motoren würden eingespart. Und es wäre umweltfreundlicher, ruhiger, stressfreier, unterhaltsamer, geselliger, beschaulicher, ... und schneller. Aber sinnigerweise wurde vor etlichen Jahren die „Personenbeförderung auf dem Schienenwege" eingestellt.

Nun führte ihn die Straße über den Isterberg. Man hatte sie beidseitig zu einer zweispurigen Alsob-Rennstrecke ausgebaut und ein gehöriges Ausmaß der Fläche dieses Kleinods der Natur unter ihr und den großzügigen Parkflächen begraben. Während die Bahnschienen logischerweise dem Berg auswichen, folgte die Kolonne der Logik der Straßenverkehrsordnung und drosselte nun die Geschwindigkeit in der 70er Zone auf dem Isterberg um ganze fünf km/h. Merkwürdigerweise gab es in der Gegenrichtung diese Begrenzung der Geschwindigkeit nicht. Sein 80-jähriger Freund und mit ihm eine Anzahl von Bürgern, die hier oben wohnen, haben sie mit Blick auf die Überlebenschancen von Fußgängern immer wieder gefordert. Mag sein, dachte Johann, dass sie das bisher nicht erreicht haben, aber immerhin setzten sie sich mit ihrer dezentralen, selbst gebauten Kläranlage durch und brachten damit ein ordentliches Puzzleteil regionaler Ökonomie unter Ihre Fittiche. Und in der Regel folgt so einer Regionalisierung der ökologische Nutzen. Auch hier wurden Entscheidungen getroffen und Barrieren durchbrochen.

Doch nun war er wieder da, der Stich in der Magengrube, den er beim Runterrollen seines Alfas im Autokonvoi auf der breiten Straße am Südhang des Isterbergs verspürte. Schließlich ging es um solche Themen in seinem Buch über die soziale Selbstorganisation, das der Verlag am Mittwoch abgelehnt hatte. Aber wie war das noch gleich mit den Bürgern da oben auf dem Isterberg? Der Ablehnung ihrer Forderung nach einer Geschwindigkeitsbegrenzung des Pkw-Flusses in nördlicher Richtung steht ihr Erfolg bei der Durchsetzung einer regionalen Kläranlage gegenüber. Auch ich werde meinen Misserfolg überwinden, indem ich mich dem zuwende, was ich jetzt bewirken kann und was machbar ist.

Ein paar hundert Meter noch, dann verließ er die Bundesstraße, um der kleineren nach Schüttorf zu folgen.

Er stellte den Alfa an der Steinstraße bei der evangelisch-reformierten Kirche seiner Gemeinde ab. Später, nach der Besprechung im Rathaus, würde er bei seiner Familie vorbeischauen und danach zum Klinikum zurückfahren, um dort die anstehenden Krankenbesuche zu machen. Hier an der Südseite der Kirche trieben hohe Linden ihr allererstes Frühlingsgrün. Johann hielt – das Mauerwerk des mächtigen Kirchturms zu seiner Rechten – auf den Markplatz zu, als er durch die Fensterfassade der Gaststätte „Firlefanz" den Blick des Wirts erwischte, der ihm – eine Hand am Zapfhahn – lässig zuwinkte. Genau hier waren das Textil- und Hutgeschäft und die Wohnräume der jüdischen Familie Wertheim. So wie alle Juden und deren Familien, die einst in Schüttorf lebten, gibt es sie hier nicht mehr, aber die Erinnerung an sie, die werden wir wachhalten, dachte er und lief zielstrebig auf das historische Rathaus und den links daneben liegenden Eingang der Verwaltung zu.

Da hinein ging er, überquerte ein menschenleeres Foyer, folgte einer Treppe ins Souterrain und betrat einen Flur, um an dessen Ende das richtige Zimmer zu finden und an seine Tür zu klopfen. Hörte er da ein „Herein"? Aber er war schon drin in dem kleinen Büro, das ein großer quadratischer Doppelschreibtisch, hinter dem Benno Freytag im Begriff war aufzustehen, fast zur Gänze ausfüllte. Johann hatte nur eine vage Ahnung von dem Aufgabenbereich, mit dem Benno Freytag im Rathaus betraut war. Auf jeden Fall hatte es etwas mit Kunst und Kultur zu tun, zumindest waren seine Erscheinung und sein Auftreten kultiviert und informiert. Sein immer noch volles Kopfhaar nahm – ein paar Jahre vor der Pensionierung – eine ebenso dezente Grautönung an wie der ordentlich gepflegte Kinnbart. Sie kannten einander viele Jahre und duzten sich, weswegen er mit einem „Schön, dich zu sehen, Johann" zwischen Schreibtisch und Wand auf ihn handeinschlagend zukam, sich dann wieder auf seinen Platz zurücksetzte, während Johann sich ihm gegenüber hinsetzte. Für einen kleinen Konferenztisch hätte das Büro nicht herhalten können, was nur gut war, denn beide hielten nicht viel von Kaffee und Plätzchen und wollten stets gleich zur Sache kommen. Und das tat Benno nun auch, indem er einen Aktendeckel aufschlagend bemerkte: „So wie wir uns geeinigt haben, werden die folgenden Sätze oben in den großen Sandstein eingeschlagen:

‚Wir gedenken aller Schüttorfer Juden, die von hier vertrieben und deportiert wurden.

Wir gedenken aller Schüttorfer Juden, die Opfer der planmäßigen Völkermorde wurden.'

Dann folgen die Namen."

„Auf dem Gedenkstein können wir sie doch den Hauptfamilien Wertheim/Löwenstein, Löhnberg und Süskind zuordnen. Hast du denn jetzt alle Namen?" Johann schaute fragend zu Benno Freytag rüber.

„Wir hatten aus dem Material, das uns Gretel Röwer aus den Grafschafter Jahrbüchern und diverser Heimatliteratur zusammengestellt hat, bereits 39 Namen. Ich habe alles überprüft und dann eine Anfrage gestartet bei „Yad Vashem", der Holocaust-Gedenkstätte in Jerusalem, und komme nun auf 41 Namen. Allerdings läuft noch eine Anfrage beim Anne-Frank-Museum in Amsterdam, die ich gerne abwarten möchte. Mir ist nämlich auch ganz wichtig, dass die Namen der Kinder richtig geschrieben sind."

Johann wirkte betroffen und bemerkte mit gesenkter Stimme: „Wenn man bedenkt, dass damit alle Juden unserer Stadt vertrieben und ab 1942 insbesondere in die Todeslager deportiert worden sind und sich niemand hier oder in der Nähe versteckt hielt oder auch nur ein Kind untergebracht werden konnte. Sie waren doch Schüttorfer, so wie du und ich, angesehene Leute, noch heute findet man auf den Rückseiten manch alter Hochzeitsbilder den Namen des jüdischen Fotografen Löhnberg aus der Föhnstraße ..."

„Aber die Menschen hatten Angst, Johann! Jemanden zu verstecken, war damals – wer war denn kein Nazi? – lebensgefährlich", warf Benno ein.

„Aber Kinder hätte man verstecken können! Wurde nicht Weihnachten für Weihnachten den Christen gepredigt, dass Jesus und seine jüdische Familie selber auf der Flucht waren? Apropos, da fällt mir ein, was mir gelegentlich von alten Menschen bei meinen Hausbesuchen auf dem Isterberg erzählt worden ist: Im Winter, wenn die Bauern zu Fuß, mit dem Fahrrad oder mit Pferd und Wagen auf dem Weg zum Gottesdienst in der Stadt waren, gingen sie vorher zu Wertheim ins Geschäft am Markt, wo sie ihre Gesangbücher hinterlegt hatten und die jüdische Familie glühende Kohlen in eine lange Reihe ‚Stöfkes' legte, rechteckige eiserne Behälter, welche die Christenfrauen in den kalten Kirchenbänken unter ihre Röcke stellten. Da die Juden ja schon ihren Sabbat hinter sich hatten, konnten sie am

Sonntag gerne solch kleine Arbeiten für die Christen verrichten. Es ist ein bewegendes Zeugnis für die Kooperation von Menschen verschiedenen Glaubens."

Benno hörte sichtlich bewegt zu und sagte dann: „Das ist ein gutes Beispiel, aber darüber hinaus gehörten alle ohne Unterschied zu der städtischen Bürgergemeinschaft, die Kinder gingen in dieselbe Schule, spielten miteinander und liefen im Winter zusammen Schlittschuh auf den zugefrorenen Vechteauen. Im übrigen konnte von einem dezidiert jüdischen Leben in Schüttorf nicht die Rede sein. Ein größerer Teil der jüdischen Familien war, wie wir es heute bei den Christen kennen, der Religion eher traditionsbedingt zugetan und ging nur zu besonderen Anlässen und jüdischen Jahresfesten in die Synagoge nach Bentheim."

„Aber es gab und gibt doch einen jüdischen Friedhof in der Nähe der Pferdemaate. Wann war da eigentlich die letzte Beerdigung?"

„Das war 1936 die Beerdigung von Isidor Miltenberg", antwortete ihm Benno, „die Familie wohnte an der Steinstraße. Danach wurde kein Jude mehr in Schüttorf beerdigt, allesamt wurden sie vertrieben und fanden ihr Ende weit weg von ihrer ehemaligen Heimat."

„Eine Straße weiter, an der Jürgenstraße, wohnte der Gerber und Viehhändler Sally Süskind mit seiner Frau und acht Kindern. Ein ganz kleines Haus war das. Als die Familie ‚wegkam‘, wie es im umgangsdeutschen Verharmlosungsjargon hieß, wurde das Haus, welches in keinem guten Zustand war, irgendwann abgerissen. Das Grundstück hatte man in der Mitte geteilt: die eine Hälfte fiel an den Nachbarn zur Linken, die andere an den zur Rechten. Natürlich waren Staat und Partei darauf bedacht, jüdisches Eigentum zu versilbern, aber die Regeln der monetären Umwandlung von Immobilien und Wertgegenständen fielen doch recht eigenwillig und unter den Volksgenossen sehr personenbezogen aus."

Benno rückte mit seinem Drehstuhl näher an den Schreibtisch und nickte zustimmend. „Ich frage mich manchmal, ob nicht doch der ein oder andere ein schlechtes Gefühl hatte, wenn im großen Saal ‚Lenzing' Haushaltsgegenstände, Möbel, Bilder und Lampen aus jüdischen Haushalten öffentlich verhökert wurden. Spätestens da musste doch jeder Schüttorferin und jedem Schüttorfer klar sein, dass ihre oder seine ehemaligen Schul- und Spielkameraden, Kolleginnen und Kollegen, Nachbarn oder die Kaufleute von Geschäften, in die man mal ein- und ausgegangen war, zumindest nicht mehr zurückkommen würden – von wegen vorübergehende Aufenthalte in ‚Arbeits- und Umerziehungslagern'."

„Und doch", erwog Johann, „konnte es mancher nicht so recht glauben. So wie meine Mutter, die als 15-jährige in Nordhorn die Handelsschule besuchte und dort nach der Reichspogromnacht die eingeschlagenen Schaufenster und Verwüstungen der jüdischen Geschäfte sah und anschließend beim Mittagessen in ihrem Bentheimer Elternhaus entrüstet ausrief: ‚Das kann der Führer nicht gewollt haben!'. Zwei Jahre dauerte es noch, und sie wusste es besser. Und sicher ist auch, dass mit den zunehmenden Truppenverlagerungen Richtung Osten ab 1942 Begriffe, wie ‚Massenhinrichtung', ‚Todeslager' oder ‚Gaskammer' nicht nur auf einer vagen Gerüchteebene blieben. Manch deutscher Soldat wusste es nun aus eigener Anschauung oder den Erzählungen und Andeutungen anderer Kameraden an der Ostfront, und mancher sprach während seines kurzen Fronturlaubs darüber mit Vater, Mutter oder Ehefrau. Und einigen lag es wie eine dunkle Last auf ihrer Seele."

„Sicher gab es auch die Scharfmacher in Partei und Politik, in Verwaltung, Polizei und SA", gab Benno zu Bedenken. „Nach dem Motto ‚Schüttorf – judenfreie Stadt!' wollten die lieber heute als morgen alle Juden bis auf das letzte Kind weghaben, und sie waren bestens informiert über die Todesmaschinerie in den Lagern."

„Die wußten von den guten Beziehungen der Bentheimer Nazis zum Reichsinnenministerium in Berlin und planten mit ihnen gemeinsam die jeweils nächsten Transporte sowie die Zusammenstellung entsprechender Güterwaggons und beharrten auf eine zügige Umsetzung. Zähne fletschende Bluthunde waren das!", entsetzte sich Johann und sah Benno an. „Stell dir mal vor, so jemand wäre einer unserer Väter geworden."

„Na ja", Benno legte einen beruhigenden Ton in seine Stimme, „da haben wir ja nichts zu befürchten, nicht bei mir, und dein Vater wurde als halber Junge an der Ostfront so sehr verwundet, dass er später kurz nach deiner Geburt an den Folgen seiner Kriegsverletzungen und Erfrierungen starb."

„Ich weiß, und Siegfried, also der, bei dem ich aufgewachsen bin, war ein prima Kerl, ein richtiger

Menschenfreund und Pazifist, ohne ihn wäre ich nicht der, der ich heute bin, und wohl auch nicht hier in unserer Sache tätig. Aber noch mal zurück zu den Bluthunden: Es gibt einen Brief von Max-Hermann Löhnberg, dem Sohn von Sally, einer der wenigen Überlebenden. In diesem Brief beschreibt er, wie die Juden aus ihren Häusern geholt und auf den Marktplatz gebracht wurden. Und er berichtet darin, dass sein Onkel Josef Löwenstein auf dem Schüttorfer Marktplatz öffentlich verprügelt worden sei. Gibt es von diesem Vorfall oder ähnlichen Vorkommnissen noch Fotografien oder andere Zeugenaussagen?"

Benno Freitag blätterte in seinen Unterlagen und sagte dann: „Das Archiv der Stadt Schüttorf ist am 4. April 1945 infolge eines Bombenabwurfs auf das Rathaus komplett ausgebrannt. Das Gedächtnis der Stadt wurde damit ausgelöscht. Somit haben wir kein offizielles Beweismaterial. Es gibt natürlich Fotos von allen möglichen, zumeist harmlosen Begebenheiten – Hochzeiten, Feste, Ehrungen, Sportveranstaltungen –, die in der Nachkriegszeit aus privaten Sammlungen dem neu eingerichteten städtischen Archiv zugeführt wurden. Einige sind dabei, auf denen Aufmärsche der NSDAP und ihrer Gliederungen oder Umzüge der SA zu sehen und mittendrin ein paar bekannte Gesichter gut erkennbar sind. Für jemanden, der später im Stadtrat, Kreistag oder sonstwo ein öffentliches Amt ausübte, konnte es durchaus unangenehm werden, wenn er sich auf solchen Fotos in voller Nazimontur wiederfand. Das Material wurde deswegen nicht zur Geheimsache erklärt und in einen Tresor verschlossen, aber es war auch nicht zur öffentlichen Handhabung, für die Presse oder andere Medien bestimmt. Du verstehst, was ich meine?"

„Nein verstehe ich nicht. Gibt es denn nun Fotos von den besagten Gewaltexzessen?"

„Es gibt da eine Art Sonderarchivgut, und ..."

„... es ist nicht für die Öffentlichkeit bestimmt", ergänzte Johann etwas genervt den Satz.

Benno schaute ihm in die Augen, sortierte wieder seine Unterlagen, verschob etwas, klappte dann den Ordner zu und sagte entschlossen: „Ich werde jetzt mal rübergehen ins Bauamt, um den Stadtarchitekten zu finden, dann können wir gleich noch eine Ortsbesichtigung machen an der Stelle, wo das Mahn- und Denkmal hinkommen soll. Derweil", er zog eine Schreibtischschublade auf, holte ein schmales, mehrfach gefaltetes Papier heraus und legte es wie ein Banner lang über seine Schreibtischhälfte, „kannst du dir mal das Faksimile mit den originalgroßen hebräischen Wörtern vom Steinmetz ansehen – der Spruch aus ‚Hiob': ‚Ich weiß, dass mein Erlöser lebt'. Auf der Stele rechts vom großen Gedenkstein werden sie später untereinander stehen, hier sind sie nebeneinander geordnet."

Er schob den Ordner weiter weg von sich, unten lugte etwas hervor. Dann stand er auf und verließ den Raum. Hatte Johann ein Zwinkern in seinen Augen bemerkt oder es sich nur eingebildet? Er interpretierte Wohlwollen, das sicher. Dann ging er um den Schreibtisch herum, sein Blick – er blieb hinter Bennos Stuhl stehen – fokussierte abwechselnd das Banner mit den vier Worten in etwa 10 Zentimeter hohen hebräischen Buchstaben und den dahinter liegenden Ordner. Was da herausschaute, erkannte er nun als geriffelte Ränder zweier Schwarzweißfotografien in einer Breite von vielleicht 12 Zentimetern. Immer noch stehend zog er sie mit Daumen und Zeigefinger aus dem Ordner, ohne diesen zu öffnen oder sonstwie zu bewegen, und schob sie auf das Banner, wo sie nun neben GOEL, dem ‚Erlöser', zu liegen kamen. Das obere Foto zeigte – vergilbt, aber sonst gestochen scharf – eine Gruppe niedergebeugter und auf steinigem Pflaster sitzender Menschen, einige mit dem Schmähstern auf der Brust. Um sie herum standen verschieden Uniformierte – Polizei, SA –, etwas weiter rechts, noch deutlich im Vordergrund zwei Männer in schwarzen SS-Uniformen. Johann erkannte die Runen an den Revers. Einer hielt einen Stock – ein Rohr? – in der linken Hand und schlug auf einen Alten ein, der vor ihm gekrümmt auf dem Boden saß, die gewinkelten Arme schützend über dem Kopf.

In der *linken* Hand! Und was war es, das Johann an ihr bemerkte: eine Narbe? Nervös schaute er sich auf Bennos Schreibtisch nach einer Lupe um, fand eine große quadratische mit Griff und vergrößerte die Hand: eine Narbe, die am Daumen entlang, einmal gezackt über den Handrücken zum Unterarm lief. Die Hand, die den Schlagstock – es war doch ein Rohr, er sah es jetzt ganz klar – hielt. Linke Hand mit einer Narbe wie ein Blitz! Zitternd hielt er die Lupe über das Gesicht des SS-Schlägers. Es war, Johann traute seinen Augen, dem Foto nicht, verschob es, sah auf das andere, einen Augenblick später aufgenommene: die gleiche Szene, das Schlagrohr weiter unten, dasselbe Gesicht ..., es war Siegfried! Der ihm zum Vater geworden war, zum leuchtenden Vorbild. Hier auf dem zweiten Foto schaute er zur Seite, fanatisch in das Vergrößerungsglas. Johann rang nach Luft, starrte durch die Lupe auf die Bilder, daneben GOEL, weiß, leuchtend, flammend, blutrot durchmischt, schmutzigrot, immer dunkler werdend, fast schwarz. Johann spürte die Schläge – *bawoum, bawoum, bawoum* –, Schläge in der Brust und jetzt am Hals, stärker, härter, schneller. Blitze zuckten vor pechschwarzem Hintergrund – getroffen, schwankend, stürzend.

Dann plötzlich hörte es auf. Schlagartig war alles schwarz.

13. Kapitel

In der Tiefe des Falls, am Scheitelpunkt der Parabel, wo die Zeit für einen nicht messbaren Moment stehen geblieben und alles Leben ausgehaucht zu sein scheint, gibt es ein Schwarz, dass kein Auge je gesehen, keine Nervenzelle je gespürt hat und das deswegen in seiner Absolutheit unbeschreiblich ist. Nach dem Nullpunkt wird Schwarz wieder zur Farbe und kann sich in Gestalten oder als Hintergrund präsentieren.

Vor pechschwarzem Hintergrund zuckten Blitze, ein erhelltes Schwarz, schmutzigrot, blutrot durchmischt, flammend, leuchtend, weiß, GOEL – daneben Fotos unter dem Vergrößerungsglas. Beim Aufwachen bemerkte Johann die Schwerkraft seines Körpers und die Schmerzen – stechend, in krampfartigen Stößen –, fühlte pulsierendes Blut in der Halsschlagader, meinte, die Herzschläge in seiner Brust zu hören – *bawoum, bawoum, bawoum*.

Und dann: „Na, mein Lieber, ich bin ja da, ganz ruhig, ruhig! Sie sind zurück!" An der Fliege erkannte er – schwarz auf weiß – das erste Stück außerhypnotischer Wirklichkeit. Zumindest hoffte er das und griff danach, wie um sich zu vergewissern. „Ja, sie ist da, meine Fliege, wirklich da. Fühlen Sie nur!" Dr. Picard wirkte sichtbar erleichtert und beugte sich noch weiter zu ihm runter. Johann hob zitternd die rechte Hand und befühlte den schwarzen Stoff. „Na, ist doch besser als irgendwelche Spukgestalten, nicht wahr? Sie bleiben aber noch liegen und bekommen ein Sedativum gegen die Krämpfe und zur allgemeinen Beruhigung."

Während der Doktor das Medikament injizierte, versuchte er sich aufzurichten, merkte aber sofort, dass er noch zu schwach, zu erschlagen von all den Erlebnissen, der inneren Neuauflage seines Traumas war. Nun kannte er den Auslöser, seinen Dämon: „Siegfried!"

„Ich weiß", sagte der Doktor mit seiner ruhigen, sonoren Stimme, „den Namen Ihres Stiefvaters haben Sie regelrecht herausgeschrien. Ich glaube, wir haben im Dunkel Ihrer Vergangenheit den beweglichen Punkt entdeckt."

„Beweglicher Punkt? Er ist eine Bestie, die meine Seele zerreißt!", rief Johann entrüstet aus.

Dr. Picard legte eine Hand auf Johanns immer noch stark erhitzte Stirn. „Und die Bestie ist die Kehrseite der Person – es ist schlimm, was da zu Tage kommt. Ihre Seele war davon über Jahre in Mitleidenschaft gezogen und beinahe betäubt worden. Auf Siegfried kommen wir noch zurück, später mit Ruhe und Geduld, na, und am besten mit weiblicher Geduld. Ich möchte da am liebsten Doktor Loevenich ranlassen, die kennen Sie doch, nicht wahr?"

Jetzt richtete sich Johann doch auf, spontan, neue Kraft spürend, er sah dem Doktor in seine alten, liebevollen Augen. „Das ist gut, klar kenne ich sie, Barbara, ich habe sie doch gestern noch gesehen."

„Was meinen Sie mit gestern? Was war gestern für ein Tag?" Der Doktor schien aufgeregt.

„Gestern war Donnerstag, und ich hatte die Andacht in der Kantine, und da war sie, Barbara."

„Wenn das stimmt", der Doktor sprang auf, war ganz aus dem Häuschen, „dann können Sie sich nach Jahren, nach vielen Jahren zum ersten Mal an einen Vortag erinnern. – Moment!" Er griff zum Telefon, wählte drei Ziffern und rief nach ein paar Sekunden: „Frau Dr. Loevenich, kommen Sie rüber, ich glaube, es ist ein Wunder geschehen!"

Er legte auf, nahm von seinem Schreibtisch eine kugelschreibergroße Taschenlampe mit und leuchtete schnell in die Pupillen von Johann. Gerade als er ein zufriedenes „Na denn, alles gut!" aussprach, kam Barbara fast zur Tür hineingestürzt: „Das ist wirklich wunderbar, ich wollte gerade auf Patientenbesuch. Aber das will ich mir nicht entgehen lassen!"

Sie ging direkt auf Johann zu, der weiterhin auf der Liege saß, und umfasste seine Schultern. Fast hätte sie ihn an sich gedrückt, aber die ärztliche Distanz schien da im Wege.

„Das war aber schnell", entglitt es ihm.

„Ich hab es ja nicht mehr weit. Habe mich doch gleich nebenan eingerichtet. Aber sag mal, du kannst dich wirklich an gestern erinnern? Auch daran, was ich dir gegeben habe?"

„Ja", erwiderte er, „das war nach der Andacht. Du gabst mir ein Geschenk, eingepackt in gelb-rot gestreiftes Papier, und wolltest, dass ich es erst am Tag darauf, also heute, öffne. Habe ich auch gemacht: es war eine hebräische Bibel, und die hat alles ausgelöst!"

„Eigentlich hatte ich, also hatten wir – es war ja eine gemeinsame Idee von Dr. Picard und mir – gedacht, wir könnten über eine dir vertraute Sprache auf neue Weise in dein Langzeitgedächtnis vorstoßen. Aber dass dieser Text eine halluzinogene Wirkung mit diesen Folgen haben könnte, das war sicher nicht so geplant."

„Ja, ja", fiel Dr. Picard mit ein, „der Gute hat ihn ja richtig brennen sehen, wie Mose den Dornbusch. Bei unserem Patienten war es aber gleich der ‚Erlöser', naja, das Wort dafür in den hebräischen Buchstaben – wie war das doch gleich? – GOEL, nicht wahr?"

„Genau", Johann besann sich einen Augenblick, „diese hebräischen Buchstaben erkannte ich unter der Hypnose dann ja wieder. Sie fanden sich im Schüttorfer Rathaus bei Benno auf dem Schreibtisch genau neben den schrecklichen Fotografien ..." Er spürte schon wieder die Herzschläge.

Dr. Picard, der jetzt vor ihm auf einem Drehhocker saß – Barbara hatte sich einen Stuhl dazu geholt –, nahm seine Hand und sagte dann, wieder in dieser sonoren Therapeutenstimme: „So lag beides nebeneinander: das erlösende *Gute* und das höllische *Böse*, das mit seinem Fegefeuer über das Gute herfiel, es entflammte und niederzubrennen drohte."

Johann begriff die Symbolik. „Was ist es doch schön, wenn man in den tiefenpsychologischen Traumbildern denken kann und dabei das verhaltenstherapeutische Löschwasser nicht vergisst."

„Und die Hypnosetechnik", ergänzte Barbara und schaute anerkennend zu Dr. Picard.

„Die zentrale Blockade ist jetzt gelöst – wie ein großer Stein eines Staudamms. Der Staudamm darf aber jetzt nicht gleich ganz einbrechen, denn dann stürzen die Fluten über Ihnen zusammen, mein Lieber, um mal beim Wasser zu bleiben. Deswegen gibt es gleich noch ein paar Psychoblocker und was zu essen. Sie haben ja nicht einmal gefrühstückt!" Der Doktor kramte in einer Schublade seines Medikamentenschranks und holte drei silberne, dicke Metalltuben heraus. „In die Kantine lass ich Sie noch nicht! Hier – ich habe da Astronautennahrung, ziemlich unkonventionell. Wenn ich es eilig habe, drücke ich mir selbst mal was davon in den Mund."

Er hielt die Tuben hoch: „Hühnchen, Rind oder vegetarisch?"

Johann schaute ihn verdattert an, verspürte ein vages Hungergefühl und hörte sich „vegetarisch" sagen. Der Doktor holte nun einen Holzspatel hervor, den er mit „ist irgendwie aus der HNO hier rübergekommen" kommentierte und ihm in die Hand drückte. „So, nun mal schön gerade halten. ‚Spinat und Broccoli' steht drauf, ich presse jetzt mal was auf das vordere Ende vom Spatel, und dann rein damit!"

Es schmeckte sogar nach den genannten Gemüsesorten, und er hielt dem Doktor den Spatel erneut hin. Zwischen den Essensintervallen nahm Dr. Picard ein Glas aus dem Medikamentenschrank und eine Flasche, die ganz oben darauf stand. „‚Aqua destillata', nur das Beste für den Patienten", witzelte er und schenkte ihm ein. Das Wasser tat gut, fast so, als hätte es eine reinigende Wirkung.

„Ja, so ein Gehirn ist schwer, ganz schwer auszutricksen", hob der Doktor wieder mit seinen Erläuterungen an, „wenn das sich mal eine Verteidigungsstrategie in den Kopf gesetzt hat, dann kriegt man die praktisch nicht mehr raus. So ein Trauma erleben die Nervenzellen als das, was es ist, na ja: eine schwere Verletzung – wie ein Granateneinschlag im Krieg. Und die gesunden Zellen – sie handeln wie selbständige Lebewesen – unternehmen alles, um eine Wiederkehr der Trauma auslösenden Ereignisse zu verhindern. Auch eine Wiederkehr in der – wie wir das nennen – Fantasie. Für die Nervenzellen ist das ein innerer, ganz real stattfindender Prozess, eine Ereignisfolge elektrochemischer Impulse – na, um es mal naturwissenschaftlich zu sagen. Das Gehirn kann nicht einfach etwas löschen, so wie wir das bei einem Computer kennen. Es verfügt bei aller Vielfalt neuronaler Funktionen nicht über einen Löschtrupp in seinen Nervenzellverbänden, hat keine Todesbataillone. Es kann aber Neuronen und Synapsen so organisieren und ausrichten, dass nichts rankommt an den wunden Punkt – die gespeicherten, Trauma auslösenden Ereignisse."

Er nahm die Tube mit „Rind", schraubte sie los und drückte von der rostroten Paste ein bisschen auf die Mitte eines weiteren Spatels, den er festhielt. Dann nahm er die Spinat-Broccoli-Tube und zog mit ihr eine grüne Linie, die von dem oberen Ende des Spatels zu dem rostroten Punkt in der Mitte führte. „Von oben, der Seite, die geschichtlich jenseits des Traumas liegt, darf nichts rankommen an den wunden Punkt. Und alles was darauf abzielt, muss so früh wie möglich abgewehrt werden, so dass er völlig abgeschottet bleibt. Das ist es, was eine retrograde Blockade oder Amnesie ausmacht."

Er machte dann eine Linie von der anderen Seite des Spatels zum rostroten Punkt hin und sagte: „Und auch umgekehrt darf von dieser Seite her, was wir die Gegenwart nennen, nichts zu den Traumafeldern im Gehirn gelangen. Wir sagen dann dazu ‚posttraumatische Amnesie', als hätten wir nachträglich alles vergessen. Dabei, lieber Dr. de Buer, hat Ihr Gehirn sich nur geschützt und alles, was es an nervlich-strategischer Kompetenz zur Verfügung hat, für die Absicherung des wunden Punkts bereitgestellt."

„Das versteh' ich jetzt einigermaßen", bemerkte Johann sichtlich fasziniert von den eindrucksvollen Ausführungen des Doktors, „aber warum um alles in der Welt sollte ich denn all das vergessen, was an einem jeweiligen Vortag geschah?"

„Das kann uns ja am besten Dr. Loevenich erklären. Sie haben über so eine oder damit verwandte Fragestellung doch promoviert, nicht wahr?"

„Über die chemischen Prozesse beim Übergang vom Kurzzeit- zum Langzeitgedächtnis. Die neuronale Speicherung von Wissen und Erfahrungen ist faszinierend. Aber am meisten beeindruckt mich, was beim Vergessen passiert. Wie schafft es ein immerzu denkendes Organ, Vorgänge auszublenden, an die wir nicht erinnert werden wollen – zum Beispiel dein Trauma, Johann? Das Motiv ist klar: Das Gehirn *will* verhindern, dass wir uns an ein Trauma erinnern, weil es schmerzlich und gravierend war. Eine innere Wiederholung über die Gedächtnisleistung soll nicht mehr vorkommen! Aber wie bewerkstelligt es das, wenn es nicht – Dr. Picard sagte das schon – einfach Nervenzellen löschen kann oder will? Im Prinzip hat das Gehirn zwei Möglichkeiten: Zunächst kann es die Nervenzellen, welche als Gedächtnis für Ereignisse funktionieren, die zum Trauma hin- und von ihm wegführen – die beiden grünen Linien auf dem Holzspatel –, daran hindern, aktiv zu werden. Das ist ein höchst komplexer Vorgang, da das Gehirn permanent Nervenzellen und Synapsen bereitstellen muss, um entsprechende Impulse aufzufangen und zu deaktivieren. Die Alternative ist Überlagerung durch ablenkende Manöver."

„So, wie man sich nicht an etwas erinnern kann, wenn man ständig abgelenkt wird?", fragte Johann nach.

„Ja genau, ich kann nicht so verständlich formulieren wie du. Jedenfalls hast du dich – mal abgesehen davon, dass der erst genannte Prozess sowieso immer abläuft – in der zweiten Form perfekt eingerichtet durch dein Zweieinhalbtage-Schema. Am 9. April 2008 bist du eingezogen auf der Station 8. Es war der Mittwochabend nach dem Unfall auf der Autobahn in Richtung Enschede. Zuerst hielt man den Unfall für den ursächlichen Auslöser der Gedächtnisstörungen ..."

„Warum kennst du diese Daten so genau?", wollte Johann wissen.

„Weil wir uns am 10. April 2008 vormittags auf der Intensivstation nach langer Zeit wiederbegegnet sind. Es war für mich der vorletzte Tag als Krankenschwester im Grenzland-Klinikum – in der Woche darauf begann mein Medizinstudium in Hamburg."

„Und ich war felsenfest davon überzeugt, all das wäre gestern passiert!", sinnierte Johann.

„Schwester Felicitas hat es mir erzählt. Das ist typisch für das Nervensystem: In einer Entlastungssituation – wie im Fall des Schlafs – ist es nicht immer in der Lage, das Abwehrsystem aufrechtzuerhalten. Ein Abwehrsystem, das alle Impulse abfangen soll, die das Gedächtnis erneut aktivieren würden. Und wenn erst einmal einige durch das Gitter geschlüpft sind und ein paar geeignete Nervenzellen zum Feuern gebracht haben, bilden diese sofort Assoziationsketten, die im Inneren eine unerhörte, weil für den Beobachter – den Träumer – unerwartete Erlebnisdichte erzeugen. Als du wach wurdest, hast du geglaubt, alles wäre so und nicht anders unmittelbar vorher abgelaufen."

Johann bemerkte, dass Dr. Picard unruhig wurde und sichtlich nervös auf seinem Drehhocker herumrutschte. „Ich bin", sagte er mit einem Blick auf Johann, dann an Barbara gerichtet, „nun doch etwas besorgt. Vielleicht geht das alles zu schnell. Denken Sie an den Staudamm, ein bisschen soll er doch noch halten, nicht wahr?"

„Ja, Sie haben recht. Machen wir heute Nachmittag weiter."

„Wenigstens möchte ich jetzt noch wissen, was meine Zweieinhalbtagewoche mit den Ablenkungsmanövern meiner Hirnzellen zu tun hat."

„Na gut", willigte der Doktor ein. „Aber die Psychoblocker werden noch eingenommen, und machen Sie es nicht so kompliziert, Frau Doktor!"

„Werde mich bemühen, es verfügt ja nicht jeder über eine solche Tubendidaktik wie Sie."

Er hielt ihr eine seiner Tuben hin: „Bedienen Sie sich, ist Hühnchen, ganz neu und unbenutzt."

Sie lächelte und winkte ab, derweil der Doktor sein Blutdruckgerät zur Hand nahm. „Wir messen lieber noch mal, bevor es weitergeht." Er legte die Manschette um Johanns Oberarm, der erst jetzt bemerkte, dass er immer noch im Unterhemd dasaß. Schon peinlich, dachte er, da sitzt man halb angezogen vor so einer attraktiven Frau. Aber wenigstens ist die Unterwäsche sauber. Er hörte den Doktor „Hundertundachtundvierzig zu Zweiundneunzig, etwas zu hoch, aber angesichts der Aufregung geht es noch" sagen. Mit seinem Stethoskop hörte er ihn ab, nickte, räumte seine Utensilien – Tuben, Medikamente und Instrumente – in den Schrank und zeigte auf das Oberhemd, das am Kopfende der Liege lag. Johann stand kurz auf und zog es sich über, nahm aus der ausgestreckten Hand des Doktors zwei Pillen und schluckte sie mit etwas Wasser runter. „Kann es jetzt weiter gehen?"

„Im Grunde ist es ganz einfach", setzte Barbara ihre Erläuterungen fort, „du hattest am 11. April 2008, an einem Freitag gegen Mittag dieses schreckliche Erlebnis, bist daraufhin in dem Büro der Schüttorfer Stadtverwaltung kollabiert und hier mit dem Verdacht auf Herzinfarkt und/oder Schlaganfall eingeliefert worden. Auf der Intensivstation und später der Internistischen hat sich das nicht bestätigt, so kamst du auf die ‚8'. Dein Revier!"

Sie atmete einmal tief durch und richtete sich dabei in ihrem Stuhl auf. „Hier hast du dich äußerlich und innerlich wieder eingerichtet. Jeder Mittwoch wurde für dich zum ursprünglichen Ausgangspunkt, dann Donnerstag, und darauf käme wieder der schlimme Tag, Freitag. Diesen Tag konnte dein Gehirn nur zur Hälfte – mittags war der Zusammenbruch – zulassen, darum wurde aus Freitag ‚Frei…'. Aber auch die Tage davor durften in ihrem Ablauf nicht auf das Trauma am Freitagmittag zielen. Darum hatte dein Nervensystem jeden Tag – Mittwoch, Donnerstag, ‚Frei…' – separiert, jeden wie eine Zelle oder – die wir es nennen – Wabe behandelt und eigenständig konstruiert. Jeder Tag bekam eine ritualisierte Ordnung – Patientengruppen, Dienstbesprechung, Andacht, Patientenbesuche – und existierte für sich, strikt einer vom anderen getrennt wie durch die Wände bei den Waben. Ein Tag vergaß den vergangenen, das geschichtliche Kontinuum der Tage wurde zerstört."

„Frau Dr. Loevenich hat für dieses Tag-für-Tag-Vergessen ein schönes Wort gefunden: ‚Wabenamnesie'", ergänzte Dr. Picard.

„Wenn ich das richtig verstehe, sollte das Tages-Waben-Konstrukt die Erinnerungen von ihrem Pfad zum Trauma in meinem Gedächtnis ablenken. Wäre es da nicht viel einfacher für mein Gehirn gewesen, gleich ganz die Flügel zu strecken?"

„Von Freitagnachmittag bis zu den frühen Morgenstunden am jeweils folgenden Mittwoch war das ja auch der Fall. In dieser Zeitspanne waren Sie unansprechbar, für nichts zu haben, wirkten still in sich hinein versunken wie bei einer schweren Überlastungsdepression. Zuerst wollten wir ja noch mit Antidepressiva reagieren."

Der Doktor senkte nachdenklich die Augen und fuhr dann fort: „Aber nachdem wir immer wieder beobachten konnten, dass Sie mittwochs munter und voller Energie wieder ans Werk gingen, erkannten wir die passive Phase als apathische Reaktion auf Ihren Übereifer in der, wie nennen Sie das doch gleich: Zweitagewoche. Wären Sie ein Mensch ohne diesen inneren Motor, mit weniger Neugierde und sozialem Interesse, gäbe es da nicht diese intrinsische Motivation, diesen emotionalen Herzschlag bei Ihnen, mein Lieber, dann hätten Sie wohl ständig am Boden gelegen – die Flügel von sich gestreckt. Aber so konnten wir Sie an Ihren guten Tagen sogar als Seelsorger losziehen lassen. Zwar waren selbst altbekannte Patienten für Sie jeden Tag neue Gesichter und ihre Krankheiten neue Geschichten, was aber auch einen enormen Vorteil hatte."

„Welchen Vorteil sollte das haben? Die Patienten merken das doch!", fuhr Johann konsterniert dazwischen.

„Naja, Sie waren unvoreingenommen! Jeder Patient war für Sie eine Tabula rasa, die es immer neu zu entdecken galt – und das mit Ihrem Interesse und Engagement. So was baut auf, gewaltig auf, mein Guter! Alleine dafür hatten wir Sie gerne dabei. Und den Patienten haben wir ein Stück von der Wahrheit serviert: ‚Der Pastor hat manchmal ein Problem mit seinem Gedächtnis, aber mit der Seele kennt sich keiner besser aus als er.'"

„Die Phase meiner wöchentlichen Apathie hat viereinhalb Tage gedauert, richtig?"

„Ja, das war wie ein Uhrwerk, diese wöchentliche Zeitschleife", der Doktor lächelte, scheinbar ahnte er, worauf Johann hinauswollte .

„Wie wusste ich dann immer, wann Mittwoch ist?"

„So richtig klar ist uns das auch nicht. Es war wohl ein innerer Rhythmus, als würde Ihr Organismus in der Nacht von Dienstag auf Mittwoch spüren, dass nun genug sei mit der Erholerei – so wie Tiere beim Winterschlafende. Aber um sicherzugehen, hat Sie immer mittwochs jemand von der ‚8' geweckt. Zuletzt hat das Schwester Felicitas übernommen, sie hat Ihnen sogar das Frühstück gebracht. Am Anfang hatten Sie übrigens einen Kalender mit drei Blättern ‚Mittwoch', ‚Donnerstag', ‚Frei...', den Sie Woche für Woche neu erstellten. In den letzten Jahren benutzten Sie dann diesen hölzernen Drehkalender."

„Jahre, haben Sie Jahre gesagt?" Johann stellte sich aufgeregt auf die Füße.

„Was glauben Sie, mein lieber Dr. de Buer, wie lange Sie schon auf Station sind?"

„Ein paar Monate?"

„Neun Jahre, mein Lieber! Wir sind im April 2017."

14. Kapitel

16:00 Uhr an einem Freitag im April 2017. Johann war nun – frisch rasiert, gekämmt und munter – neun Jahre älter als noch vor vier Stunden. Er saß in einem von drei mittelgroßen, mausgrauen, schalenförmigen Ledersesseln, die um einen Tisch mit großer runder Glasplatte gruppiert waren, und wartete auf Barbara. Sie telefonierte nebenan in ihrem Büro. Die Zwischentür war angelehnt, so dass er sie reden hören, aber nicht mithören konnte. Das, wo er sich nun aufhielt, war wohl eine Art Konferenz-, Besprechungs- oder Gruppenraum. Drei weitere an der Längswand nebeneinandergestellte Sessel im selben Outfit deuteten darauf hin. Ihre Sitzflächen waren in einem diffusen Blau gestaltet. Die Farbkombination der Ledersessel erinnerte ihn an einen Alfa Romeo Spider, den sie vor 30 Jahren – nach der neuesten Zeitrechnung sollte er wohl ein Jahrzehnt dazurechnen – zusammengeschraubt hatten. Er war marineblau lackiert und besaß ein mausgraues Stoffverdeck – die Kombi der Farben passte, war todschick. Aber bei diesen Möbeln? Barbara hat etwas Besseres verdient, dachte er und ärgerte sich über die Oberflächlichkeit seiner Gedanken angesichts des Ernstes der Lage. Obwohl so ernst oder gar bedrohlich wirkte seine neue, vor vier Stunden angebrochene Lebensetappe auf Johann nicht.

Er war gleich nach dem Gespräch in die oberste Etage zu seinem Zimmer gegangen und hatte sich hingelegt. Ein Krankenbett in einem Patientenzimmer, das Dr. Picard für ihn bereitstellen wollte, hatte er ausgeschlagen. Vollständig angezogen war er in einen traumlosen, beinahe vierstündigen Schlaf gefallen. Danach hatte er geduscht und ein frisches, himmelblaues Oberhemd angezogen und noch ein wenig Müsli gegessen – die Spatelmasse vom Doktor hatte lange vorgehalten. Für 16:00 Uhr hatten sie einen Termin für ein Gespräch mit Barbara in ihren neuen Räumlichkeiten ausgemacht.

Als er auf dem Weg zu ihr an der Kantine vorbeieilte, erblickte er dort Jonathan, der allein an einem der quadratischen Tische vor einem Kaffee saß. Auch er sah ihn, winkte freudig und schien zu wollen, dass Johann zu ihm an den Tisch käme. Der aber deutete im Weitergehen auf seine nicht vorhandene Armbanduhr und winkte betont freundlich zurück – gerne würde er ihn später noch treffen. Nun lag der Forsythienstrauch im Licht der Frühlingssonne, und es gab wieder das Rotkehlchen, von dem Johann jetzt wusste, dass es am Donnerstag dagewesen war, aber nicht am heutigen Freitagvormittag. Wie am vergangenen Donnerstag machte es stumm und eifrig öffnende und schließende Schnabelbewegungen. Einmal, ganz kurz, sah es zu ihm rüber. In diesem Moment trennte sie nur die zentimeterdicke Fensterverglasung.

Jetzt hatte sie aufgelegt und kam zu ihm rein. Ihm war, als wäre das ganze Zimmer um einige Nuancen heller geworden, sogar das diffuse Blau der Sesselsitzbezüge schien in einem glänzenden

Alfa-Romeo-Marineblau. Sie setze sich in den Sessel rechts von ihm, rückte diesen etwas zur Mitte, stützte die Ellenbogen ihrer gewinkelten Arme auf die Glasplatte, hielt ihr Kinn in beide Handflächen und strahlte ihn an: "Na, wie läuft`s im neuen Leben?"

„Naja", Johann ertappte sich beim Gebrauch Picardscher Redefloskeln, „nachdem ich heute Nachmittag aufgewacht war und später auf dem Weg zu dir, bekam ich da so meine Zweifel. Vielleicht ist das Vergessen angesichts dessen, was ich erleben musste, und in Anbetracht der Weltlage gar nicht die verkehrteste Überlebensstrategie. Jetzt weiß ich zu all dem Schrecken auch noch, dass ich neun Jahre älter bin als angenommen."

Barbara lehnte sich zurück in den Sessel, ihr Strahlen wich einer Nachdenklichkeit im Blick. „Bist du auf dem Weg hierher noch jemandem begegnet?"

Ihre Frage kam für Johann nach seiner grundsätzlichen, doch eher lebensphilosophischen Gesprächseröffnung überraschend. „Ich habe Jonathan in der Kantine gesehen. Wir winkten einander zu."

„Du meinst Jonathan Zierlein. Der ist schon über eine geraume Zeit hier. Was glaubst du, wie er sich fühlt, wenn er Woche für Woche in deiner Patientengruppe erleben muss, dass du dich als sein Seelsorger weder an ihn noch an seine Geschichte, nicht an deine diagnostischen noch an deine therapeutischen Einsichten erinnerst?"

„Er wird enttäuscht sein", antwortete Johann knapp.

„Enttäuscht? Dein Vergessen wirft ihn zurück! Bei ihm wurden Hoffnungen geweckt, die in sich zusammenfallen, weil es keine Anknüpfungspunkte mehr gibt."

„Aber Dr. Picard meinte doch, dass gerade meine Unbefangenheit den Patienten helfe."

„Gewiss, das gilt für Visiten und gelegentliche Krankenbesuche. Ich frage mal anders: Was ist für dich als Theologe die bestimmende Qualität unseres Lebens?"

Johann überlegte einen Moment und antwortete: „Die Liebe – sie ist göttlich! ‚Gott ist Liebe, und wer in der Liebe bleibt, der bleibt in Gott und Gott in ihm.' So steht es im 1. Johannesbrief. Nur so kann ich Gott erleben, in seiner Unmittelbarkeit, gegenwärtig mit seinem Geist in meinem Tun, das zum Guten strebt."

„Bleiben, erleben, streben – das sind Worte eines Handelns, das sich ...", sie deutete mit dem Zeigefinger ihrer rechten Hand eine aufwärtsstrebende Spirale an, „... in Prozessen vollzieht. Liebe ist kein Zustand, keine Momentaufnahme und auch keine Eintagsfliege. Ich weiß, dass du deinen Beruf mit Liebe ausübst und dir daran liegt, dass die Patienten dir ans Herz wachsen. Aber das erfordert Zeit. Und es ist uns im gesunden Zustand geschenkt, in der Vergänglichkeit der Zeit das Kontinuum eines guten Miteinanders zu entdecken."

Tief in seinem Inneren regten sich Gefühle, die sich auf das zubewegten, was sie meinte. Mit seinem Herzen sah Johann besser als mit dem denkenden Verstand. Darum hatten sich über die Worte, die sie sprach, zwei Bilder gelegt. Erst nebeneinander. Dann schoben sie sich aufeinander zu, so dass sie sich zu überlappen begannen. Es waren Bilder von MariLu: eins, das sie als 11-jähriges Mädchen zeigte, und eins als erwachsene Frau mit rotem Kleid. Beide Bilder waren in ihm, und er erkannte, wie sie vor zwei Tagen zu seiner Wirklichkeit wurden, so elementar, so eindringlich, dass ihm die Bausteine seiner Lebens- und Überlebenskonstruktion regelrecht um die Ohren geflogen waren.

„Und dann gibt es da die Menschen, die dir besonders ans Herz gewachsen sind", sagte Barbara in die Pause hinein. Sie schien seine Gedanken zu erraten.

„Ja, meine Familie ... Haben sie mich besucht? Und ich habe immer alles vergessen?" Stammelnd brachte er seine Fragen heraus.

„Sie und deine Freunde haben dich oft besucht, so weit ich es aus deiner Krankenakte weiß. Und natürlich wusstest du an den jeweils folgenden Tagen nichts mehr von den Besuchen ..."

„Wann hat meine Krise mit MariLu angefangen?", fragte er dazwischen.

„Die ersten Jahre war das kein Problem. Du erkanntest sie als dein Kind. Später aber – sie war, glaube ich, 14 oder 15 Jahre alt – ging sie für ein Jahr nach England im Rahmen eines Schüleraustausches. Das fiel genau in *die* Zeit ihrer Entwicklung, während der sie einen ordentlichen Wachstums- und Reifeschub hinlegte. Danach fingen deine Zweifel an, die sich später mit einer regelrechten Zwangsvorstellung vermischten, sie wäre von einem Geheimdienst ausgetauscht worden, um dich in den Wahnsinn zu treiben. Als du in der letzten Zeit von

Träumen berichtetest, in denen der Unfall in Holland am 9. April 2008 im Mittelpunkt stand, und dir Zweifel daran kamen, ob sie ihn überhaupt überlebt habe, hat Dr. Picard sie angerufen und um einen weiteren Besuch gebeten. Der fand dann ja auch vorgestern statt."

„Und ich habe sie vertrieben, weggestoßen ..., meine Tochter ...", er spürte die Tränen in seinen Augen, „wie eine Fremde, eine Feindin."

Barbara hielt ihm ein Klinextuch aus einer Box auf dem Tisch hin, beugte sich etwas vor und sagte dann: „Für *dich* war sie eine Fremde, schlimmer noch: ein Phantom – eine aus dem Boden geschossene, um neun Jahre gealterte MariLu, die dir vorkommen musste wie eine Science-Fiction-Figur. Diese Figur hast du verstoßen, nicht das Kind, auf das du gewartet und dich gefreut hast. Du selbst befandest dich stets im Jahr 2008 in der Zeitschleife auf der ‚8'."

Johann beruhigte sich etwas. Wie durch einen Nebel sah er eine mal jüngere, mal ältere MariLu und daneben ein paar Menschen, die auf ihn zukamen, ihm die Hand reichend, er aber nicht erkannte. Wie Besucher aus dem All, dachte er, gutmeinende Aliens, denen man mit Angst, Vorbehalt und Skepsis begegnet. Aber meine Tochter – sie erkenne ich jetzt. Nun wollte er alles wissen. „Wo ist sie jetzt? Wie geht es ihr? Was macht Sie?", flogen die Fragen aus ihm heraus.

„Langsam, Johnny, langsam, alles nach und nach. Sie wird kommen und dir alles selbst erzählen. Aus der Akte weiß ich nur, dass sie in Hamburg auf einer Schiffswerft als Schweißerin gelernt hat und dort ein eigenständiges Leben führt. Das hat dir doch immer vorgeschwebt: ein sich selbst organisierender Mensch und kein Karrierist. Aber zurück zum Anfang unseres Gesprächs. Wie geht es dir in deinem neuen Leben? Jetzt mit den Gedanken an MariLu: Immer noch Zweifel an der Richtigkeit eines menschlichen Erinnerungsvermögens?"

„Immer weniger", antwortete Johann etwas überzeugter, „weil ich weiß, dass es die Geschichten gibt. Durch sie und in ihnen kann ich wieder hoffen. Die Hoffnung nährt sich aus dem Werden und Entstehen. Und so hoffe ich, dass zwischen MariLu und mir die Nähe, die wir früher kannten, neu entsteht zusammen mit all den Geschichten im Verlauf der Jahre."

Barbara nahm kurz seine rechte Hand in ihre beiden Hände, lächelte ihn an und sagte: „Es gibt aber auch Geschichten mit problematischen Verläufen, Geschichten von Lug und Trug, schlimme Geschichten. Manchmal ist es gut, sie ruhen zu lassen, nicht in alten Wunden rumzustochern. Aber immer dann, wenn ihre Aufklärung dazu beiträgt, das Leben erträglicher, besser und sinnvoller zu machen, sie also ein bereicherndes Humanum ist, dann lohnt es sich, in das Vergangene hineinzuleuchten. Auch wenn es schmerzt, was wir dann sehen. Bei dir hat ein Foto genügt. Und was du sahst, hat dich vollkommen aus der Lebensbahn geworfen. Wenn du wieder richtig Tritt fassen, wirklich zu dir finden willst, musst du dich der Vergangenheit stellen und der Person auf dem Bild, auch wenn sie jetzt zu deinem Lebensfeind geworden ist, ins Auge blicken. Wer war Siegfried?"

Während sie sprach, wusste Johann, worauf sie hinauswollte und wähnte sich gefasst. Doch den Namen spürte er wie einen kalten Schlag, der von oben nach unten durch seinen Körper fuhr, ihm die Wärme nahm und ihn erzittern ließ. Er erholte sich langsam, eigentlich erst, als er mit „Siegfried" nicht mehr nur sich selbst, sondern auch seine Mutter in Verbindung bringen konnte. Das Vertrauen zu seiner längst verstorbenen Mutter gab ihm jetzt Halt. Ihm war, als kehrte durch sie die aus seinem Körper geströmte Wärme nach und nach zurück.

„Meine Mutter hat nur meinen Vater geliebt, ich meine den richtigen!", entfuhr es ihm unvermittelt.

„Das glaube ich dir. Dennoch haben sie fast zwei Jahrzehnte zusammengelebt, Siegfried und deine Mutter. Kannten sie sich schon vor dem Krieg?"

Johann wurde ruhiger, vielleicht auch deshalb, weil sie eine so einfache Frage stellte und ihn mit ihren klaren Augen anschaute. Er besann sich einen Moment, bevor er antwortete: „Sie haben sich beim Landjahr im Hunsrück als Jugendliche kennengelernt und ‚ineinander verguckt', wie meine Mutter es später einmal ausdrückte. Aber danach verloren sie sich aus den Augen. Siegfried spielte schon deshalb keine Rolle mehr, weil sich meine Mutter kurz vor Kriegsende in den schwer verwundeten Soldaten Karl de Buer, meinen späteren Vater, verliebte. Er war ein zurückhaltender, eher schüchterner Mann, der sich mit seiner Liebe schwer tat, weil er sich wegen seiner Verletzungen schämte. Man sieht es auf einem Foto, auf dem er mit zwei Kameraden in gestreiften Schlafanzügen vor einem Lazarett steht – die Hand hinter dem Rücken verborgen."

„Was war mit seiner Hand?"

„Er lag mit seiner Einheit im Bereich des ukrainischen Donezbeckens, wo sie von russischer Infanterie eingeschlossen wurden. Bei den Gefechten während eines Ausbruchversuchs traf ihn eine Kugel. Sie schlug mitten durch seine Hand, die er zufällig vor der Brust hielt, durch das Erkennungsblech, prallte vom Brustbein ab und schlug wieder zurück durch das Blech und nochmals mitten durch die Hand."

„Wie kam er denn raus aus dem Kessel?"

„Am nächsten Tag wurde er zusammen mit mehreren schwer verwundeten Kameraden in einem großräumigen Pferdeschlitten vom Roten Kreuz Richtung Westen transportiert. In der darauf folgenden Nacht rief der Schlittenführer in den Bauch des Schlittens hinein, ob ihn jemand ablösen könne, er würde so entsetzlich frieren. Mein Vater fand sich dazu bereit, ließ sich aber seinerseits nicht mehr ablösen. Als sie die Krankenstation in der Nähe der polnischen Grenze erreichten, erkannte der zuständige Wehrmachtsarzt auf einen Blick, dass die Finger seiner linken Hand und ein Teil vom linken Fuß abgefroren waren. Das eben erwähnte Foto entstand etwas später in einem Lazarett in Gronau, 15 Kilometer entfernt von seinem heimatlichen Bauernhof. Zwei seiner acht Brüder waren gefallen, einer wurde vermisst. Der größte Teil der heimgekehrten Soldaten wollte wie nach dem Ersten Weltkrieg nie wieder in einen Krieg ziehen. Mein Vater blieb da auch nach der Einführung der Bundeswehr und der Remilitarisierung Deutschlands konsequent. Zu meiner Mutter sagte er: ‚Sollten wir einmal Söhne bekommen, wird von ihnen keiner jemals den Dienst an der Waffe tun.' Meine Mutter – einst begeisterte BDM-Führerin, die in den letzten Kriegsjahren als Helferin beim Roten Kreuz den Schrecken von Krieg, Verwundung und Tod aus nächster Nähe gesehen hatte – unterstützte ihn stets in seiner pazifistischen Anschauung und der Eindeutigkeit seiner Haltung."

„Du warst erst drei Jahre, als dein Vater starb. Kannst du dich an ihn erinnern? "

„Nur schemenhaft. Geblieben ist mir eine Szene am Küchentisch: Er backt Neujahrskuchen, drückt mit seiner linken Hand – die ohne Finger – auf das Waffeleisen. Es gibt viel Dampf, und er lächelt mir zu. Ich weiß von meiner Mutter, wie gern er mich im Kinderwagen durch Bentheim schob. Andere Männer machten sowas nicht. Er war ein liebevoller Vater. Gestorben ist er übrigens an den Folgen seiner Erfrierungen, einer verkapselten TBC und schließlich an der Addisonschen Erkrankung der Nebennieren. Meine Mutter wollte das geltend machen, um als Kriegerwitwe anerkannt zu werden. Aber die Behörden lehnten ihre Anträge ab. ‚Der Dank des Vaterlands ist uns gewiss', sagte sie manchmal."

„Wann trat Siegfried in eurer Leben?", fragte Barbara.

„Ein Jahr nach dem Tod meines Vaters stand er vor unserer Tür. Er war in Argentinien untergetaucht und kam nun wieder zurück nach Deutschland, wo niemand mehr auf ihn wartete. Meine Mutter nahm ihn auf wie einen alten Freund – besuchsweise, wie sie betonte. Aus Tagen wurden

Monate, aus Monaten Jahre. Er wurde für mich zu einem Ersatzvater. Und er konnte es *auch* werden wegen seiner Geschichte, die er erzählte. Die Geschichte eines Deserteurs, der vor den Nazis nach Argelès-sur-Mer in Südfrankreich geflohen war. Als die Lage dort zunehmend unsicher wurde, schloss er sich einer Gruppe von Juden und Kommunisten an, die sich in der Nähe von Cerbère zu Fuß über die Pyrenäen nach Port Bou in Spanien aufmachten. Von dort hofften sie, mit gefälschten Pässen unbehelligt von den Schergen der Franco-Diktatur nach Portugal durchzukommen. Auf einem der letzten Schiffe gelang Siegfried die Flucht von Lissabon nach Argentinien. Heute weiß ich, warum er wirklich nach Argentinien floh."

„Du meinst, er habe nicht vor den Nazis, sondern vor den Alliierten Reißaus genommen."

„Und sich damit der weltlichen Gerichtsbarkeit entzogen", ergänzte Johann.

„Warum bist du dir eigentlich so sicher, dass die Person auf dem Foto Siegfried ist?", wollte Barbara wissen.

„Er ist es. Eindeutig! Ich habe sein Gesicht sofort wiedererkannt, diese markanten Züge, die leicht vorstehenden Backenknochen, die deutlich gezogenen Augenbrauen, der durchdringende Blick, das kantige Kinn mit dem Grübchen in der Mitte ... Und dann die gezackte Narbe über der linken Hand – wie ein Blitz. Vom Fechten habe er sie, erklärte er mir später einmal. Dieser Mann, ein SS-Mann, der ohne Not jüdische Bürger unserer Stadt mitten auf dem Schüttorfer Marktplatz erniedrigt und auf einen von ihnen mit einem Eisenrohr einschlägt, dieser

Naziverbrecher quartiert sich neun Jahre nach Kriegsende in unserem Haus ein und spielt meiner Mutter die Rolle eines Verfolgten des Naziregimes vor und mimt in dieser Rolle über fast zwei Jahrzehnte das väterliche Vorbild eines Pazifisten und antifaschistischen Systemkritikers. Landauer, hat er sich genannt, Siegfried Landauer."

„Was hast du erwartet?", unterbrach ihn Barbara.

„Wenn er schon nicht den Mut hatte, sich den Behörden zu stellen, so hätte er sich wenigstens uns gegenüber erklären können. Sogar meine Mutter, die keine Verbrechen begangen hatte, hat mir nicht nur einmal gebeichtet, wie sehr sie schon während der Nazizeit unter der Einsicht gelitten habe, in ihrer aktiven BDM-Zeit einer Ideologie auf den Leim gegangen zu sein, die Blut und Boden propagierte und von deutschen Müttern tapfere Soldatenjungen forderte. Sie ist übrigens der einzige Mensch, den ich aus dieser Generation kenne, der sich in einer selbstkritischen Weise zur eigenen Vergangenheit bekannte. Alle anderen wussten angeblich von nichts, mussten Befehlen gehorchen, taten, was alle taten – zum Beispiel in den Krieg ziehen – oder spielten die übliche Leier rauf und runter: ‚Wir hatten ja auch eine schöne Zeit in der Hitlerjugend', ‚Hitler hat immerhin die Arbeitslosen von der Straße geholt und die Autobahn gebaut'. Die Aufrichtigkeit meiner Mutter habe ich bewundert. Und dann kommt dieser Verbrecher!"

„Sicher, Johann, aber der Verbrecher ist tot." Barbara hatte Mühe, ihn zu beruhigen.

„Ja, tot ist er. Er hat sich selbst gerichtet mit einer Zyankali-Kapsel. Gleich nach dem schrecklichen Unfall meiner Mutter."

„Was war das für ein Unfall?"

„Meine Mutter fuhr mit Pkw und Anhänger auf diverse Wochenmärkte und verkaufte dort Blumen und Keramikwaren. Siegfried und sie betrieben eine Werkstatt mit Töpferscheibe und Ofen, wo sie Vasen, Teller, Tassen, Becher und gelegentlich auch Figuren aus Ton herstellten und brannten. Meine Mutter verkaufte die Sachen zusammen mit Blumen und Pflanzen mit großer Begeisterung auf den Wochenmärkten der näheren Umgebung. Bei einer Rückfahrt fuhr an einer Ampel ein Lkw auf ihren Anhänger auf, drückte ihn mit voller Wucht in ihr Auto hinein und quetschte es zusammen. Sie war auf der Stelle tot. Ein Zeitungsfoto vom Unfallort zeigte die vielen Keramikfiguren, Schüsseln, Tassen und Vasen, wie sie rund um das Wrack von Auto und Anhänger verstreut lagen."

Beide schwiegen. Im Raum war es still. Dann sagte Barbara: „Ich wusste vom Tod deiner Mutter, nicht aber von diesem fürchterlichen Unfall."

Wieder Stille, die sie erneut durchbrach. „Diese Geschichte mit der Töpferwerkstatt zeigt, dass Siegfried Landauer nicht einfach bei euch untergekrochen ist. Er hat euer Leben, um beim Bild des Töpferns zu bleiben, mitgeformt."

„Sicher hat er das", Johann fasste sich gerade wieder, „und er tat das auch in anderer Hinsicht. Er trainierte zwei Fußballmannschaften der B-Jugend vom SV-Bentheim. In einer dieser Mannschaften habe ich eine Zeitlang selbst gespielt. Mit mir und meinen Freunden machte er weite Fahrradtouren. Unterwegs blieben wir in Jugendherbergen, im Sommer nahmen wir Zelte mit. Er brachte uns bei, wie man über dem Lagerfeuer kocht. Wir sammelten Pilze und Beeren. Überhaupt zeigte er sich geradezu begeistert für alles, was in der Natur vorging und mit ihr zu tun hatte. Mein Engagement für den Naturschutz ist kein Zufall."

„In einem gewissen Sinne doch", erwiderte Barbara. „Es ist deiner Entwicklung zugefallen. Auch Siegfried war ein Zufall. Er passte sich dem Charakter und der vorausgegangenen Entwicklung deines Vaters an, um dadurch deine Mutter leichter für sich zu gewinnen, vielleicht auch aus Reue, wer weiß. Da keiner von seiner grausamen Vergangenheit wusste, konnte er auf gespenstisch dienstbare Weise in die Rolle deines Vaters schlüpfen."

„Ja, das stimmt", ergänzte Johann. „Wenn meine Mutter von meinem Vater erzählte, sind mir die charakterlichen und interessenbezogenen Übereinstimmungen der beiden aufgefallen. Deswegen setzt es mir auch so zu, dass ich nun weiß, wes Geistes Kind mein Stiefvater wirklich war."

„Wes Geistes Kind er war – das ist das eine." Barbara schaute ihn eindringlich an. „Welchen Geist er annahm – das ist das andere. Eine Reihe von Jahren war er der Vertreter deines Vaters. In gewisser Weise seine Imitation. Sein Geist sprach aus ihm. Siegfried Landauer war ein nützliches Gespenst. Und was bleibt dir, nachdem sich das Gespenst in Schall und Rauch aufgelöst hat?" Sie schaute ihn weiter an.

„Mein wirklicher Vater", antwortete Johann.

„Und deine Mutter – eure Geschichte. Du bleibst und lebst, indem du dich entscheidest – wie sagte doch Dr. Picard – zwischen dem Fegefeuer des Bösen und der Güte des Erlösens. Es sind Bilder der Widersprüche dieser Welt, die wir alle in uns haben. Widersprüche, in denen wir zerrieben werden, wenn wir uns nicht entscheiden. Ich weiß, dass du dich entschieden hast. Um es mit deinen Worten zu sagen: Für ein gutes, friedfertiges, assoziatives Leben! Dieses Leben fällt nicht vom Himmel. Wir sehnen uns danach und können es annehmen aus den Händen derer, die wir lieben. Dein Vater war einer von ihnen. Du bist jetzt da. Dazwischen gab es ein Gespenst."

15. Kapitel

Er war gerade auf dem Flur, als er die Stimme von Manni, dem Pfleger, hinter sich hörte. „Herr Pastor, hallo! Einen Augenblick bitte."

Johann drehte sich zu ihm um und sah ihn fragend an. „Ist was passiert?"

„Nein, alles gut. Ich komme gerade von Dr. Picard. Er hat mit diesem Sozialarbeiter aus Enschede telefoniert. Ihr Freund, Hol..."

„Holli, er hat mit Holli gesprochen?"

„Ja, richtig, Holli, so heißt er. Der ist auf dem Weg hierher und will Sie besuchen. Trifft in zirka einer halben Stunde hier ein. Sie sollen in der Kantine auf ihn warten. Dann können Sie später auch gleich zusammen Abendbrot essen."

„Danke, Manni, das ist ja eine wunderbare Nachricht." Johann war begeistert.

Er ging mit Manni noch ein paar Schritte bis zur großen Flurabzweigung, wo dieser nach links in den Pflegebereich abbog und Johann nach rechts in die Kantine hineinging.

Jetzt am späten Nachmittag waren alle Tische frei. Das Personal fing langsam damit an, das Büfett für das Abendessen vorzubereiten. Johann wählte denselben Tisch, an dem er am Vortag mit Jonathan gesessen hatte. Er setzte sich so, dass der Kantineneingang auf der anderen Seite in seinem Blickfeld lag.

Die Freude über die Nachricht des baldigen Eintreffens von Holli war überschattet von dem, was ihm Barbara im Anschluss an das ergiebige Therapiegespräch erklärte. Eigentlich hatte ihm Schwester Felicitas den Sachverhalt schon angedeutet, aber nun war es definitiv, jenseits aller Spekulationen: Die Station 8 würde zum Ende Juni 2017 – praktisch in zwei Monaten – dichtgemacht, aufgelöst werden. Schluss aus! Einsparungsmaßnahmen. In den Räumlichkeiten würden eine Einrichtung für Demenzkranke und eine Entgiftungsstation – beides geschlossene Abteilungen – untergebracht. Die Patienten der derzeitigen Station 8 sollten – so weit möglich – in bestehende Stationen des Grenzland-Klinikums eingegliedert oder auf die großen Landeskrankenhäuser in Osnabrück und Münster und diverse Pflegezentren verteilt werden. Die Hälfte des Personals wäre arbeitslos.

In Johanns Kopf rumorte es. Er erkannte sein inneres Chaos als Vorstufe zu Gedankenblitzen und lichtvollen Auswegen aus dem Dunkel der Dilemmata. Wir müssen hier raus und machen alles selbst und neu. Ein Neubau muss her, dachte er. Es gibt genügend Baugrund in der Kreisstadt. Das Konzept einer „Gemeindenahen Psychiatrie" haben wir. Und wir verwirklichen es unter Beteiligung und Mitarbeit von Patientinnen und Patienten, wie Jonathan Zierlein und Paula Wagenknecht. Wir schaffen eine gemischte Einrichtung für Therapie und Leben in Wohngemeinschaften. In der Mitte ein helles Kommunikationszentrum und drumherum oder in Hufeisenform einzeln stehende Wohnbereiche. Er kramte Zettel und Bleistift aus der Hosentasche und zeichnete einen Entwurf: ein Zentrum mit zehn zweistöckigen Häusern für 40 Wohneinheiten. Er kalkulierte 1,4 Millionen ohne Grundstück. Wir müssen das genossenschaftlich organisieren und gemeinsam finanzieren, überlegte er. Schnell überschlug er die Summe, die er beisteuern könnte. Seine Ersparnisse waren auf Grund seines neunjährigen Klinikaufenthalts durch die provisorische Unterbringung auf der Schwesternschülerinnenstation und seiner seelsorgerischen Nebentätigkeit immens. Er kam auf 110.000 Euro. Würde er noch das Elternhaus in Bad Bentheim verkaufen, könnte er fast eine viertel Million beisteuern. Er kam auf Touren. Man müsste sich sofort daranmachen, weitere Personen zu finden, die sich beteiligen würden mit kleineren oder größeren Summen. So schnell wie möglich würde er Idee und Konzept mit Dr. Picard besprechen. Vielleicht wäre das auch etwas für Holli, überlegte er und sah, wie dieser um die Ecke bog.

Unverkennbar. Hager, leicht nach vorn gebeugt, weit ausschreitend, mit offenem Parka kam er quer durch die Kantine auf Johann zugeeilt. Der hatte kaum Zeit aufzustehen, um ihn mit einer herzhaften Umarmung in Empfang zu nehmen. Beim Hinsetzen bemerkte Holli mit Blick auf die Skizze: „Aha, dezentrales Kraftwerk mit vernetzter Siedlung."

„Knapp daneben! Zentraler Treff mit eigenständigen WGs." Johann lachte, schob die Zettel zur Seite und sagte: „Das erkläre ich dir später. Aber jetzt erst mal zu uns. Du glaubst gar nicht, wie sehr ich mich freue, dass du hier bist. Hat dich Dr. Picard informiert, oder hast du ihn angerufen?"

„Ne, der Doktor rief mich an. Mann, so happy hab` ich den Doc noch nie erlebt. ‚Na, auf meine alten Tage‘, hat er gerufen, ‚dass ich noch erleben darf, dass der wieder beieinander ist, der Pastor. Er hat sein Gestern-Gedächtnis zurück!‘ Ja echt: ‚Gestern-Gedächtnis‘ hat er das genannt. Es war mir gar nicht klar, was daran nun großartig ist, wenn man weiß, was gestern so gelaufen ist. Aber dann wurde mir klar: Er meint dein Erinnerungsvermögen. Mann, Johann, jetzt biste wieder ein historischer Mensch. Wie oft habe ich dich besucht, und du konntest dich an nix erinnern. Der Doktor wollte, dass einer deiner Nächsten kommt. Hat auch deine Frau angerufen, die ist bei MariLu in Hamburg, und beide besuchen dich morgen."

„Das sind wunderbare Nachrichten. Wenn ich denke, wie sich MariLu bei mir gefühlt haben musste. So von mir abgewiesen zu werden."

„Ne, lass mal, die kann das schon einordnen, hab genug mit ihr drüber geredet", kam Holli ganz fürsorglich rüber und stellte dann die eigentliche Frage: „Wie kam es zum Durchbruch?"

Johann berichtete ihm. Von seinen Halluzinationen, der Erscheinung des brennenden hebräischen Wortes. Wie er im Flur vor den drei Schwesternschülerinnen zusammengebrochen war. Und schließlich von den Erlebnissen im Zustand der Hypnose. Je mehr er sich dem eigentlichen Zentrum näherte, auf den wunden Punkt zubewegte, umso mehr spürte er seine eigene Beklommenheit. In keiner Weise konnte er frei, gar befreit über die

Vorgänge sprechen. Zwischen ihnen und ihm lag eine, zwar transparente, aber doch undurchlässige Schicht wie aus Gummi oder Latex. Es würde lange Zeit dauern und bedürfte noch einiger Sitzungen mit Barbara, um dieser zähen Schicht wirklich beikommen zu können. Für einen Augenblick überkamen ihn arge Zweifel an seiner neuesten Projektidee. Schmerzlich kam ihm in den Sinn, das Ganze könnte eine Maßnahme seines seelischen Innenlebens sein, die eigentliche Bewusstwerdung seines Traumas euphorisierend zu überlagern.

Verwirrt sah er auf zu Holli und hörte ihn mit tränenerstickter Stimme sagen: „Und du bist dir sicher, es war Siegfried?" Da erst wurde ihm klar, dass sein Stiefvater auch an der Entwicklung Hollis seinen Anteil hatte. Wie oft war Holli Gast bei ihnen zu Hause, blieb über Nacht, war bei Wanderungen und Radtouren mit von der Partie. Er gehörte eigentlich zur Familie.

„Irgendwie war er auch mein Vater." Da war es ausgesprochen. Johann war, als gelangten auf den Schwingungen dieser Worte die Zwischentöne einer fernen Vergangenheit an seine Ohren.

Nun kamen Holli die Tränen, und Johann stellte fest, dass er nicht einmal ein sauberes Taschentuch für ihn hatte. Er war in dieser Hinsicht nicht so gut bestückt. So lief er schnell rüber zur Kantinenanrichte, holte zwei Servietten aus dem Halter und reichte sie Holli, der schluchzend erneut nachfragte: „Bist du dir sicher?"

„Ja, bin ich. Es waren zwei Schwarzweißfotografien, und das Gesicht von Siegfried war deutlich darauf zu erkennen. Und dann diese Blitznarbe auf seiner linken Hand, du weißt ja."

„Wem soll man dann noch vertrauen?" Holli sah ihn mit verweinten Augen verzweifelt an.

„Meiner", Johann geriet leicht ins Stocken, „unserer Mutter kannst du vertrauen. Sie war immer ehrlich in all ihrer Widersprüchlichkeit. Es gibt immer eine dunkle Seite bei den Menschen. Wichtig ist, sie zu kennen und sich zu ihr zu bekennen."

„,The dark side of the moon' – Pink Floyd", bemerkte Holli mit immer noch unterdrückter Stimme.

„Die dunkle, unbeleuchtete Seite. Um sie nicht als ‚*das* Böse' zu pauschalisieren, möchte ich diese Seite unseres Seelenlebens als *dissoziativ* bezeichnen. Wenn sich Menschen dissoziieren, dann trennen sie die anderen, die Natur und letztlich Gott von sich ab. Sie sehen nur sich und ihren Vorteil. Sie sind gierig, unterwürfig und machtbesessen."

„Es gibt so eine Zeichnung oder Radierung von Weber mit lauter fettwanstigen, Zylinder tragenden Männern, von denen jeder nach vorne will. ‚Ellenbogenstoßbrigade' heißt das Bild." Allmählich fing sich Holli wieder.

„Ja, das verdeutlicht genau das, was ich sagen will. Und doch – selbst wenn diese Verhaltensmuster im Vordergrund sind, wie bei diesen Männern – gibt es immer auch eine mitmenschliche, gemeinschaftsorientierte und friedliebende, die *assoziative* Seite bei uns Menschen. Es ist wie beim Geld: es kann ungehemmtes Wachstum auslösen und einen inneren Zwang erzeugen, immer alles beiseite schaffen zu müssen."

„Du meinst so einen analen Charakter, einen Korinthenkacker?"

„Im psychischen Entwicklungsprozess kann diese Seite der Geldfunktion zu solchen Zwangshandlungen führen. Auf der anderen Seite hat Geld die ganz praktische Funktion eines Zahlungsmittels, und ...", Johann schweifte in seinen Gedanken wieder zu den nötigen Mitteln zur Realisierung seiner Projektidee, „es kann – richtig eingesetzt – verändernde, innovative Schübe in Gang setzen."

Holli schaute ihn ein wenig ungläubig an. Deswegen kam Johann schnell wieder auf den Kern des Problems zurück: „Du fragst nach dem Vertrauen. Bevor wir anderen vertrauen, müssen wir uns selbst trauen, zu unseren eigenen, manchmal ganz gegensätzlichen Charaktereigenschaften zu stehen. Dann können wir unsere individuellen assoziativen Eigenschaften gegenüber den dissoziativen differenziert wahrnehmen und verstärken."

„Hast du das bei dir auch schon gemacht? Was sind denn deine dissoziativen Eigenschaften?", wollte Holli wissen.

Die Frage kam für Johann so unvermittelt und direkt, dass er eine Zeitlang brauchte, um antworten zu können. Wer ist schon in der Lage, über seine Schattenseite Auskunft zu geben? Vor allem – dazu bereit?

„Ich glaube", begann er zögerlich, „dass ich zu sehr auf mich bezogen bin. Nicht gerade selbstverliebt. Aber ich habe wohl das Gefühl, als drehe sich immer alles oder zumindest viel um mich. Wenn mich Menschen kritisieren, bin ich schnell verletzt und ziehe mich zurück. Wie eine Schnecke in ihr

Häuschen. Vielleicht hat diese Tendenz zum Rückzug auch den Gedächtnisverlust begünstigt. Ich konnte mich auf einen einzelnen Tag zurückziehen und ihn am nächsten Tag getrost vergessen."

„Du meinst also, dass du stark auf dich selbst bezogen bist?" Holli wirkte nachdenklich und fuhr dann fort: „Ich erlebe dich nicht so, derartig auf dein Selbst bezogen. Es gibt da, glaube ich, um dich ´rum so ´ne Hülle, über die du mit der Umwelt in Kontakt trittst. Der freundliche, kommunikative, immer zum Austausch bereite Mensch. In dieser Rolle, die zu deiner Hülle, vielleicht dir schon zur zweiten Haut geworden ist, umwirbst du die Menschen. Und wenn`s daneben geht, bist du schwer enttäuscht und verletzt. Kannst du dich noch erinnern, als wir uns im April 2008 in Ootmarsum getroffen haben?"

„Ja, nur zu gut!" Johann hatte augenblicklich die Bilder des Pfannekuchenhauses vor Augen und das Telefondesaster vom Vormittag im Ohr. „Es war dieser schlimme Tag ..."

„Was war an dem Tag?"

„Das war am Mittwoch, am 9. April, als die Lektorin mich anrief. Der Tag der Ablehnung meines Buches."

„Du sagst das so, als wäre da dein Kind gestorben. Merkst du, was ich meine?" Holli sah ihn fordernd an; sagte dann: „Du machst dich schnell abhängig von der Gunst des Publikums oder seiner Vertreter, wie dieser Lektorin. Du willst schreiben, gelesen werden und vielen Menschen gefallen. Aber das ist nicht dein Selbst, es ist die Günstlings-Rolle, die zu deiner Hülle wurde. Die Ablehnung deines

Buches hat dich bis ins Mark verletzt, und die Verletzung wirkte hinein in deine Umwelt, deine Familie. Dabei war es nur eine Publikation."

„Ich verstehe, was du sagst, Holli. Aber unser Selbst besteht auch aus dem, was der Mensch schafft, und das sind bei mir nun mal auch Bücher."

„Klar", erwiderte Holli treffsicher, „die Produktivität steht außer Frage. Aber wir dürfen das Publikum nicht allein über die Qualität der Produkte urteilen lassen. Dein Buch ist notwendig und gut, auch wenn Leute es ablehnen. Du aber hast dich angelehnt an die Leute und dich von ihnen abhängig gemacht. Das kann auch zu einer Sucht werden. Kannst mir glauben, in der Hinsicht weiß ich, wovon ich rede."

„Insofern hast du recht", das erkannte Johann jetzt, „die Ablehnung des Verlags hat mich sehr getroffen ..."

„Bis ins Mark verletzt!", wiederholte Holli. „So sehr, dass ich glaube: Du bist schon am Mittwoch krank geworden. Deine Hülle war angeschlagen. Und was du am Freitag erlebt hast, hat dir den Rest gegeben. Übrigens fällt mir auf, dass auch Siegfried für dich nur die Rolle eines Vaters gespielt hat. Auch diese Hülle bekam einen Schlag. Und damit brach der ganze umhüllte Mensch Johann de Buer zusammen. Dabei hattest du einen wirklichen Vater und hast ein wirkliches Selbst!"

„So habe ich das noch nie gesehen. Und was soll ich deiner Meinung nach tun?"

„Du musst loslassen!", antwortete Holli sofort. „Die Hüllen fallen lassen."

„Und dann bleibt der bloße Mensch. Meinst du das? War es nicht Goffmann, der sagte: ‚Wir alle spielen bloß Theater'?"

„Du meinst diesen Rollenfuzzi?" Holli verkniff sich ein ironisches Lächeln. „Mit dem stimme ich nicht überein. Aber mal die Rollentheorie dahingestellt: Dann musst du soviel belastende und überflüssige Rollen abwerfen, bis auf die, die dir guttun."

Johann schaute ihn fragend an: „Und was tut mir gut?"

„Was dich und andere glücklich macht, was den Menschen nützt und zur Liebe beiträgt. ‚All you need is love!' Wie sagst du doch immer: Man muss das mitmenschliche, assoziative Handeln bei sich selbst und anderen aufspüren und stark machen. Dann mach es auch!" Holli lief zur alten Form auf. Aber die Spuren der Trauer in seinen Augen blieben doch unübersehbar.

„Ich werde mir Mühe geben, es genau so zu machen. Wie gut, dass es uns gibt. Machen wir es!" Johann bemühte sich, auf die Forderung Hollis und ihn selbst einzugehen. „Du hast deinen Vater nicht gekannt. Aber du hast dein Leben, und wir haben uns. Wir haben ein Stück gemeinsamer Vergangenheit und gemeinsam Verlust und Schrecken zu ertragen. Dieses Miteinander, von dem du sprichst, erweist seine Tragfähigkeit im Trost. Ist es nicht ein Geschenk, wenn sich Menschen im Wissen um ein prägendes Schicksal gegenseitig trösten können?"

Holli schien ein wenig verlegen. Er ließ die Worte auf sich wirken und sagte dann: „Dies Gefühl tut mir gut, überhaupt die Freundschaft. Die aber erhält ihre Güte und Beständigkeit aus der Geschichte, die

Menschen im allgemeinen und wir im besonderen miteinander teilen. Darum hatte ich ja auch solche Angst um dich, um uns, weil du deine Geschichte verloren hattest. Weißt du überhaupt, was in diesen neun Jahren passiert ist?"

„Ich weiß von nichts!", war die knappe Antwort Johanns, die er sofort erweiterte: „Es war nicht nur das Vergessen. Ich wollte mich nicht erinnern und nichts zu tun haben mit erinnernden Medien, wie Radio, Fernsehen oder Internet. Ich erinnere mich aber jetzt an den Beginn der Finanzkrise im Jahr 2008 kurz vor meiner Erkrankung."

„Das ging noch heiß weiter", stieg Holli ein. „Im Fernsehen brachten sie schon Szenarien vom Totalkollaps der Finanzmärkte. Gibt ja auch sechsmal so viel Scheingeld wie Realwährung. In einer Talkshow kamen Leute zu Wort, die mich an dich erinnerten. Einer sagte, dass nur noch Verlass auf direkten Warenaustausch und übersichtliche regionale Währungen sei. Eine Frau favorisierte Schrebergärten zur Sicherung der familiären Grundernährung."

„Hat man denn so eine Basiswirtschaft und eine Regionalisierung von Produktion, Vertrieb und Währungen irgendwo eingeführt?", fragte Johann interessiert nach.

„In einigen Gebieten ist das so. Es hängt immer alles von den Initiativen und der Politik vor Ort ab. Manchmal liegen Landkreise direkt nebeneinander, der eine traditionell ausgerichtet, der andere nach ökologischen Gesichtspunkten – mit landwirtschaftlichen Produkten direkt von den Bauernhöfen und so. Alles hängt auch mit der Umsetzung der Energiewende zusammen, die aber an dir ..." Holli wurde durch einen Klingelton unterbrochen, der Johann an sein Telefon im Pfarrhausbüro, an den Anruf der Lektorin von neun Jahren erinnerte. Aber der Ton kam aus einer der breiten Taschen des Parkas, den Holli immer noch überhatte. Der zog ein überdimensional großes, aber sehr flaches Gerät mit einer gläsernen und glatten Oberfläche heraus, auf die er mit dem Zeigefinger tippte. Offensichtlich ein neuartiges Handy, das Johann noch nie gesehen hatte. Er schaute sich, während Holli mit jemandem auf Holländisch sprach, in der Kantine um, in der sich nun zusehends Patienten, Pflegekräfte und Ärzte zum Abendessen einfanden. In der Schlange vor dem Büfett entdeckte er Jonathan. Holli telefonierte noch immer. So sprang Johann auf, nahm sich ein Tablett, zwei Teller und Besteck von einem länglichen Beistelltisch an der Seitenwand, lief auf Jonathan zu und stellte sich neben ihn. Der schien sich wie ein Kind zu freuen. „Dass du dein Gedächtnis wiederhast! Ist schon rumgegangen wie ein Lauffeuer. Habe es gerade von einer Mitpatientin erfahren. Dann wirst du dich nächsten Mittwoch ja an alle erinnern können, die vorgestern in deiner Gruppe waren."

„Wenn sie denn wiederkommen, werde ich das bestimmt!", antwortete Johann euphorisch. „Sieh mal, ich sitze da hinten mit Holli. Möchtest du nicht mit uns essen? Das ist der mit dem Riesentelefon. Was sind das für Dinger?"

Jonathan blickte zu Holli. „Das sind digitale Handys mit allen Funktionen, wie man sie bei Notebooks kennt. Man nennt sie Smartphones. Draußen siehst du die Kids nur noch mit den Dingern rumlaufen, rumstehen oder in Bussen und Bahnen sitzen – starren und tippen. Alle sind digital vernetzt, die meisten verbunden durch soziale Netzwerke."

„Aber dafür muss doch die Verbindung mit dem Internet hergestellt werden?", fragte Johann nach.

„Wird sie auch: entweder durch Wireless LAN oder direkt über die mobilen Netzanbieter. So können alle überall mit allen über Nullen und Einsen verbunden sein. Man nimmt sich binär wahr. Die wirkliche, analoge Wahrnehmung bleibt auf der Strecke. Es wird ‚geliked', nicht geliebt."

Sie waren in der Schlange nun angelangt vor dem Büfett und stellten ihre Tabletts auf eine lange Ablage, die wie eine Schiene funktionierte, auf der man die Tabletts analog, Abschnitt für Abschnitt weiterschieben konnte. Es gab sogar Rührei mit und ohne Speck. Johann tat etwas von beidem auf den Teller für Holli und auf seinen. Körnerbrot, Butter und Auflagen legte er daneben. Dazu nahm er zwei Schälchen mit vorbereitetem Bauernsalat. Es standen auch noch andere Salate zur Auswahl. Eine Gruppe von Patientinnen und Patienten fühlte sich für die Vorbereitung des Büfetts zuständig.

„Die können ganz schön krank machen", bemerkte Jonathan.

„Wie, die Salate?" Johann schaute ihn an.

„Nein, die Smartphones. Wir haben zunehmend jugendliche Patienten mit der Diagnose ‚digitale Psychose'", erklärte Jonathan auf dem Weg zum Tisch, als Holli gerade sein Gerät einsteckte.

Dort angekommen sagte Johann: „Sieh mal, Holli, wen und was ich mitgebracht habe. Der hier ist Jonathan, ein Mitpatient und Freund, und das hier ist dein Abendessen mit Rührei – mit und ohne Speck, ganz nach Belieben."

Während Holli aufstand und Jonathan mit einem „Das freut mich sehr" handeinschlagend begrüßte, stellte Johann das Tablett auf den Tisch und verteilte Teller, Besteck und die Salatschälchen. „Komm, Jonathan, stell deine Sachen auch hierhin, gib mir dein Tablett, und setz dich bitte!" Er bot ihm einen Stuhl zu seiner Linken und stellte die beiden Tabletts aufrecht an die Wand hinter sich.

Als alle saßen, bemerkte Holli: „Du musst entschuldigen. Da war gerade ein Anruf von einem Kollegen aus Enschede. Ein Mädchen ist aus einem Heim abgehauen, und er macht sich Sorgen, sie könne sich was antun. Aber wir haben sie schon geortet. Sie hatte zum Glück ihr eingeschaltetes Handy dabei."

„Ich dachte, sowas könne nur die Polizei?" Johann war erstaunt.

„Mit diesen hochgerüsteten Geräten kann das praktisch jeder. Man muss dazu nur eine App runterladen."

„Eine Äp?"

„Das ist eine Software. Jedenfalls haben wir sie damit, also ihr Handy, orten können. Mein Kollege fährt jetzt hin."

„Ist das nicht Wahnsinn? Dann könnte doch jeder von jedem wissen, wo sie oder er gerade ist. Jonathan erzählte mir gerade von den psychischen Folgen der permanenten Smartphonenutzung bei Kindern und Jugendlichen."

„Sehe ich genauso", antwortete Holli und wandte ein: „Aber manchmal bin ich froh, dass es die Dinger gibt. Gerade in solchen Notfallsituationen. Die Eltern der Kids sind auch immer ganz froh, wenn ihre Kinder die Handys dabeihaben und achten darauf, dass die Akkus geladen sind."

„Nur wo ist die Grenze?", gab Jonathan zu bedenken. „Wo hört der Gebrauch auf, und wo fängt der Missbrauch an?"

„Ich würde sagen, wenn Holli jetzt ein Bild vom Essen macht, es einstellt und behauptet, satt zu sein", stichelte Johann und machte Zeichen, doch jetzt endlich mit dem Abendbrot zu beginnen. Er sprach ein kurzes Gebet.

Während sie eine Zeitlang still vom Rührei aßen und dabei waren, Brotscheiben mit Butter und Auflagen zu versehen, war es Jonathan doch wichtig, zu bemerken: „Ich jedenfalls halte internetfreie Räume inzwischen für unentbehrlich und bin froh, dass wir diesen hier durchsetzen konnten. Auf der ,8' ist jeder PC offline."

Johann war das neu. Die ganze Debatte war Neuland für ihn. Und er wusste, dies wären Themen, mit denen man sich in der Zukunft, die es nun für ihn wieder gab, ausführlich und kritisch befassen müsste.

Er wollte Holli gerade fragen, was er mit „Energiewende" gemeint habe, als er drei Tische weiter Mizar und Paula Wagenknecht entdeckte. Er sah hinüber zu den beiden und winkte ihnen zu.

Jonathan, der sie auch bemerkte, sagte: „Ich gehe mal eben hin zu ihnen und frage, ob sie nicht zu uns rüberkommen wollen. Was meinst du?"

„Gute Idee! Sie sollen aber noch einen Stuhl mitbringen."

Während Jonathan auf dem Weg war und sie ihren Salat aßen, schaute er Holli nachdenklich an. „Könntest du dir vorstellen, hier mit uns eine alternative Klinik aufzubauen?"

„Du meinst so giovannijervismäßig?" Holli lächelte verschmitzt.

„Mit Patienten konzipiert, geplant und verwaltet. Gemeindenah und frei."

Holli hatte mit einem Salatblatt zu kämpfen. „Wann soll's denn losgehen?", fragte er.

„So schnell wie möglich", konnte er noch antworten, als Jonathan zurückkam.

„Sie essen nur noch zu Ende und kommen dann gleich", rief er sichtlich erfreut.

Nur wenig später, die Salatschälchen waren leergegessen, kamen die beiden. Paula Wagenknecht ging direkt auf Holli zu und begrüßte ihn mit einem Händedruck, wobei sie mit der freien Hand ihr inzwischen obligatorisches Taschentuch an die linke Wange drückte. Holli konnte gar nicht so schnell aufstehen, stand dann aber und gab auch Mizar die Hand.

„Mizar – wie der Stern", stellte er sich vor.

„Der Doppelstern im Großen Wagen", entfuhr es Holli.

Mizar war baff. „Haben Sie aber schnell erkannt!" Er setzte sich an die Seite von Holli auf den mitgebrachten Stuhl.

Paula Wagenknecht nahm den freien Platz Johann gegenüber ein. „Sie haben ja gar nichts zu trinken", bemerkte sie.

„Das ist ...", Holli grinste, „bei Johann de Buer immer so: Entweder gibt es was zu essen oder zu trinken. Beides zusammen nie. Seine Art zu sparen." Sie lachten.

„Nein, das geht nicht", fuhr Paula dazwischen, „ich hole für uns alle mal Kräutertee. Sind das da Ihre Tabletts an der Wand?" Sie stand auf, nahm die beiden aufeinandergelegten Tabletts, räumte sämtliche Essensutensilien darauf und wollte gerade damit los.

„Das kann ich doch machen", schlug Johann vor. „Sie können ja nicht gleichzeitig Tablett und Taschentuch halten."

„‚Kräutertee' kann ich wohl noch ohne Taschentuch sagen. Ist ja nicht so ein schweres Wort wie ‚Pfychose'."

Da sie beim Aussprechen des Wortes noch immer das Taschenbuch an die Wange gedrückt hielt, verstand Johann ihren Witz und lachte sie an. Als sie dann das Tablett mit beiden Händen hochnahm, sah er das Loch in ihrer Wange. Es schien ihm, etwas kleiner geworden zu sein, als vorgestern. Deshalb sah er aufmunternd zu ihr hin. „Scheint langsam besser zu werden."

„Stimmt!", sagte sie mit einem hoffnungsvollen Blick. „So wie mit Ihnen."

Dann verschwand sie in Richtung Kantinenbüffet.

„Hast du noch einen anderen Namen?", fragte Holli jetzt Mizar.

„Hab ich. Aber den lehne ich kategorisch ab."

„Ah, ‚Mizar', das ist wie eine zweite Haut. Entscheidend ist nicht das Alte. Was zählt, ist das Jetzt, in dem man lebt." Holli schaute ihn aufmerksam von der Seite an.

„Genau diesen Zähler versuche ich mit meinem Nenner überein zu bekommen." Er tippte Holli kurz an die Schulter. Die beiden schienen sich auf Anhieb zu verstehen.

Paula kam zurück und stellte das Tablett mit fünf Bechern Kräutertee auf den Tisch. Die Becher hatten eine blasshimmelblaue Farbe und waren verziert mit dem Stationsankeremblem in marineblau. „So bitte, jeder nimmt sich einen Becher!" Sie selbst stellte sich ihren Becher hin und das leere Tablett wieder an die Wand.

Während sie sich wieder hinsetzte, bemerkte sie: „Vor vier Jahren gab es das Ankersymbol noch nicht."

„Sind Sie schon vier Jahre hier?", fragte Johann.

„Nein, nein. Es ist gut vier Jahre her, dass ich wegen einer Überlastungssymptomatik hier kurz in Behandlung war." Sie hielt jetzt wieder ihr Taschentuch an die Wange gepresst. „Aber Sie und Ihre Gruppe gab es schon. Einmal war ich da, vielleicht werden Sie sich noch erinnern." Johann dämmerte es beim Erinnerungsversuch. „Ich weiß noch", fuhr sie fort, „damals freute ich mich so, weil Obama zur zweiten Amtszeit wiedergewählt wurde."

„Obema?"

„Ja, am liebsten hätte ich davon angefangen in der Gruppe. Aber Dr. Picard hat uns vorher gebeten, Sie in keinem Fall mit politischen Vorgängen zu konfrontieren. Vermutlich hätte Sie sowas auch gar nicht interessiert."

„Nein, bestimmt nicht. Ich lebte in meiner Welt. Aber wer ist denn dieser Obema?" Johanns Interesse war nun geweckt.

„Barack Obama. Er war der erste schwarze Präsident der USA. Ein richtig sympathischer Mann. Auch wenn er vieles von dem, was er versprochen hatte, nicht eingehalten hat oder einhalten konnte." Paulas Augen leuchteten ein wenig.

„Den habe ich nicht kennengelernt. Ein Präsident mit afrikanischen Wurzeln. Aber immerhin hat er es überlebt, und das heißt schon was für Amerika", sinnierte Johann. „Wissen Sie was, Paula", sagte er dann und hielt seinen Becher mit dem Ankersymbol hoch, „wir beide sind hier in der Runde die Einzigen, die ‚Sie' sagen. Das müssen wir ändern. Ich bin ‚Johann'."

Spontan erhoben sie alle ihre Becher und stießen miteinander an. Zehnmal machte es ein dumpfes *dong*. Ein Geräusch ganz anders als der Frohsinn ihrer Stimmung.

Während sich die anderen miteinander unterhielten, sah sich Johann im Raum um. Nach der Betriebsamkeit während der Essensausgabe war es stiller geworden. Auch er war ruhiger. Ein Stück der Anspannung und Aufregung des Tages war von ihm abgefallen. Aber er wusste, dass er noch viel Zeit benötigen würde, das Erlebte zu verarbeiten. Und vor allem das, was im Raum des Vergessenen aufgehoben und verborgen war. Zeit hatte er nun. Und genau bei diesem Gedanken wurde ihm die Heilsamkeit der vergehenden Zeit bewusst.

Draußen war es jetzt ganz dunkel. Er sah an Holli vorbei zu den großen Fenstern. Läge auf ihnen nicht der Widerschein vom Raumlicht beleuchteter Gegenstände und Menschen, könnte man vielleicht die Sterne sehen. Ihm fiel der „Löwe" ein – das grandiose Sternbild des Frühlings. So sah er zu Mizar, der gerade Holli bei irgendetwas zuhörte.

„Entschuldigung", sagte Johann vorsichtig dazwischen, „Mizar, weißt du die Umlaufzeit vom Saturn um die Sonne?"

„Weiß ich!", antwortete der sofort. „Ich sag sie dir, wenn du mir versprichst, mit mir zum Arzt zu gehen."

„Ich weiß jetzt wieder, dass ich es dir am Mittwoch schon versprochen habe. Du kannst also davon ausgehen, dass ich es nun nicht mehr vergesse, wenn ich dir erneut verspreche, dass wir morgen früh gemeinsam in die Urologie gehen."

„Wobei du ja sowieso davon ausgehst, dass alle Männer so eine Narbe haben", witzelte Mizar.

„Das wollen wir aber nun nicht vertiefen."

„Nein, keine Sorge, vertiefen wir nicht. Dafür in die Höhe: Er braucht gut 29 Jahre. Warum willst du das denn wissen? Bewegst du dich in eine neue Zeitschleife mit noch nicht geahnten Abständen?"

„Nein, keine Sorge, bewege ich mich nicht. Ich dachte nur gerade an das Sternbild ‚Löwe'. Vor meiner Erkrankung im April 2008 befand sich der Saturn noch in dem Sternbild. Jahre später habe ich ihn dort gesucht und nicht gefunden. Das verwirrte mich immer. Wohl aber nicht genug, um der Zeitschleife einen mitzugeben."

Mizar überlegte kurz und sagte dann: „2037 wird der Saturn wieder dort zu sehen sein. Vielleicht schon etwas früher. Der ‚Löwe' ist ja groß. Jetzt, da du wieder eine Zukunft hast, kannst du darauf warten."

„Apropos Zukunft", meldete sich Paula, „was wird denn nun aus unserer schönen Station 8?"
Johann sah sie an. Dann von einem zum anderen.
„Ich habe da eine Idee ..."